Deutsch in der Sekundarstufe II
Herausgegeben von Karl-Heinz Fingerhut
Eduard Haueis
und Otfried Hoppe

Kurs 2

Otfried Hoppe

# Werk und Rezeption

## Hermann Hesse: »Der Steppenwolf«

Schülerarbeitsbuch

J. B. Metzlersche Verlagsbuchhandlung
Stuttgart

Für den Schulgebrauch

ISBN 3 476 20097 3


Satz: Bauer & Bökeler, Denkendorf
Druck: Gulde-Druck Tübingen
Printed in Germany

# Inhalt

# 1. Vorbemerkung zur Benutzung des Buches

Mit ›Rezeption‹ bezeichnet man den Prozeß, in dem ein Werk von einem Leser oder einem größeren Publikum aufgenommen wird. Wie das Werk rezipiert wurde, kann man an den mündlichen oder schriftlichen Äußerungen des (oder der) Leser feststellen; z.B. ob sie es gut finden oder ablehnen.

Man kann Rezeption auch als technischen Vorgang beschreiben: Information wird von einem Autor in einen Text gegeben und von einem Leser (mehr oder weniger) richtig und vollständig wieder herausgefunden. Das Kommunikationsmodell, das Sie sicher aus dem ›Grundkurs‹ kennen, kann helfen, diesen Vorgang zu beschreiben. In den »Richtlinien für die Sekundarstufe II« in Nordrhein-Westfalen z.B. wird dieses Modell empfohlen:

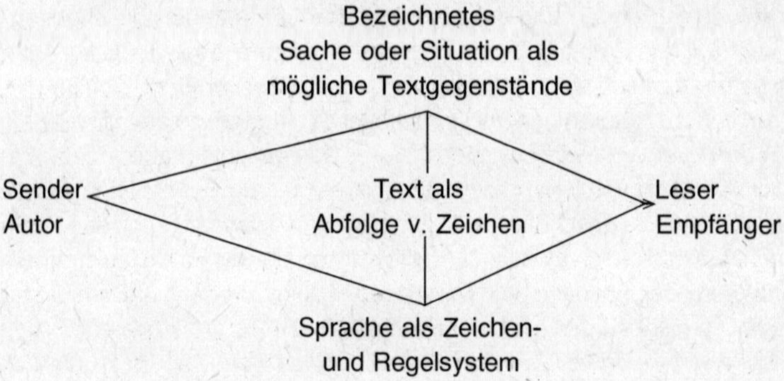


Der von links nach rechts führende Pfeil zeigt, daß dieses Modell vom Autor her gesehen wird. Wir können aber die Richtung des Pfeils umkehren: in der Rezeption ist der Leser die handelnde Person, die Arbeit des Autors ist abgeschlossen; der Leser kann oder muß aus dem Text entnehmen, welche Gegenstände gemeint sind und was der Autor mit dem Text gewollt hat. Dabei zeigt sich aber schon, daß ein solches Modell nur begrenzt sinnvoll sein kann: es gibt einige Faktoren vor (Sender, Sache, Situation, Zeichensystem, Text, Empfänger) und erweckt den Eindruck, diese Faktoren seien jeweils bekannte, feststehende Größen; dabei muß der Leser alle oder doch die meisten erst in der Rezeption herausfinden bzw. bestimmen.

Sicherlich benötigt man solche Kategorien, wenn man beschreiben und erklären will, wie z. B. ein Zeitungstext auf eine bestimmte Lesergruppe gewirkt *hat* – sofern man diese Wirkung wirklich kennt und nicht nur Vermutungen darüber anstellt. Solche Wirkungen aber eindeutig bestimmen zu können, darin liegt gerade die Schwierigkeit; denn wenn ein Leser, z. B. aufgrund einer Zeitungsmeldung, sich furchtbar aufregt, so kann es für diese ›Wirkung‹ eine Fülle von ›Ursachen‹ geben; die Zeitungsmeldung selbst ist wahrscheinlich nur das auslösende Moment und die Aufregung nicht die Folge der Lektüre. Über Rezeption Aussagen zu machen, ist deshalb ebenso schwierig, wie die ›persönlichen‹ Gründe für eine bestimmte Handlung herauszufinden. Beides sind überaus komplexe Phänomene; ihre möglichen Bedingungen und Ursachen sind praktisch unbegrenzt.

Deshalb besteht die Neigung, die unbegrenzten Möglichkeiten mit Hilfe einer Rezeptionstheorie einzugrenzen auf eine überschaubare Anzahl, mit der sich gut arbeiten läßt. Dabei treten zwei Probleme auf:

1. Es gibt dann nur bestimmte Typen von Rezeption; jede individuelle Lektüre wird einem Typ zugeordnet. Eine solche Typologie des Lesens werden wir im Abschnitt 2.4 kennenlernen.

2. Die Rezeptionstheorie kann nicht die komplizierten Vorgänge in den Griff bekommen, die Autor und Leser *miteinander* verbinden: denn daß der Autor mit dem ›Sender‹ und der Leser mit dem ›Empfänger‹ gleichgesetzt wird, verkürzt das Problem unzulässig; das ›Publikum‹ beeinflußt den Autor durch seine Reaktion auf die Werke; der Autor selbst versucht, sich im Hinblick auf andere Autoren und auf seine Leser ein ›Image‹ zu geben, mit dem er sich dann vielleicht wirklich ›identifiziert‹. Das geschieht aber nur z. T. in direktem Kontakt zwischen Autor und Publikum; z. T. bewerkstelligen das die Verleger, die ja das geschäftliche Risiko tragen und deshalb auch das Publikum richtig einschätzen müssen, und die Kritiker, die das Publikum informieren, gängeln oder ihm nach dem Munde reden. Hinzu kommt, daß alle Beteiligten sich ja nicht nur auf *ein* bestimmtes literarisches Werk beziehen, z. B. auf Hesses *Steppenwolf,* sondern auf alles, was ihre ›Zeit‹ (z. B. die Zeit nach dem Ersten Weltkrieg) ausmacht. Diese komplexen ›Rezeptionen‹ kann man nicht vorweg theoretisch definieren; man kann sie versuchen zu beobachten, zu vergleichen und Schlüsse zu ziehen, die sehr wohl unterschiedlich ausfallen können. Solches Beobachtungsmaterial bietet das vorliegende Buch an; es verfährt dabei nicht blindlings, sondern vertritt bestimmte Auffassungen, die genannt und diskutiert werden sollen. Die Auffassungen bestimmen die Auswahl des Materials und die Vorschläge zur Arbeitsweise (die eben deshalb auch nur Vorschläge sein sollen).

Der größte Teil der Arbeitsaufgaben soll die einzelnen Texte zugänglich machen, sie miteinander in Beziehung setzen und die Verbindungen zur Lektüre des *Steppenwolf* herstellen. Diese Aufgaben können zur Vorbereitung des Unterrichts oder im Unterricht benutzt werden; sie können von allen oder von Einzelnen bzw. Gruppen übernommen werden.

Daneben werden Referatthemen angeboten; sie sollen entweder zusätzliche Anwendungsmöglichkeiten bieten oder die Informationen in den Unterricht einbringen, die nicht mehr in dieses Buch hineinpaßten; die Referate können von Einzelnen oder Gruppen ausgearbeitet werden; sie sollten so dargeboten werden, daß sie allen Mitschülern eine Basis für die weitere Arbeit in dem Kurs bieten. Deshalb ist es günstig, wenn wichtige Thesen und Textauszüge allen schriftlich vorliegen.

Die Referate, die für die Vorbereitung des weiteren Unterrichts wichtig sind, müssen rechtzeitig erarbeitet werden; daher wird schon jetzt darauf aufmerksam gemacht. Es sind das Referat 2.4 über die Lesemodelle und die beiden Referate in Kapitel 4: der biographische Hintergrund des *Steppenwolf* und die Einführung in die Psychologie C. G. Jungs. Diese Referate können ohne weitere Kenntnisse dieses Buches in Angriff genommen werden.

Die ›Exkurse‹, z. B. die vergleichende Lektüre von Thomas Manns *Tonio Kröger,* können den Kurs ergänzen. Sie sollten selbst weitere Vorschläge dazu machen. Am besten ist es, wenn vor allem auch Verbindungen zu den bereits abgeschlossenen Kursen hergestellt werden.

Die ›Exkurse‹ können gemeinsam in der Klasse, als Referate oder auch als Themen für schriftliche Ausarbeitungen (Facharbeiten) genutzt werden.

Am Ende eines jeden Kapitels wird ein kürzerer Text mit Arbeitsaufgaben angeboten; er kann als ›Test‹ benutzt werden, um festzustellen, wie weit die Arbeit erfolgreich war.

Voraussetzung für die Arbeit mit diesem Buch ist die Kenntnis des *Steppenwolf.* Zugrunde gelegt wird die preiswerte Ausgabe als suhrkamp taschenbuch. Darauf beziehen sich auch die Seitenangaben in diesem Band. Um sich in dem Text des *Steppenwolf* zurechtzufinden, sollte schon bei der ersten Lektüre dreierlei versucht werden:

1. Eine grobe Gliederung des Textes mit Stichwortnotizen über den Inhalt: wenn man abgrenzbare Teile (die Einleitung des Erzählers und den ›Tractat‹) zunächst herausnimmt, kann der übrige Text in Episoden gegliedert werden; diese (z. B. das ›Magische Theater‹) lassen sich z. T. weiter untergliedern.

2. Eine Markierung der Stellen, die besonders wichtig, bedenklich oder unverständlich erscheinen.

3. Eine Zusammenstellung der Textstellen, die ähnlichen Inhalt haben (z. B. kommt Goethe oder die Zweiteilung in Wolf und Mensch mehrfach vor).

Es ist allerdings nicht erforderlich, daß diese Vorarbeiten lückenlos durchgeführt werden, weil auf den *Steppenwolf* häufiger Bezug genommen wird; sie sollen nur den weiteren Umgang mit Hesses Buch erleichtern.

Die Texte von Hesse, die in diesem Buch abgedruckt sind, erscheinen ohne Angabe des Autors. Sie sind zum größten Teil der zwölfbändigen Ausgabe der ›Gesammelten Werke‹ entnommen, die 1970 im Verlag suhrkamp, Frankfurt/M., erschienen ist; die Abkürzung der Literaturangaben ist so zu verstehen: z. B. GW 6, S. 217 ff. = Gesammelte Werke, Band 6, Seite 217 ff.

# 2. Hesses Selbstverständnis als Dichter und Schriftsteller

## *2.1 Vom Schriftsteller (1909)*

Wer durch einen der tausend Zufälle des Lebens dahin gebracht worden ist, von einer angebornen literarischen Begabung leben zu müssen oder leben zu können, der mag sich mit seinem zweifelhaften »Berufe«, der keiner ist, abzufinden suchen. Die Tätigkeit eines sogenannten freien Schriftstellers gilt heutzutage, wofür sie in der Weltgeschichte nie gegolten hat, für einen »Beruf«, vermutlich weil sie von vielen, die gar keinen Beruf dazu haben, gewerbsmäßig ausgeübt wird. Tatsächlich scheint mir das gelegentliche, unerzwungen geübte Verfassen hübscher Dinge, deren Gesamtheit man Literatur nennt, keine Lebensarbeit zu sein und den Namen eines Berufes im üblichen Sinne nicht zu verdienen. Der »freie« Schriftsteller, sofern er ein anständiger Mensch und einigermaßen Künstler ist, hat keinen Beruf, sondern ist im Gegenteil ein Müßiggänger und Privatmann, der eben nur gelegentlich und nach Laune und Gunst der Stunde produziert.

Es fällt denn auch jedem freien Schriftsteller recht schwer, sich in seine zwitterhafte Stellung zwischen Privatier und unfreien Schriftsteller (das heißt Journalist) zu finden. Einen Beruf zu haben, der keiner ist, macht nicht immer Freude. Mancher steigert, im Bedürfnis nach fortlaufender Tätigkeit, seine Produktion über die Grenzen seiner natürlichen Begabung hinaus und wird zum Vielschreiber. Andre verführt Freiheit und Müßiggang zur Bequemlichkeit, weil eben der Mann ohne Beruf leicht verkommt. Und alle miteinander, die fleißigen und die faulen, leiden an der Neurasthenie und Empfindlichkeit ungenügend beschäftigter, zu viel auf sich selbst angewiesener Menschen.

Davon wollte ich jedoch nicht reden, diese Dinge muß jeder mit sich allein ausmachen. Wie die Schriftsteller selbst ihren sogenannten Beruf auffassen wollen, das muß ihnen selber überlassen bleiben. Etwas ganz anderes als die oft so bitter mit Selbstironie gemischten Gedanken der Dichter und Literaten über ihre Arbeit ist die Auffassung des Schriftstellerberufes in der Öffentlichkeit.

Die Öffentlichkeit nämlich, die Presse, das Volk, die Vereine, kurz jedermann, der nicht gerade selbst Schriftsteller ist, faßt dessen Beruf und seinen Pflichtenkreis weit einfacher auf. Und so geschieht es dem Literaten genau wie jedem Arzt oder Richter oder Beamten, daß er über Wesen und Charakter seines Berufes aufgeklärt wird durch die Art der Ansprüche, die man von außen her an ihn stellt. Jeder einigermaßen bekannt gewordene Schriftsteller erfährt jeden lieben Tag durch die einlaufende Post, was Publikum, Verleger, Presse und Kollegen von ihm wollen und von ihm denken.

Publikum und Verleger sind dabei in ihren Ansprüchen meist durchaus einig und sehr bescheiden. Vom Verfasser eines erfolgreichen Lustspieles erwarten sie abermals erfolgreiche Lustspiele, vom Dichter eines Bauernromans wieder Bauernromane, vom Autor eines Buches über Goethe neue Bücher über Goethe. Zuweilen denkt und wünscht der Autor selbst nichts anderes, dann herrscht für alle Zeit Einigkeit und gegenseitige Zufriedenheit. Der Urheber des »Tirolerbua« fährt mit dem »Tirolermadl« fort, der Dichter der »Rekrutenbilder« mit »Kasernenbildern«, und auf »Goethe im Studierzimmer« folgen »Goethe bei Hofe« und »Goethe auf der Straße«.

Die Autoren, die es so machen, haben wirklich einen Beruf, treiben wirklich ein Gewerbe. Sie wuchern mit ihrem Pfunde und besitzen das Attribut und geheime Zunftzeichen der wirklich zünftigen Schriftsteller, nämlich die »geschätzte Feder«.

Die »geschätzte Feder« ist eine Erfindung jenes leider anonym gebliebenen Redakteurs, der schon vor Jahrzehnten das sogenannte »persönliche Element« als den Krebsschaden des Journalismus erkannte. An Stelle der Persönlichkeit schob er bekanntlich den »Namen«, und belehnte jeden brauchbaren »Namen« mit einer »geschätzten Feder«, von welcher er nun unter aller Schonung der Autoreneitelkeit bestellte Arbeit zu beziehen wußte. Diese Technik beherrscht heute das ganze Zeitungsfeuilleton, soweit es dem Kultus des Unpersönlichen nicht unter der nobleren Form absoluter Anonymität huldigt.

So ist es gekommen, daß zum Beispiel der Dichter eines erfolgreichen Romans durch folgende Depesche eines Weltblattes überrascht werden kann: »Erbitte umgehend Plauderei aus Ihrer geschätzten Feder über mutmaßliche Entwicklung der Flugtechnik; Höchsthonorar garantiert.« Für den Redakteur nämlich kommt jeder halbwegs bekannte Autor nur als »Name« in Betracht, und er kalkuliert so: die Leser wollen interessante und aktuelle Überschriften, sie wollen ferner berühmte Namen, also kombinieren wir beides! Was dann eigentlich in dem bestellten Artikel steht, ist ganz einerlei: man kann ja, wenn man eine geschätzte Feder hat, ganz wohl eine Plauderei über Gerhart Hauptmann durch einen dekorativen Einleitungssatz über Zeppelin eröffnen. Es gibt überaus geschätzte Federn, die bequem von diesem Schwindelbetrieb leben.

Damit sind ungefähr die Ansprüche der Presse an freie Schriftsteller gekennzeichnet. Dazu gehören auch noch die »Rundfragen«, in welchen nach Art einer maskierten Gesellschaft sich Professoren übers Theater, Schauspieler über Politik, Dichter über Volkswirtschaft, Gynäkologen über Denkmalspflege äußern. Alles in allem ein harmloser und spaßhafter Betrieb, den niemand ernst nimmt und der wenig schadet. Schlimmer sind die

Ansprüche der Presse, die auf die Eitelkeit und das Reklamebedürfnis der Literaten rechnen unter dem Motto »Manus manum lavat«. Zu diesen unfeinen Dingen rechne ich auch die bildnisgeschmückten kleinen Reklameartikel und Autobiographien in vielen Journalen und Sonntagsbeilagen.

Der Schriftsteller lernt diesen Angeboten und Aufforderungen gegenüber allmählich seinen Beruf erkennen, und wenn er sonst gerade nichts zu arbeiten hat, so kann er mit Erledigung aller dieser im Grunde unnützen Korrespondenzen immerhin seinen Tag ausfüllen. Es kommen dann, mit den Jahren wachsend und wechselnd, noch gar viele unerwartete private Korrespondenzen hinzu. Von den Bettelbriefen will ich nichts sagen, die bekommt jedermann. Aber daß mir einst ein eben entlassener Sträfling mit 35 Vorstrafen die Mitteilung seines Lebenslaufes zu beliebiger literarischer Verwertung gegen eine einmalige Entschädigung von tausend Mark anbot, überraschte mich doch. Daß jede kleine Bibliothek und mancher mittellose Student annimmt, ein Autor mache sich ein Vergnügen daraus, seine Bücher in Menge wegzuschenken, ist weniger erfreulich. Und daß alljährlich sämtliche Vereine Deutschlands zu ihrem Jahresfest und sämtliche muli Deutschlands zu ihrer Abiturientenfeier literarische Beiträge aller deutschen Dichter haben müssen, ist auch merkwürdig. Daneben spielen die Wünsche der Autographensammler, selbst wenn sie durch beigelegtes Rückporto zur Antwort nötigen, kaum eine Rolle.

Alle Verleger, Redaktionen, Abiturienten, Backfische, Vereine der Welt zusammen aber geben einem Schriftsteller noch nicht so viel zu tun wie die Kollegen, von dem sechzehnjährigen Schüler, der einige hundert schwer leserliche Gedichte zu recht ausführlicher Prüfung und Beurteilung einschickt, bis zu dem routinierten alten Literaten, der aufs höflichste um eine günstige Rezension seines neuen Buches bittet und dabei so deutlich wie vorsichtig zu verstehen gibt, er werde es, im guten wie im bösen Falle, an Gegendiensten nicht fehlen lassen. Man kann den Verlegern und Zeitungen, den Bettlern und allzu Naiven gegenüber ruhig und bei Humor bleiben – aber den schamlosen Geschäftsbetrieb und die eigennützige Zudringlichkeit entbehrlicher Auchschreiber kann man oft nur mit Ekel und Ärger ansehen. Der überhöfliche Jüngling, der dir heute mit einem bombastischen Schmeichelbrief seine Gedichte sendet und sich ganz deinem Urteil und Rate fügen will, kann übermorgen auf deinen wohlüberlegten, freundlichen aber ablehnenden Brief mit einem wilden Schmähartikel im heimischen Wochenblatt antworten. Ich bin mit einer großen Zahl von Schriftstellern, die ich hochschätze, persönlich bekannt und befreundet worden, und jeder hat dieselben Erfahrungen gemacht und keiner von uns allen hat selber einst diesen Bettler- und Erpresserweg genommen. So darf man wohl schließen, jene nie aussterbenden Kollegen von der Schmeichler- und Bettlersorte seien eben doch die Minderwertigen, und man darf annehmen, es werde keinem Ehrenmann und keinem Genie unrecht geschehen, wenn man die Menge der täglich sich erneuernden Zudringlichkeiten sich selber überläßt und schlechthin in denselben Korb steckt, wohin auch die nichtliterarischen Bettelbriefe kommen.

Und am Ende des Kreislaufes sieht man dann, daß das, was wie Berufs- und Amtsarbeit aussieht, beim Dichter auf lauter Torheiten und unnütze Schreibereien hinausläuft, während seine eigentliche Arbeit, trotz aller entgegengesetzten Meinungen, eben doch nicht zu regeln und zum Beruf zu machen ist. Unser Beruf heißt Stillesein, Augenaufmachen und Warten bis die guten Stunden kommen – und dann ist die Arbeit, auch wenn sie Schweiß und schlaflose Nächte fordert, köstlich und keine »Arbeit« mehr.

# Arbeitsvorschläge

zu 2.1

1. Stellen Sie zusammen, was Hesse am Kulturbetrieb kritisiert; versuchen Sie, das Material mit Hilfe allgemeiner Gesichtspunkte zu ordnen.
2. Wessen Interesse vertritt Hesse? Wessen Interessen hat er dabei Ihrer Meinung nach gar nicht und zu wenig berücksichtigt?
3. Am Schluß macht Hesse den Beruf des Dichters von den ›guten Stunden‹ abhängig; diskutieren Sie diese Behauptung in zweierlei Hinsicht:

3.1 Wer sollte – nach Hesses oder Ihrer Meinung – darüber entscheiden, ob die Stunden wirklich ›gut‹ für den Dichter waren? Woran sollte das gemessen werden?

3.2 Welche Alternativen zur Bestimmung des Dichterberufs können Sie sich vorstellen?

## *2.2 Der Dichter*

Es wird erzählt, daß der chinesische Dichter Han Fook in seiner Jugend von einem wunderbaren Drang beseelt war, alles zu lernen und sich in allem zu vervollkommnen, was zur Dichtkunst irgend gehört. Er war damals, da er noch in seiner Heimat am Gelben Flusse lebte, auf seinen Wunsch und mit Hilfe seiner Eltern, die ihn zärtlich liebten, mit einem Fräulein aus gutem Hause verlobt worden, und die Hochzeit sollte nun bald auf einen glückverheißenden Tag festgesetzt werden. Han Fook war damals etwa zwanzig Jahre alt und ein hübscher Jüngling, bescheiden und von angenehmen Umgangsformen, in den Wissenschaften unterrichtet und trotz seiner Jugend schon durch manche vorzügliche Gedichte unter den Literaten seiner Heimat bekannt. Ohne gerade reich zu sein, hatte er doch ein auskömmliches Vermögen zu erwarten, das durch die Mitgift seiner Braut noch erhöht wurde, und da diese Braut außerdem sehr schön und tugendhaft war, schien an dem Glücke des Jünglings durchaus nichts mehr zu fehlen. Dennoch war er nicht ganz zufrieden, denn sein Herz war von dem Ehrgeiz erfüllt, ein vollkommener Dichter zu werden.

Da geschah es an einem Abend, da ein Lampenfest auf dem Flusse begangen wurde, daß Han Fook allein am jenseitigen Ufer des Flusses wandelte. Er lehnte sich an den Stamm eines Baumes, der sich über das Wasser neigte, und sah im Spiegel des Flusses tausend Lichter schwimmen und zittern, er sah auf den Booten und Flößen Männer und Frauen und junge Mädchen einander begrüßen und in festlichen Gewändern wie schöne Blumen glänzen, er hörte das schwache Gemurmel der beleuchteten Wasser, den Gesang der Sängerinnen, das Schwirren der Zither und die süßen Töne der Flötenbläser, und über dem allem sah er die bläuliche Nacht wie das Gewölbe eines Tempels schweben. Dem Jünglinge schlug das Herz, da er als einsamer Zuschauer, seiner Laune folgend, alle diese Schönheit betrachtete. Aber so sehr ihn verlangte, hinüberzugehen und dabei zu sein und in der Nähe seiner Braut und seiner Freunde das Fest zu genießen, so begehrte er dennoch weit sehnlicher, dies alles als ein feiner Zuschauer aufzunehmen und in einem ganz vollkommenen Gedichte widerzuspiegeln; die Bläue der Nacht und das Lichterspiel des Wassers sowohl wie die Lust der Festgäste und die Sehnsucht des stillen Zuschauers, der am Stamm des Baumes über dem Ufer lehnt. Er empfand, daß ihm bei allen Festen und aller Lust dieser Erde doch niemals ganz und gar wohl und heiter ums Herz sein könnte, daß er auch inmitten des Lebens ein Einsamer und gewissermaßen ein Zuschauer und Fremdling bleiben würde, und er empfand, daß seine Seele unter vielen anderen allein so beschaffen sei, daß er zugleich die Schönheit der Erde und das heimliche Verlangen des Fremdlings fühlen mußte. Darüber wurde er traurig und sann dieser Sache nach, und das Ziel seiner Gedanken war dieses, daß ihm ein wahres Glück und eine tiefe Sättigung nur dann zuteil werden könnte, wenn es ihm einmal gelänge, die Welt so vollkommen in Gedichten zu spiegeln, daß er in diesen

Spiegelbildern die Welt selbst geläutert und verewigt besäße.

Kaum wußte Han Fook, ob er noch wache oder eingeschlummert sei, als er ein leises Geräusch vernahm und neben dem Baumstamm einen Unbekannten stehen sah, einen alten Mann in einem violetten Gewande und mit ehrwürdigen Mienen. Er richtete sich auf und begrüßte ihn mit dem Gruß, der den Greisen und Vornehmen zukommt, der Fremde aber lächelte und sprach einige Verse, in denen war alles, was der junge Mann soeben empfunden hatte, so vollkommen und schön und nach den Regeln der großen Dichter ausgedrückt, daß dem Jüngling vor Staunen das Herz stillstand.

»Oh, wer bist du«, rief er, indem er sich tief verneigte, »der du in meine Seele sehen kannst und schönere Verse sprichst, als ich je von allen meinen Lehrern vernommen habe?«

Der Fremde lächelte abermals mit dem Lächeln der Vollendeten und sagte: »Wenn du ein Dichter werden willst, so komm zu mir. Du findest meine Hütte bei der Quelle des großen Flusses in den nordwestlichen Bergen. Mein Name ist Meister des vollkommenen Wortes.«

Damit trat der alte Mann in den schmalen Schatten des Baumes und war alsbald verschwunden, und Han Fook, der ihn vergebens suchte und keine Spur von ihm mehr fand, glaubte nun fest, daß alles ein Traum der Müdigkeit gewesen sei. Er eilte zu den Booten hinüber und wohnte dem Feste bei, aber zwischen Gespräch und Flötenklang vernahm er immerzu die geheimnisvolle Stimme des Fremden, und seine Seele schien mit jenem dahingegangen, denn er saß fremd und mit träumenden Augen unter den Fröhlichen, die ihn mit seiner Verliebtheit neckten.

Wenige Tage später wollte Han Fooks Vater seine Freunde und Verwandten berufen, um den Tag der Vermählung zu bestimmen. Da widersetzte sich der Bräutigam und sagte: »Verzeihe mir, wenn ich gegen den Gehorsam zu verstoßen scheine, den der Sohn dem Vater schuldet. Aber du weißt, wie sehr es mein Verlangen ist, in der Kunst der Dichter mich auszuzeichnen, und wenn auch einige meiner Freunde meine Gedichte loben, so weiß ich doch wohl, daß ich noch ein Anfänger und noch auf den ersten Stufen des Weges bin. Darum bitte ich dich, laß mich noch eine Weile in die Einsamheit gehen und meinen Studien nachhängen, denn mir scheint, wenn ich erst eine Frau und Haus zu regieren habe, wird dies mich von jenen Dingen abhalten. Jetzt aber bin ich noch jung und ohne andere Pflichten und möchte noch eine Zeit allein für meine Dichtkunst leben, von der ich Freude und Ruhm erhoffe.«

Die Rede setzte den Vater in Erstaunen, und er sagte: »Diese Kunst muß dir wohl über alles lieb sein, da du ihretwegen sogar deine Hochzeit verschieben willst. Oder ist etwas zwischen dich und deine Braut gekommen, so sage es mir, daß ich dir helfen kann, sie zu versöhnen oder dir eine andere zu verschaffen.«

Der Sohn schwur aber, daß er seine Braut nicht weniger liebe als gestern und immer, und daß nicht der Schatten eines Streites zwischen ihn und sie gefallen sei. Und zugleich erzählte er seinem Vater, daß ihm durch einen Traum am Tage des Lampenfestes ein Meister kundgeworden sei, dessen Schüler zu werden er sehnlicher wünsche als alles Glück der Welt.

»Wohl«, sprach der Vater, »so gebe ich dir ein Jahr. In dieser Zeit magst du deinem Traum nachgehen, der vielleicht von einem Gott zu dir gesandt worden ist.«

»Es mögen auch zwei Jahre werden«, sagte Han Fook zögernd, »wer will das wissen?«

Da ließ ihn der Vater gehen und war betrübt, der Jüngling aber schrieb seiner Braut einen Brief, verabschiedete sich und zog davon.

Als er sehr lange gewandert war, erreichte er die Quelle des Flusses und fand in großer Einsamkeit eine Bambushütte stehen, und vor der Hütte saß auf einer geflochtenen Matte der alte Mann, den er am Ufer bei dem Baumstamm gesehen hatte. Er saß und spielte die Laute, und als er den Gast sich mit Ehrfurcht nähern sah, erhob er sich nicht, noch grüßte er ihn, sondern lächelte nur und ließ die zarten Finger über die Saiten laufen, und eine zauberhafte Musik floß wie eine silberne Wolke durch das Tal, daß der Jüngling stand und sich verwunderte und in süßem Erstaunen alles andere vergaß, bis der Meister des vollkommenen Wortes seine kleine Laute beiseite legte und in die Hütte trat. Da folgte ihm Han Fook mit Ehrfurcht und blieb bei ihm als sein Diener und Schüler.

Ein Monat verging, da hatte er gelernt, alle Lieder, die er zuvor gedichtet hatte, zu verachten, und er tilgte sie aus seinem Gedächtnisse. Und wieder nach Monaten tilgte er auch die Lieder, die er daheim von seinen Lehrern gelernt hatte, aus seinem Gedächtnis. Der Meister sprach kaum ein Wort mit ihm, er lehrte ihn schweigend die Kunst des Lautenspieles, bis das Wesen des Schülers ganz von Musik durchflossen war. Einst machte Han Fook ein kleines Gedicht, worin er den Flug zweier Vögel am herbstlichen Himmel beschrieb, und das ihm wohlgefiel. Er wagte nicht, es dem Meister zu zeigen, aber er sang es eines Abends abseits von der Hütte, und der Meister hörte es wohl. Er sagte jedoch kein Wort. Er spielte nur leise auf seiner Laute, und alsbald ward die Luft kühl und die Dämmerung beschleunigt, ein scharfer Wind erhob sich, obwohl es mitten im Sommer war, und über den grau gewordenen Himmel flogen zwei Reiher in mächtiger Wandersehnsucht, und alles dies war so viel schöner und vollkommener als des Schülers Verse, daß dieser traurig wurde und schwieg und sich wertlos fühlte. Und so tat der Alte jedesmal, und als ein Jahr vergangen war, da hatte Han Fook das Lautenspiel beinahe vollkommen erlernt, die Kunst der Dichtung aber sah er immer schwerer und erhabener stehen.

Als zwei Jahre vergangen waren, spürte der Jüngling ein heftiges Heimweh nach den Seinigen, nach der Heimat und nach seiner Braut, und er bat den Meister, ihn reisen zu lassen.

Der Meister lächelte und nickte. »Du bist frei«, sagte er »und kannst gehen, wohin du willst. Du magst wiederkommen, du magst wegbleiben, ganz wie es dir gefällt.«

Da machte sich der Schüler auf die Reise und wanderte rastlos, bis er eines Morgens in der Dämmerung am heimatlichen Ufer stand und über die gewölbte Brücke nach seiner Vaterstadt hinübersah. Er schlich verstohlen in seines Vaters Garten und hörte durchs Fenster des Schlafzimmers seines Vaters Atem gehen, der noch schlief, und er stahl sich in den Baumgarten beim Hause seiner Braut und sah vom Wipfel eines Birnbaumes, den er erstieg, seine Braut in der Kammer stehen und ihre Haare kämmen. Und indem er dies alles, wie er es mit seinen Augen sah, mit dem Bilde verglich, das er in seinem Heimweh davon gemalt hatte, ward es ihm deutlich, daß er doch zum Dichter bestimmt sei, und er sah, daß in den Träumen der Dichter eine Schönheit und Anmut wohnt, die man in den Dingen der Wirklichkeit vergeblich sucht. Und er stieg von dem Baume herab und floh aus dem Garten und über die Brücke aus seiner Vaterstadt und kehrte in das hohe Tal im Gebirge zurück. Da saß wie einstmals der alte Meister vor seiner Hütte auf der bescheidenen Matte und schlug mit seinen Fingern die Laute, und statt der Begrüßung sprach er zwei Verse von den Beglückungen der Kunst, bei deren Tiefe und Wohllaut dem Jünger die Augen voll Tränen wurden.

Wieder blieb Han Fook bei dem Meister des vollkommenen Wortes, der ihn nun, da er die Laute beherrschte, auf der Zither unterrichtete, und die Monate schwanden hinweg wie Schnee im Westwinde. Noch zweimal geschah es, daß ihn das Heimweh übermannte. Das eine Mal lief er heimlich in der Nacht davon, aber noch ehe er die letzte Krümmung des Tales erreicht hatte, lief der Nachtwind über die Zither, die in der Tür der Hütte hing, und die Töne flohen ihm nach und riefen ihn zurück, daß er nicht widerstehen konnte. Das andere Mal aber träumte ihm, er pflanze einen jungen Baum in seinen Garten, und sein Weib stünde dabei, und seine Kinder begössen den Baum mit Wein und Milch. Als er erwachte, schien der Mond in seine Kammer, und er erhob sich verstört und sah nebenan den Meister im Schlummer liegen und seinen greisen Bart sachte zittern; da überfiel ihn ein bitterer Haß gegen diesen Menschen, der, wie ihm schien, sein Leben zerstört und ihn um seine Zukunft betrogen habe. Er wollte sich über ihn stürzen und ihn ermorden, da schlug der Greis die Augen auf und begann alsbald mit einer feinen, traurigen Sanftmut zu lächeln, die den Schüler entwaffnete.

»Erinnere dich, Han Fook«, sagte der Alte leise, »du bist frei, zu tun, was dir beliebt. Du magst in deine Heimat gehen und Bäume pflanzen, du magst mich hassen und erschlagen, es ist wenig daran gelegen.«

»Ach, wie könnte ich dich hassen«, rief der Dichter in heftiger Bewegung. »Das ist, als ob ich den Himmel selbst hassen wollte.«

Und er blieb und lernte die Zither spielen, und danach die Flöte, und später begann er unter des Meisters Anweisung Gedichte zu machen, und er lernte langsam jene heimliche Kunst, scheinbar nur das Einfache und Schlichte zu sagen, damit aber in des Zuhörers Seele zu wühlen wie der Wind in einem Wasserspiegel. Er beschrieb das Kommen der Sonne, wie sie am Rand des Gebirges zögert, und das lautlose Huschen der Fische, wenn sie wie Schatten unter dem Wasser hinfliehen, oder das Wiegen einer jungen Weide im Frühlingswind, und wenn man es hörte, so war es nicht die Sonne und das Spiel der Fische und das Flüstern der Weide allein, sondern es schien der Himmel und die Welt jedesmal für einen Augenblick in vollkommener Musik zusammenzuklingen, und jeder Hörer dachte dabei mit Lust oder Schmerzen an das, was er liebte oder haßte, der Knabe ans Spiel, der Jüngling an die Geliebte und der Alte an den Tod.

Han Fook wußte nicht mehr, wie viele Jahre er bei dem Meister an der Quelle des großen Flusses verweilt habe; oft schien es ihm, als sei er erst gestern abend in dieses Tal getreten und vom Saitenspiel des Alten empfangen worden, oft auch war ihm, als seien hinter ihm alle Menschenalter und Zeiten hinabgefallen und wesenlos geworden.

Da erwachte er eines Morgens allein in der Hütte, und wo er auch suchte und rief, der Meister war verschwunden. Über Nacht schien plötzlich der Herbst gekommen, ein rauher Wind rüttelte an der alten Hütte, und über den Grat des Gebirges flogen große Scharen von Zugvögeln, obwohl es noch nicht ihre Zeit war.

Da nahm Han Fook die kleine Laute mit sich und stieg in das Land seiner Heimat hinab, und wo er zu Menschen kam, begrüßten sie ihn mit dem Gruß, der den Alten und Vornehmen zukommt, und als er in seine Vaterstadt kam, da war sein Vater und seine Braut und seine Verwandtschaft gestorben, und andere Menschen wohnten in ihren Häusern. Am Abend aber wurde das Lampenfest auf dem Flusse gefeiert, und der Dichter Han Fook stand jenseits auf dem dunkleren Ufer, an den Stamm eines alten Baumes gelehnt, und als er auf seiner kleinen Laute zu spielen begann, da seufzten die Frauen und blickten entzückt und beklommen in die Nacht, und die jungen Männer riefen nach dem Lautenspieler, den sie nirgends finden konnten, und riefen laut, daß noch keiner von ihnen jemals solche Töne einer Laute gehört habe. Han Fook aber lächelte. Er schaute in den Fluß, wo die Spiegelbilder der tausend Lampen schwammen; und wie er die Spiegelbilder nicht mehr von den wirklichen zu unterscheiden wußte, so fand er in seiner Seele keinen Unterschied zwischen diesem Feste und jenem ersten, da er hier als ein Jüngling gestanden war und die Worte des fremden Meisters vernommen hatte.

# Arbeitsvorschläge

zu 2.2

1. In der Erzählung beschreibt Hesse die Entwicklung des Dichters Han Fook; bestimmen Sie Ausgangspunkt und Endpunkt dieser Entwicklung und versuchen Sie, den Unterschied zwischen beiden zu beschreiben.
2. Welche Stadien lassen sich in der Entwicklung unterscheiden, welche Funktion haben sie für Han Fook?
3. Vergleichen Sie das, was Hesse in diesem Text über den Dichter Han Fook sagt, mit seiner Position im Text 2.1; halten Sie die gefundenen Unterschiede und Gemeinsamkeiten schriftlich fest.
4. Wie läßt sich nach beiden Texten das Verhältnis von ›Künstler‹ und ›Bürger‹ bestimmen? Vergleichen Sie damit die Darstellungen im *Steppenwolf,* bes. S. 57–63 und S. 163–170.
5. Welche Rolle spielt die ›Musik‹ für Han Fook, welche Bedeutung wird ihr im *Steppenwolf,* bes. am Schluß (S. 221–237) zugewiesen?

## *2.3 Eine Arbeitsnacht* (1928)*

Der Samstagabend war mir wichtig, ich hatte in dieser Woche mehrere Abende verloren, zwei für Musik, einen für Freunde, einen durch Krankheit, und das Verlieren eines Abends bedeutet für meine Arbeit meistens den Verlust eines Tages, denn ich arbeite am besten in den späten Stunden des Tages. Eine umfangreiche Dichtung, mit der ich seit bald zwei Jahren lebe, ist neuestens in ein Stadium getreten, wo das Wichtigste eines Buches sich entscheidet. Genau erinnere ich mich an die Zeit vor einigen Jahren (es war dieselbe Jahreszeit), wo der »Steppenwolf« in eben diesem gefährlichen und spannenden Stadium war. Bei der Art von Dichtung, wie ich sie übe, gibt es eine eigentlich rationale, vom Willen abhängende, durch Fleiß zu erzwingende Arbeit kaum. Eine neue Dichtung beginnt für mich in dem Augenblick zu entstehen, wo eine Figur mir sichtbar wird, welche für eine Weile Symbol und Träger meines Erlebens, meiner Gedanken, meiner Probleme werden kann. Die Erscheinung dieser mythischen Person (Peter Camenzind, Knulp, Demian, Siddhartha, Harry Haller usw.) ist der schöpferische Augenblick, aus dem alles entsteht. Beinahe alle Prosadichtungen, die ich geschrieben habe, sind Seelenbiographien, in allen handelt es sich nicht um Geschichten, Verwicklungen und Spannungen, sondern sie sind im Grunde Monologe, in denen eine einzige Person, eben jene mythische Figur, in ihren Beziehungen zur Welt und zum eigenen Ich betrachtet wird. Man nennt diese Dichtungen »Romane«. In Wirklichkeit sind sie keineswegs Romane, so wenig wie ihre großen, mir seit der Jünglingszeit heiligen Vorbilder etwa der »Heinrich von Ofterdingen« des Novalis oder der »Hyperion« Hölderlins, Romane sind.

Wieder einmal also erlebe ich die kurze, schöne, schwere und erregende Zeit, in der eine Dichtung ihre Krisis durchmacht, die Zeit, in der alle Gedanken und Lebensstimmungen, welche irgend auf die »mythische« Figur Bezug haben, in höchster Schärfe, Deutlichkeit und Eindringlichkeit vor mir stehen. Das gesamte Material, die gesamte Masse an Erlebnis und an Gedachtem, die das entstehende Buch auf eine Formel zu bringen sucht, ist in dieser Zeit (und die Zeit dauert nicht lange!) im Zustande des Flusses, der Schmelzbarkeit – jetzt oder nie muß das Material gefaßt und in die Form gebracht werden, sonst ist es zu spät. Bei jedem meiner Bücher hat es eine solche Zeit gegeben, auch bei den niemals fertig gewordenen und niemals gedruckten. Bei ihnen habe ich diese Erntezeit verpaßt, und es kam plötzlich der Augenblick, wo Figur und Problem meiner Dichtung anfing, mir ferner zu rücken und an Dringlichkeit und Wichtigkeit zu verlieren, so wie heute der Camenzind, der Knulp, der Demian für mich keine Aktualität mehr haben. Mehrere Male ist mir eine Arbeit von vielen Monaten auf diese Weise wieder verlorengegangen und mußte verworfen werden.

Dieser Samstagabend nun gehörte mir und meiner Arbeit, und ich hatte

* Geschrieben am 2. Dezember 1928 während der Arbeit an ›Narziß und Goldmund‹.

den größten Teil des Tages dazu verwendet, mich auf ihn vorzubereiten. Gegen acht Uhr holte ich mein Abendessen aus dem kühlen Nebenzimmer, ein Töpfchen Joghurt und eine Banane, dann setze ich mich zur kleinen Arbeitslampe und nahm die Feder zur Hand.

Ich tat es nicht gerne, so sehr es notwendig sein mochte. Auf diese heutigen Arbeitsstunden hatte ich mich seit vorgestern nicht gefreut, sondern gefürchtet. Denn meine Erzählung (sie handelte von Goldmund) stand an einer heiklen Stelle, beinahe der einzigen des Buches, wo die Vorgänge selbst das Wort haben, wo es spannend zugeht. Und ich habe vor »spannenden« Handlungen den größten Abscheu, namentlich in meinen eigenen Büchern, in denen ich sie denn auch nach Möglichkeit immer vermieden habe. Diese aber war nicht zu umgehen: das Erlebnis Goldmunds, das ich da erzählen mußte, war kein erfundenes und entbehrliches, sondern es gehörte zu den ersten und wichtigsten Einfällen, aus denen die Figur Goldmunds entstanden war, es gehörte zu seiner Substanz.

Drei Stunden saß ich an meinem Arbeitstisch und plagte mich mit der *einen* »spannenden« Seite, suchte sie so sachlich, so kurz und so wenig spannend wie möglich zu fassen, und ich weiß nicht, ob es mir geglückt ist. Man kann das oft erst sehr viel später sehen. Dann war ich sehr erschöpft und betrübt und saß lange neben meinem vollgekritzelten Papier, von wohlbekannten und unliebsamen Gedankengängen verfolgt. War dies abendliche Schreiben, dies langsame Gestalten einer Figur, die mir vor bald zwei Jahren einst als Vision erschienen war – war diese verzweifelte, beglückende, aufreibende Arbeit wirklich sinnvoll und notwendig? War es notwendig, daß dem Camenzind, dem Knulp, dem Veraguth, dem Klingsor und dem Steppenwolf nun nochmals eine Figur folgte, eine neue Inkarnation, eine etwas anders gemischte und anders differenzierte Verkörperung meines eigenen Wesens im Wort?

Das, was ich da trieb und was ich mein Leben lang getrieben habe, nannte man in früheren Zeiten Dichten, und niemand zweifelte daran, daß es zumindest ebensoviel Wert und Sinn habe wie Afrikareisen oder Tennisspielen. Heute aber nennt man es »Romantik«, und zwar mit einem Ton von heftiger Geringschätzung. Warum denn ist Romantik etwas Minderwertiges? War Romantik nicht das, was die besten Geister Deutschlands getrieben haben, die Novalis, Hölderlin, Brentano, Mörike, und alle deutschen Musiker von Beethoven über Schubert bis Hugo Wolf? Manche neueren Kritiker brauchen für das, was man einst Dichtung und dann Romantik nannte, jetzt sogar die dumme, aber ironisch gemeinte Bezeichnung »Biedermeier«. Sie meinen damit etwas »Bürgerliches« und etwas Uraltmodisches, sentimental Versponnenes, etwas, was inmitten der herrlichen heutigen Zeit dumm und spielerisch anmutet und zum Lachen reizt. So reden sie von allem, was an Geist und Seele über den Tag hinaus sich regt. So als sei das deutsche und europäische Geistesleben eines Jahrhunderts, als sei die Sehnsucht und Vision Schlegels, Schopenhauers und Nietzsches, der Traum Schumanns und Webers, das Dichten Eichendorffs und Stifters eine flüchtige, von uns zu belächelnde, glücklicherweise längst erstorbene Großvätermode gewesen! Aber dieser Traum ging ja nicht um Moden, um Lieblichkeiten und stilistische Bagatellen, er war Auseinandersetzung mit zweitausend Jahren Christentum, mit tausend Jahren Deutschtum, er ging um den Begriff des Menschentums. Warum war das heute so wenig geachtet, warum wurde es von den führenden Schichten unseres Volkes als lächerlich empfunden? Warum gab man Millionen aus für die »Ertüchtigung« unsrer Körper, und auch ziemlich viel für die Routinierung unsres Verstandes – und hatte nichts als Ungeduld oder Gelächter übrig für jede Bemühung um die Bildung unsrer Seele?

Was war wirklich der Geist, aus dem das Wort gekommen war: »Was hülfe es dir, wenn du die ganze Welt gewännest, und nähmest doch Schaden an deiner Seele?« – war dieser Geist wirklich Romantik, oder gar »Biedermeier«, war er wirklich abgetan, überwunden, durch Besseres ersetzt, erledigt und lächerlich geworden? War wirklich das »heutige Leben« in den Fabriken, an den Börsen, auf den Sportplätzen und Wettbureaus, in den großstädtischen Bars und Tanzmusiksälen – war dies Leben wirklich irgend besser, reifer, klüger, wünschenswerter als das Leben der Menschen, die die «Bhagavad-Gita« oder die gotischen Kathedralen gemacht hatten? Gewiß, es hat auch das heutige Leben und die heutige Mode ihr Recht, ist gut, ist ein Wechsel und Versuch zu Neuem – aber war es wirklich richtig und nötig, alles Bisherige von Jesus Christus an bis zu Schubert oder Corot für dumm, altväterisch, überwunden und belachenswert anzusehen? War dieser heftige, wilde amokläuferische Haß einer neuen Zeit gegen alles und jedes, was ihr voranging, wirklich ein Beweis für die Stärke dieser neuen Zeit? Waren es nicht die Schwachen, die tief Gefährdeten, die Angstvollen, die zu solchen übertriebenen Schutzregeln neigten?

Und indem ich alle diese Fragen wieder einmal für eine Nachtstunde in mich einließ – nicht um sie zu beantworten, denn die Antwort weiß ich , seit ich lebe –, sondern um ihr Leid in mich einzulassen, um ihren bitteren Trank wieder einmal zu kosten, indem sah ich den Knulp, den Siddhartha, den Steppenwolf und den Goldmund vor meinen Augen, lauter Brüder, lauter nahe Verwandte, und dennoch keine Wiederholungen, lauter Fragende und Leidende und für mich doch das Beste, was das Leben mir gebracht hat. Ich begrüße und bejahte sie, und ich wußte einmal wieder, daß die Fragwürdigkeit meines Tuns mich niemals abhalten würde, es dennoch zu tun. Ich wußte wieder, daß alles Glück der Glücklichen, alle Rekorde und alle Gesundheit der Sportleute, alles Geld der Geldleute, alle Berühmtheit der Boxer mir nichts bedeuten würde, wenn ich dafür auch nur das Mindeste von meinem Eigensinn und meiner Leidenschaft hergeben müßte. Ich wußte auch, daß es auf alle die historischen und gedanklichen Begründungen für den Wert meiner »romantischen« Bestrebungen gar nicht ankam, sondern daß ich meine Spiele treiben und meine Figuren gestalten würde, auch wenn aller Verstand, alle Moral und alle Weisheit gegen sie spräche.

Mit dieser Gewißheit ging ich zu Bett, stark wie eine Riese. [...]

# Arbeitsvorschläge

zu 2.3

1. Wie bestimmt Hesse seine ›Beziehung‹ zu seinen Figuren während der Arbeit an den Büchern? Versuchen Sie, bei der Beantwortung dieser Frage die Begriffe ›Seelenbiographie‹ und ›Monolog‹ aus dem Textzusammenhang zu erklären.
2. Welcher Zusammenhang läßt sich zwischen dem Monologcharakter der Romane und Hesses Abscheu vor ›spannenden Handlungen‹ herstellen? (Müssen ›Romane‹ nicht ›spannend‹ sein?)
3. Der Text erscheint als Protokoll einer bestimmten *kritischen* Situation der dichterischen Arbeit: worin besteht die ›Krisis‹?
4. Im *Steppenwolf* werden uns Erzählungen aus drei Perspektiven geboten; es sind
   - die Perspektive des Herausgebers (1. Teil)
   - die Perspektive des Tractates
   - die Perspektive des Harry Haller in seinen Aufzeichnungen.

   Wie stehen diese drei ›Erzähler‹ jeweils dem ›Erzählten‹ gegenüber? Welche Perspektive kommt dem Verhältnis des Dichters zu seiner Figur, das Hesse in *Eine Arbeitsnacht* beschreibt, am nächsten?
5. Mit welchen Vorwürfen setzt Hesse sich im zweiten Teil des Textes 2.3 auseinander? Versuchen Sie, zur Klärung diese Vorwürfe auf den *Steppenwolf* zu beziehen.
6. Hat Hesse Ihrer Meinung nach die mit ›Romantik‹ oder ›Biedermeier‹ bezeichnete Kritik verdient, wenn Sie seine Bestimmung des ›Dichters‹ in den Texten 2.1 bis 2.3 zugrunde legen?

## *2.4 Norbert P. Lerch: Lesemodelle (Auszug)*

Die Erarbeitung dieses Textes dient der Vorbereitung einer Aufgabe zu 2.5. Auf das Problem der Lesehaltungen und Lesertypen wird auch später (Kap. 5 und 6) zurückgegriffen.

### *1 Grundantriebe des Lesens*

Lesen, definiert als Sinnentnahme aus geschriebener Sprache, als Schulung des Denkens, als Durchschauen von religiösen, sozialen, politischen, kulturellen, wirtschaftlich-technischen Gegebenheiten, als geistiges Verarbeiten von Lesegut, als Prägen der eigenen Persönlichkeit durch Stellungbeziehen und Meinungsbilden überhaupt, führt zu der Frage nach den Grundantrieben des Lesens.

Hans E. Giehrl (1968) geht auf diese Antriebe des Lesens ein. Der Verfasser der vorliegenden Schrift hält die Gedanken Giehrls für das Verständnis des Lesens für so wichtig, daß er sie hier anführen und kurz erörtern will.

Giehrl unterscheidet drei Grundantriebe des Lesens:

### *1.1 Weltorientierung und Daseinserhellung*

»Der erste Grundantrieb des Lesens ist das Verlangen nach Erfassung und Durchdringung des innerweltlich Begegnenden, das Streben nach Weltorientierung und Daseinserhellung« (Giehrl 1968, S. 28).

Es geht also hier um die Verfügbarmachung der Welt, darum, das eigene Leben zu bewältigen und zu erkennen, was um uns ist. Der Mensch versucht Personen und Dinge zu erfassen, zu verstehen. Als Beispiele könnten hier angeführt werden das Kennen von Menschen, von Ländern und Kontinenten – aber auch etwa der Umgang mit Medien und Kommunikationsmitteln, usw.

### *1.2 Überwindung, Lockerung menschlicher Gebundenheit*

»Der zweite Grundantrieb des Lesens entspringt dem Streben nach Überwindung oder zumindest Lockerung der menschlichen Gebundenheit« (Giehrl 1968, S. 29).

Hier kann von Kompensation gesprochen werden. Das bedeutet, der Mensch sucht Ersatz für das, was für ihn selbst nicht erreichbar ist. Der Mensch flüchtet in eine Traumwelt, er schafft sich mit erträumten Dingen und Erlebnissen eine gewisse Abschirmung von tatsächlichen Gegebenheiten. Er schwingt sich auf, steigt gleichsam aus seiner persönlichen Gebundenheit an Familie oder Beruf und wirft Ängste und Probleme für eine bestimmte Zeit ab. Literatur hat für den Leser den Charakter einer Schutzfunktion. Moralische Fesseln werden beispielsweise über Bord geworfen, und Wünsche (materielle oder geistige) erfüllt sich der Leser auf diese Weise. Eine Gefahr ist natürlich offenkundig: das Sich-Verlieren in einer literarischen Scheinwelt.

### *1.3 Sinndeutung des menschlichen Lebens*

Der Mensch sucht »nach Ordnung und Gestalt, nach Sinndeutung der Welt und des menschlichen Lebens« (Giehrl 1968, S. 30).

Hier geht es um philosophische Fragen. Was ist der Mensch? Wozu ist der Mensch da? Woher kommt der Mensch? Wohin geht der Mensch? Warum muß gerade *das dort* geschehen? Warum gibt es maßlose Ungerechtigkeiten? Warum gibt es arm und reich? Diese Fragen verlangen nach Antwort, Bereiche wie Liebe, Haß, Grausamkeit, Hilfsbereitschaft, Treue, Toleranz, Leben und Tod fordern Stellungnahme. Man kann sagen, daß dieser dritte Grundantrieb als *die* Auseinandersetzung mit der Literatur angesehen werden kann.

## *2 Hauptarten des Lesens*

Aus der Beschreibung der Grundantriebe heraus stellt Giehrl vier Hauptarten des Lesens auf, gedacht in Zuordnung zu den Grundantrieben.

### *2.1 Das informatorische Lesen*

Hier müssen Forderungen an Informationen gestellt werden. Als Kriterien wären anzusehen: Die Information muß wahr, übersichtlich, prägnant, faßbar, erschließbar, sprachlich einwandfrei sein. Der Lehrer muß Begriffe mit den Schülern klären, d. h., daß rationelles Analysieren von Informationen von großer Wichtigkeit ist. Hier sollte auch das Analysieren von Schlagzeilen, also Fangüberschriften, durchgeführt werden.

### *2.2 Das evasorische Lesen*

Wir verstehen darunter ein Lesen um der reinen Ablenkung, Zerstreuung willen, das einer Flucht aus dem Alltag gleichkommt. Die Gefahr liegt hier darin, daß diese Art von Lesen wie Rauschgift wirken kann, daß der Leser die Realitäten des eigenen Daseins nicht mehr sehen will, nicht mehr sehen kann, und daß er in diesem Leben ›aus zweiter Hand‹ ohne viel Anstrengung Befriedigung findet. Das Lesegut, das er wählt, stellt ja wohl selten Ansprüche an ihn. Der Leser will hier geistig kaum angesprochen werden. Es soll eine möglichst angenehme Sache für ihn sein. Es geht hier also vor allem um Handlung, nicht um die Form des Lesegutes. So wird oft der billige, keine Ansprüche an die geistige Tätigkeit des Lesers stellende Roman zur Hand genommen, in dem der Franz die Grete schließlich nach manch künstlich gestellten Schwierigkeiten bekommt, oder bei dem die Kripo den brutalen, aber dummen Verbrecher letztlich doch faßt, in dem möglichst großer Konsum an Sex gezeigt wird, oder wo der Arme aus einer sozialen Unterschicht kometenhaft zum Multimillionär aufsteigt. Daß in solchen Romanen abgedroschene Sentenzen immer wieder erscheinen, macht dem Leser nichts aus – im Gegenteil –, er kann sich an diesen Klischees sogar ergötzen. Die Aufmerksamkeit gilt nicht der sprachlichen Gestaltung, das würde ja geistige Arbeit erfordern, sondern dem Inhalt, d. h. der Handlung. Spannung, Abenteuer, Glanz, Luxus sind Bereiche, in die sich der evasorische Leser gerne flüchtet, an denen er teilhaben will.

### *2.3 Das kognitive Lesen*

Es bedeutet informatorisches Lesen und geht darüber hinaus, d. h., hier wird einer Sache, einem Problem auf den Grund gegangen, der Leser will nicht im Vordergründigen steckenbleiben. Er lernt nicht auswendig (z. B. Daten, Fremdwörter, Formeln usw.), ohne zu verstehen oder sie einsichtig gemacht zu haben. So mag als Beispiel folgendes stehen: In einem Artikel über die Fahrt durch ein afrikanisches Land stehen vordergründig die Spannung, die Daten, wo, wann und wie diese Fahrt durchgeführt wurde. Hintergründig aber kann der Leser Aufschluß über politische, soziale, kulturelle, historische, wirtschaftliche Zustände des Landes erhalten, durch das die Fahrt geht. Kognitives Lesen kann auch in Verbindung mit der Betrachtung eines Bildes erfolgen. Angeführt sollen hier nur drei Werke werden: Masereel ›Vor dem Stacheldraht‹; Kollwitz ›Mutter‹; Picasso ›Guernica‹. Auch hier werden politische, individuelle, soziale Situationen und Hintergründe dargestellt. Wir können also sagen, daß beim kognitiven Lesen Kritik, Lernbegierde und der Wunsch, die Welt zu verstehen, im Vordergrund stehen. Kognitives Lesen geht also über das rein informatorische hinaus, indem es den Menschen zwingt, angestrengt zu denken, zu werten, zu schließen, zu entscheiden.

»Das Suchen nach Ordnung und Gestaltung, nach Sinndeutung der Welt und des menschlichen Lebens, das sich im kognitiven Lesen äußert, führt an die Grenzen der ›vernünftigen‹ Erkenntnis und mündet im religiösen Erleben« (Giehrl 1968, S. 48f.).

### *2.4 Das literarische Lesen*

Hier geht es um das Lesen des sprachlichen Kunstwerks, der Dichtung. Sicher muß man hier sagen, daß die Voraussetzungen dafür eine gewisse Disposition, ein Engagement und eine Kennerschaft sind. Zu diesem Engagement, zu dieser Kennerschaft zu ›begaben‹, ist schließlich wiederum Aufgabe der Schule. Kritisch müßte man hier sagen, daß praktisch jeder Mensch, der literarische Stoffe in dem obengenannten Sinne liest, ein Fachmann sein muß.

Damit kommt der Interpretation von literarischen Stücken eine bedeutende Rolle zu, wobei allerdings betont werden muß, daß dabei die Interpretation wiederum etwas Subjektives ist und auch bleiben muß. Wir erkennen hier die immense Bedeutung, die der literarischen Erziehung in der Schulstufe zukommt. An anderer Stelle wird zu berichten sein, welche Literaturgattungen, welche literarischen Begriffe vermittelt werden sollen. Wie weit wir eigentlich von Literatur entfernt stehen, mögen einige kritische Worte von W. Muschg ausdrücken:

»Heute hat sich zwischen Dichter und Publikum eine unabsehbare Sekundärliteratur geschoben, die von der Person des Dichters nichts wissen will und seine Texte zum Gegenstand selbstherrlicher Interpretationen macht. Sie nimmt dem Leser das Verständnis der Dichtung ab, indem sie ihm bestrikkend schöne Paraphrasen vorlegt, die ihm die Lektüre des Originals ersparen... Aber man mache sich keine Illusionen: Diese neue Fähigkeit des Erklärens beweist im Grunde nur unsere literarische Impotenz« (n. Giehrl 1968, S. 54). Dichtung ist also mehr als Interpretation.

Diese Hauptarten des Lesens erscheinen naturgemäß nicht immer in reiner Form, sondern treten in vielfältigen Verschränkungen auf. Sie können auch nicht alle Möglichkeiten der Differenzierung einschließen (vgl. Giehrl 1972).

### *3 Lesertypen*

Giehrl unternimmt nun den Versuch, Lesertypen in Relation mit Grundantrieben, Hauptarten des Lesens zu sehen. Es muß hier natürlich gesagt werden, daß die folgenden aufgeführten Lesertypen als reine Form nicht erscheinen, Mischformen sind die Regel. Trotzdem kann eine richtig verstandene Typenlehre »eine wesentliche Hilfe für die individuelle Leserbetreuung und Leseerziehung sein, schärft sie doch den Blick für typische Eigenarten der Begegnung mit dem Schrifttum, für Möglichkeiten und Grenzen des Lesens« (Giehrl 1968, S. 61). Folgende Lesertypen können nun unterschieden werden:

#### *3.1 Der funktional-pragmatische Leser*

Er hat keinen Sinn für Ästhetik, er legt keinen Wert auf künstlerische Aussagen, Lesen »wird für sie (die Leser) zum Werkzeug, mit dessen Hilfe man sich informiert, nützliche Anweisungen bekommt, Verbindungen schafft und seine Stelle in Beruf und Gesellschaft sichert« (Giehrl 1968, S. 61).

#### *3.2 Der emotional-fantastische Leser*

Seine Lesehaltung ist evasorisch. Hier kann man sagen, soweit Dichtung überhaupt gelesen wird, liest dieser Lesertyp nicht wegen des sprachlichen

Kunstwerks, sondern um sich in eine andere Welt zu flüchten, sich aus seiner Umgebung, aus seinem Lebensraum zu lösen.

### *3.3 Der rational-intellektuelle Leser*

Er ist kritisch, es geht ihm um Erkenntnisse. »Seine Literatur ist das wissenschaftliche und philosophische Schrifttum, der Essay, kultur- und sozialkritische Romane, problemgeladene Dramen und Lehrstücke, Gedankenlyrik und in der leichteren Literatur die Detektivgeschichte« (Giehrl 1968, S. 62). Er geht also tiefer, und das unterscheidet ihn vom Typ 3.1. Er will Auseinandersetzung, er will Klarheit erlangen.

### *3.4 Der literarische Leser*

»Er liest nicht als Renommist, nicht als gewissenhafter Benützer des Kulturfahrplans oder zur Armierung seiner geistigen und sozialen Position, ihm ist Dichtung auch nicht vorzüglich eine Quelle der Erkenntnis und Erbauung, sondern ein Erlebnis von eigenem Wert« (Giehrl 1968, S. 63).

# Arbeitsvorschläge

zu 2.4

1. Referat: Die Ausführungen in dem Buch von Lerch sind kurze Inhaltsangaben aus dem von Hans E. Giehrl: Der junge Leser (als Taschenbuch erschienen im Verlag Ludwig Auer, Donauwörth 1968); dieses Buch ist auch in kleineren Bibliotheken erhältlich. Arbeiten Sie aufgrund der Lektüre des Buches von Giehrl Erläuterungen aus, die Sie Ihren Mitschülern mündlich vortragen; gehen Sie dabei von den Ausführungen Lerchs, die hier nachgedruckt sind, aus.
2. Versuchen Sie, Ihren eigenen ›Lesertyp‹ zu ermitteln – z.B. anhand folgender Situationen: wie lesen bzw. sehen Sie
   - einen Krimi (im Fernsehen)
   - eine Sportreportage
   - ein Schulbuch in Geographie oder Biologie
   - die Tagesschau
   - ein lyrisches Gedicht
   - die Bilder in einer Illustrierten?

   Prüfen Sie, wieweit Sie genötigt sind, die angegebene Typologie zu verändern.
3. Versuchen Sie, einen Fragebogen zu entwerfen, mit dessen Hilfe Sie feststellen können, mit welchem Lesertyp, bzw. mit welcher Lesehaltung Sie es bei anderen (Verwandten, Freunden, Bekannten usw.) zu tun haben.

## *2.5 Bekenntnis des Dichters (1929)*

In unsrer Zeit ist der Dichter, als reinster Typus des beseelten Menschen, zwischen der Maschinenwelt und der Welt intellektueller Betriebsamkeit gleichsam in einen luftleeren Raum gedrängt und zum Ersticken verurteilt. Denn der Dichter ist ja Vertreter und Anwalt gerade jener Kräfte und Bedürfnisse des Menschen, denen unsere Zeit fanatisch den Krieg erklärt hat.

Die Zeit deswegen anzuklagen, wäre töricht. Diese Zeit ist nicht besser und nicht schlechter als andere Zeiten. Sie ist ein Himmel für den, der ihre Ziele und Ideale teilen kann, und ist eine Hölle für den, der ihnen widerstreben muß. Für uns Dichter also ist sie eine Hölle. Der Dichter, wenn er seiner Herkunft und Berufung treu bleiben will, darf sich weder der erfolgstrunkenen Welt der Lebensbeherrschung durch Industrie und Organisation anschließen, noch der Welt rationalisierter Geistigkeit, wie sie etwa unsere Universitäten heute beherrscht. Sondern da es des Dichters einzige Aufgabe ist, Diener, Anwalt und Ritter der Seele zu sein, sieht er sich im jetzigen Welt-Augenblick zu einer Vereinsamung und einem Leiden verurteilt, welche nicht jedermanns Sache sind. Europa hat zur Zeit nur sehr wenige Dichter, und nicht einer von ihnen entbehrt eines Zuges von Tragik, ja von Don-Quichotterie. Dagegen wimmelt es von jenen «Dichtern», die der lesende Bürger liebt, und welche mit Talent und Geschmack stets jene Ideale und Ziele verherrlichen, die der Bürger gerade auf dem Programm stehen hat: heut' den Krieg, morgen den Pazifismus usw.

Von denen aber, welche wirklich «Dichter» genannt werden können, gehen manche im luftleeren Raum dieser Hölle schweigend zugrunde. Andere wieder nehmen das Leid auf sich, bekennen sich zu ihm, unterwerfen sich dem Schicksal und wehren sich nicht dagegen, wenn sie sehen, daß die Krone, welche andere Zeiten für den Dichter hatten, heut zum Dornenkranz geworden ist. Bei diesen Dichtern ist meine Liebe, sie verehre und liebe ich, zu ihren Brüdern will ich gehören. Wir leiden – aber nicht um zu protestieren und zu schimpfen. Wir ersticken in der für uns nicht atembaren Luft der Maschinenwelt und der barbarischen Notdurft, die uns umgibt, aber wir lösen uns nicht vom Ganzen, wir nehmen dies Ersticken und Leiden an als unsern Teil am Weltgeschick, als unsere Sendung, als unsere Prüfung. Wir glauben an keines von den Idealen dieser Zeit, nicht an das der Generäle, noch an das der Bolschewiken, nicht an das der Professoren, noch an das der Fabrikanten. Aber wir glauben, daß der Mensch unsterblich ist und daß sein Bild aus jeder Entstellung wieder genesen, aus jeder Hölle geläutert hervorgehen kann. Wir suchen unsere Zeit nicht zu erklären, nicht zu bessern, nicht zu belehren, sondern wir suchen ihr, indem wir unser eigenes Leid und unsere Träume enthüllen, die Welt der Bilder, die Welt der Seele immer wieder zu öffnen. Diese Träume sind zum Teil arge Angstträume, diese Bilder sind zum Teil grausige Schreckbilder – wir dürfen sie nicht verschönern, wir dürfen nichts weglügen. Das tun ja die unterhaltenden «Dichter» der Bürger zur Genüge. Wir verhehlen nicht, daß die Seele der Menschheit in Gefahr und nahe dem Abgrund ist. Wir dürfen aber auch nicht verhehlen, daß wir an ihre Unsterblichkeit glauben.

# Arbeitsvorschläge

**zu 2.5 (= Testaufgabe)**

1. **Stellen Sie dar, wie Hesse sein Verständnis vom Dichter kritisch abgrenzt.**
2. **Vergleichen Sie seine Position mit den früheren (Text 2.1 – 2.3).**
3. **In welche Richtung könnte den Leser des *Steppenwolf* die Lektüre des ›Bekenntnis‹ drängen, welche Lesehaltung könnte dadurch zurückgedrängt werden?**

**2.6 Exkurs:**

**Vergleichen Sie Hesses Positionsbestimmungen mit denen, die Thomas Mann in seiner Novelle *Tonio Kröger* gestaltet hat. Beachten Sie bei diesem Vergleich die verschiedenen Figuren in dieser Novelle, die sich als Künstler betätigen oder sich für Künstler halten.**

# 3. Politische Rezeption und Rezeption der Politik

## *3.1 O Freunde, nicht diese Töne! (1914)*

Die Völker liegen einander in den Haaren, und jeden Tag leiden und sterben Ungezählte in furchtbaren Kämpfen. Mitten zwischen den aufregenden Nachrichten vom Kriegsschauplatz fiel mir, wie das so geht, ein längst vergessener Augenblick aus meinen Knabenjahren ein. Da saß ich, vierzehnjährig, an einem heißen Sommertag in Stuttgart in dem berühmten schwäbischen Landexamen, und als Aufsatzthema wurde uns diktiert: «Welche guten und welche schlechten Seiten der menschlichen Natur werden durch einen Krieg geweckt und entwickelt?» Meine Arbeit über dies Thema beruhte auf keinerlei Erfahrung und fiel entsprechend traurig aus, und was ich damals, als Knabe, unter Krieg sowohl wie unter Kriegstugenden und Kriegslasten verstand, stimmt nicht mehr mit dem zusammen, was ich heute so nennen würde. Aber im Anschluß an die täglichen Ereignisse und an jene kleine Erinnerung habe ich dem Krieg in dieser Zeit viel nachgedacht, und da jetzt doch einmal der Brauch eingerissen ist, daß Männer der Studierstube und des Ateliers ihre Meinungen hierüber kundgeben, scheue ich mich nicht länger, auch die meine auszusprechen. Ich bin Deutscher, und meine Sympathien und Wünsche gehören Deutschland, aber was ich sagen möchte, bezieht sich nicht auf Krieg und Politik, sondern auf die Stellung und Aufgaben der Neutralen. Damit meine ich nicht die politisch neutralen Völker, sondern alle diejenigen, die als Forscher, Lehrer, Künstler, Literaten am Werk des Friedens und der Menschheit arbeiten.

Da sind uns in letzter Zeit betrübende Zeichen einer unheilvollen Verwirrung des Denkens aufgefallen. Wir hören von Aufhebung der deutschen Patente in Rußland, von einem Boykott deutscher Musik in Frankreich, von einem ebensolchen Boykott gegen geistige Werke feindlicher Völker in Deutschland. Es sollen in sehr vielen deutschen Blättern künftig Werke von Engländern, Franzosen, Russen, Japanern nicht mehr übersetzt, nicht mehr anerkannt, nicht mehr kritisiert werden. Das ist kein Gerücht, sondern Tatsache und schon in die Praxis getreten.

Also ein schönes japanisches Märchen, ein guter französischer Roman, von einem Deutschen noch vor Kriegsbeginn treu und liebevoll übersetzt, muß jetzt totgeschwiegen werden. Eine schöne, gute Gabe, mit Liebe unserm Volk dargebracht, wird zurückgestoßen, weil einige japanische Schiffe Tsingtau bekriegen. Und wenn ich heute das Werk eines Italieners, eines Türken, eines Rumänen lobe, so darf das nur mit dem Vorbehalt gelten, daß nicht vor Beendigung des Abdrucks in diesen Völkern ein Diplomat oder Journalist die politische Lage ändert!

Anderseits sehen wir Künstler und Gelehrte mit Protesten gegen kriegführende Mächte auf den Plan treten. Als ob jetzt, wo die Welt in Brand steht, solche Worte vom Schreibtisch irgendeinen Wert hätten. Als ob ein Künstler oder Literat, und sei er der beste und berühmteste, in den Dingen des Krieges irgend etwas zu sagen hätte.

Andere nehmen am großen Geschehen teil, indem sie den Krieg ins Studierzimmer tragen und am Schreibtisch blutige Schlachtgesänge verfassen oder Artikel, in denen der Haß zwischen den Völkern genährt und ingrimmig geschürt wird. Das ist vielleicht das Schlimmste. Jeder, der im Felde steht und täglich sein Leben wagt, habe das volle Recht zur Erbitterung und momentanem Zorn und Haß, und jeder aktive Politiker ebenso. Aber wir anderen, wir Dichter, Künstler, Journalisten – kann es unsere Aufgabe sein, das Schlimme zu verschlimmern, das Häßliche und Beweinenswerte zu vermehren?

Gewinnt Frankreich etwas, wenn alle Künstler der Welt gegen die Gefährdung eines schönen Bauwerkes protestieren? Gewinnt Deutschland etwas, wenn es keine englischen und französischen Bücher mehr liest? Wird irgend etwas in der Welt besser, gesünder, richtiger, wenn ein französischer Schriftsteller den Feind mit gemeinen Schimpfworten bewirft und das Heer zu tierischer Wut aufzustacheln sucht?

Alle diese Äußerungen, vom frech erfundenen «Gerücht» bis zum Hetzartikel, vom Boykott «feindlicher» Kunst bis zum Schmähwort gegen ganze Völker, beruhen auf einem Mangel des Denkens, auf einer geistigen Bequemlichkeit, die man jedem kämpfenden Soldaten ohne weiteres zugute hält, die aber einem besonnenen Arbeiter oder Künstler schlecht ansteht. Ich nehme von vorneherein alle diejenigen von meinem Vorwurf aus, denen schon vorher die Welt bei den Grenzpfählen aufhörte. Die Leute, denen jedes der französischen Malerei erteilte Lob ein Greuel war und denen bei jedem Fremdwort der Zornschweiß ausbrach, die sind es nicht, von denen hier die Rede ist, die tun weiter, was sie vorher taten. Aber die anderen alle, die sonst mit mehr oder weniger Bewußtsein am übernationalen Bau der menschlichen Kultur tätig gewesen sind und jetzt plötzlich den Krieg ins Reich des Geistes hinübertragen wollen, die begehen ein Unrecht und einen groben Denkfehler. Sie haben so lange der Menschheit gedient und an das Vorhandensein einer übernationalen Menschheitsidee geglaubt, als dieser Idee kein grobes Geschehen widersprach, als es bequem und selbstverständlich war, so zu denken und zu tun. Jetzt, wo es zur Arbeit, zur Gefahr, zum Sein oder Nichtsein wird, an jener größten aller Ideen festzuhalten, jetzt kneifen sie aus und singen den Ton, den der Nachbar gerne hört.

Wohlverstanden, dies geht nicht gegen die vaterländische Gesinnung und die Liebe zum eigenen Volkstum. Ich bin der letzte, der in dieser Zeit sein

Vaterland verleugnen möchte, und es würde mir nicht einfallen, einen Soldaten vom Erfüllen seiner Pflicht abzuhalten. Da man jetzt einmal am Schießen ist, soll geschossen werden – aber nicht des Schießens und der verabscheuungswürdigen Feinde wegen, sondern um so bald wie möglich eine höhere und bessere Arbeit wiederaufzunehmen! Es wird jetzt jeden Tag viel von dem vernichtet, wofür alle Gutgesinnten unter den Künstlern, Gelehrten, Reisenden, Übersetzern, Journalisten aller Länder sich ihr Leben lang bemühten. Das ist nicht zu ändern. Töricht und falsch aber ist es von jedem, der je eine einzige helle Stunde lang an die Idee der Menschheit, an eine internationale Wissenschaft, eine nicht national beschränkte Schönheit in der Kunst geglaubt hat, wenn er jetzt, über das Ungeheure erschrocken, die Fahne wegwirft und sein Bestes mit in den allgemeinen Ruin schmeißt. Ich glaube, es sind sehr wenige, es ist vielleicht nicht einer unter unseren Dichtern und Literaten, in dessen Gesamtwerke später einmal das Beste das sein wird, was er heute im Zorn der Stunde gesagt und geschrieben hat. Es ist auch unter ihnen, soweit sie überhaupt ernst zu nehmen sind, nicht einer, dem Körners Vaterlandslieder im Herzen lieber wären als die Gedichte jenes Goethe, der sich vom großen Befreiungskrieg seines Volkes so merkwürdig fernhielt.

Ja eben, rufen jetzt die Nurpatrioten, dieser Goethe ist uns immer verdächtig gewesen, er war nie ein Patriot, und er hat den deutschen Geist mit jener milden, kühlen Internationalität verseucht, an der wir lang gelitten haben und die unser deutsches Bewußtsein merklich geschwächt hat.

Da sitzt der Kern der Frage. Goethe war nie ein schlechter Patriot, obwohl er Anno 1813 keine Nationallieder gedichtet hat. Aber über die Freude am Deutschtum, das er kannte und liebte wie nur einer, ging ihm die Freude am Menschentum. Er war ein Bürger und Patriot in der internationalen Welt des Gedankens, der inneren Freiheit, des intellektuellen Gewissens, und er stand in den Augenblicken seines besten Denkens so hoch, daß ihm die Geschicke der Völker nicht mehr in ihrer Einzelgewichtigkeit, sondern nur noch als untergeordnete Bewegungen des Ganzen erschienen.

Mag man das einen kühlen Intellektualismus schelten, der im Augenblick ernster Gefahr zu schweigen habe – es ist dennoch der Geist, in dem die besten deutschen Denker und Dichter gelebt haben. An ihn zu erinnern und an die Mahnung zu Gerechtigkeit, Mäßigung, Anstand, Menschenliebe, die er enthält, dazu ist es jetzt mehr Zeit als je. Soll es denn dazu kommen, daß Mut dazu gehört für einen Deutschen, ein gutes englisches Buch besser zu finden als ein schlechtes deutsches? Soll der Geist unsrer Kriegführenden selber, der den feindlichen Gefangenen schont und erhält, den Geist unsrer Denker beschämen, der den Feind auch da, wo er friedlich ist und Gutes bringt, nicht mehr anerkennen und schätzen will? Was sollte da nach dem Kriege werden, in jener Zeit, vor der wir alle schon ein wenig bangen, wo Reisen und geistiger Austausch zwischen den Völkern darnieder liegen werden? Und wer soll dazu beitragen und daran arbeiten, daß es wieder anders wird, daß man sich wieder versteht, wieder anerkennt, wieder voneinander lernt – wer soll das tun, wenn nicht wir, die wir am Schreibtisch sitzen und unsere Brüder im Felde stehen wissen? Ehre jedem, der mitkämpft, mit Blut und Leben, auf dem Schlachtfeld unter den Granaten! Uns andern, die es mit der Heimat gut meinen und an der Zukunft nicht verzweifeln wollen, uns ist die Aufgabe geworden, ein Stück Frieden zu erhalten, Brücken zu schlagen, Wege zu suchen, aber nicht mit dreinzuhauen (mit der Feder!) und die Fundamente für die Zukunft Europas noch mehr zu erschüttern.

Noch ein Wort für jene vielen, die man unter diesem Krieg verzweifelnd leiden sieht und denen jede Kultur, jede Menschlichkeit dadurch vernichtet scheint, daß jetzt Krieg ist. Krieg war immer, seit wir von Menschengeschikken wissen, und es waren keine Gründe für den Glauben da, er sei nun abgeschafft. Es war lediglich die Gewohnheit langen Friedens, die uns das vortäuschte. Krieg wird so lange sein, als die Mehrzahl der Menschen noch nicht in jenem Goetheschen Reich des Geistes mitleben kann. Krieg wird noch lange sein, er wird vielleicht immer sein. Dennoch ist die Überwindung des Krieges nach wie vor unser edelstes Ziel und die letzte Konsequenz abendländisch-christlicher Gesittung. Der Forscher, der das Mittel gegen eine Seuche sucht, wird seine Arbeit nicht wegwerfen, wenn eine neue Epidemie ihn überrascht. Noch viel weniger wird «Friede auf Erden» und Freundschaft unter den Menschen, die eines guten Willens sind, jemals aufhören, unser höchstes Ideal zu sein. Menschliche Kultur entsteht durch Veredlung tierischer Triebe in geistigere, durch Scham, durch Phantasie, durch Erkenntnis. Daß das Leben wert sei, gelebt zu werden, ist der letzte Inhalt und Trost jeder Kunst, obgleich alle Lobpreiser des Lebens noch haben sterben müssen. Daß Liebe höher sei als Haß, Verständnis höher als Zorn, Friede edler als Krieg, das muß ja eben dieser unselige Weltkrieg uns tiefer einbrennen, als wir es je gefühlt. Wo wäre sonst sein Nutzen?

# Arbeitsvorschläge

zu 3.1

1. Bestimmen Sie, was Hesse mit der Formulierung »die Stellung und Aufgaben der Neutralen« meint; wofür setzt er sich ein, wogegen wendet er sich?
2. Erklären Sie aus dem Zusammenhang den Satz: »Da man jetzt einmal am Schießen ist, soll geschossen werden...«; informieren Sie sich dazu über die politische Situation von 1914.
3. Nehmen Sie kritisch Stellung zu dem Zeitungsartikel von Hesse; berücksichtigen Sie dabei die Einstellung des Autors, die Zeitumstände, die von Hesse beabsichtigte Wirkung und mögliche andere Wirkungen.

### *3.2 An Volkmar Andreä*

Bern, 26. 12. 1914

Lieber Freund Andreä!

[...] Ich sehe, Sie haben jetzt die ganze elende Stimmung durchzumachen, die Ihnen zu Anfang des Krieges durch die eigne Offizierstätigkeit abgenommen oder erleichtert wurde und die wir andren inszwischen, soweit überhaupt möglich, verdaut haben. Ich habe in den verschiedenen Armeen so viel Freunde, mehrere auch verloren, daß ich immer noch stark persönlich beteiligt bin. Auch kam ich zu richtiger eigener Arbeit seit dem August nimmer, sondern floh in Studien und Arbeiten mehr historisch-mechanischer Art. Auch blüht mir immer noch die Möglichkeit, zum deutschen Landsturm einrücken zu müssen, was mir keineswegs sympathisch wäre. Es hat sich offenbar das moderne Staatswesen, aufgrund der allgemeinen Wehrpflicht, zu einem jener historischen Krisenpunkte ausgewachsen, wo der Sinn zum Unsinn wird und tödlich wirkt. So sehr ich deutsch bin und deutsch fühle, hat doch der Nationalismus für mich immer nur die Bedeutung einer gewissen Vorerziehung gehabt, einer Art Vorschule zum Ideal der Menschheit. Als Selbstzweck ist er mir nie lieb gewesen.

Die moralischen Werte des Krieges schätze ich im ganzen sehr hoch ein. Aus dem blöden Kapitalistenfrieden herausgerissen zu werden tat vielen gut, grade auch Deutschland, und für einen echten Künstler, scheint mir, wird ein Volk von Männern wertvoller, das dem Tod gegenübergestanden hat und die Unmittelbarkeit und Frische des Lagerlebens kennt. Darüber hinaus aber verspreche ich mir wenig vom Krieg, und ein erneutes Hurrawesen wird ja wohl nicht ausbleiben.

Daß aber wirkliche Kultur vernichtet wird, glaube ich nicht. Schöne einzelne Werke, ja, und wertvolle Personen genug – aber der Gedanke der Kultur selbst, der immer nur in einer geistigen Auswahl sein Leben hat, wird eher erstarken. Wenn auch nur bei einem Teil der mitkämpfenden Jugend wirklich das Lebensgefühl vertieft wird, der Sinn fürs Unzerstörbare gestärkt wird, die Freude am Läppischen abnimmt, so ist damit mehr gewonnen als mit einigen Städten und Domen verlorengehen kann.

Das gefällt mit eigentlich an diesem phantastischen Krieg, daß er gar keinen »Sinn« zu haben scheint, daß es nicht um irgendeine Wurst geht, sondern daß er die Erschütterung ist, von der ein Wechsel der Atmosphäre begleitet wird. Da unsre Atmosphäre einigermaßen faul war, kann der Wechsel immerhin Gutes bringen. Ob es teuer und etwa allzu teuer erkauft sei, dürfen nicht wir entscheiden. Die Natur verschwendet immer, ihr ist das einzelne Leben nichts wert. Für uns, die wir als Künstler oder Denker immer etwas abseits standen und mehr im Zeitlosen lebten, für uns können eigentlich nur materielle Schäden entstehen, und die sind immer zu tragen. Es gibt nur ein einziges Reich des Friedens und des ewig Sinnvollen, das steht unerschüttert im Herzen jedes Menschen, der Bach in der Tiefe erfaßt hat oder Plato oder den Faust. Daran ist nichts kaputtzumachen, und in diesem Reich zu leben, es zur Heimat zu haben und an ihm mitzubauen, ist jedem von uns möglich. Die andern leiden mehr, denen mit dem materiellen Behagen auch alles verlorenging. Freilich haben sie auch mehr zu gewinnen. Ihnen tut es gut, daß ihr Leben einmal nicht vom Kurszettel und der Speisekarte, vom Klub und andrem regiert wird, sondern von den elementarsten Naturkräften, von Hunger und Todesangst.

Das klingt alles sehr hübsch, werden Sie denken, aber was hilft's, wenn täglich Tausende bluten müssen. Freilich, das ist scheußlich. Aber das rohe Leben ist immer scheußlich, wir werden nur heute wilder als sonst dran erinnert. Im Frieden wissen wir Angehörigen des geistigen Reichs wenig von der Verzweiflung, die an tausenden Orten herrscht, von der Sauerei des Geschäfts- und Konkurrenzlebens, von der Not in Fabriken, Kohlengruben etc. Viel lieber als der Krieg ist mir das normale Leben der Herdenmenschen auch nicht, und viele von ihnen merken das jetzt auch und kommen aus den Schlachten heim mit der Sehnsucht, vernünftiger, schöner, besser zu leben als vorher. Wenn das so ist, dann bringt der Krieg am Ende auch Gutes. Das Übrige, den Rausch des nationalen Enthusiasmus mit momentanen Opfern etc. schätze ich weit skeptischer ein. Das alles ist zeitlich, wie der Krieg selber, und dem Zeitlichen räume ich im obersten Fach meiner Gedanken wenig Raum ein. Bei Hunderten von deutschen Verwundeten sah ich einen bald müden, bald erregten, immer aber stillen und überlegnen Blick, einen Blick, der den Tod kennt und das Übrige nimmer allzu wichtig nimmt. Das ist der Standpunkt, den der Bürgersmann sonst nie kennenlernt. Ein guter Standpunkt.

Carissimo, ich predige da. Es ist aber nur ein Nachklang der Gedanken, mit denen ich seit Monaten selber den Krieg paraphrasierte. Kultur, in unserem Sinn, ist vielleicht Glück. Aber sicher ist es nicht das, was bis zum ersten August in Europa offiziell für Glück galt, denn das war ungefähr gleichbedeutend mit Komfort. Die Menschen waren zu viel mit letzterem beschäftigt und hatten für die eigentliche Kultur zu wenig Zeit und Willen mehr, darum sind sie verrückt geworden und schlagen einander tot. Richtig daran ist nur, daß Sterben und Totschlagen nicht sinnloser ist als das, was vordem für Glück gegolten hatte.

Mir ging es wieder miserabel. Aber das ist »zeitlich«. Es lebe Shakespeare!

Ihrer lieben Frau einen Gruß! Die Kinder arbeiten eifrig am Ruin der neuen Spielsachen. So ist das Leben.

# Arbeitsvorschläge

zu 3.2

1. Der Text 3.1 war von Hesse als publizistischer Text angelegt, der Text 3.2 ist ein privater Brief zum gleichen Thema aus der gleichen Zeit. Worin unterscheiden sich beide Äußerungen Hesses?
2. Wie Sie vielleicht wissen, lebte Hesse 1914 in der politisch neutralen Schweiz; welche Bedeutung hat dies für seine politischen Stellungnahmen in 3.1 und 3.2?

### *3.3 Wieder in Deutschland*

Lange war ich nicht mehr in Deutschland daheim gewesen. Erst hatten mich äußere Mächte zurückgehalten, dann war im längern Verlauf des Krieges auch ich der Grenze der Dienstpflichtigen nahegerückt und mußte fürchten, nach einem Besuche drüben nicht mehr zurückgelassen zu werden. Als endlich der Befehl zum Einrücken auch an mich erging, hatte ich längst im Anschluß an schweizerische Organisationen ein kleines Stück Arbeit im Dienste der Gefangenen übernommen und wurde nicht genötigt, diese schönere und friedlichere Arbeit mit der kriegerischen zu vertauschen. So war ich denn frei, und da manche Angelegenheiten unserer Berner Tätigkeit einen persönlichen Besuch in der Heimat forderten, fuhr ich zusammen mit einem Freunde kürzlich nach einer sehr langen Pause endlich wieder einmal nach Deutschland.

Es war Föhn in der Luft und zweifelhaftes Wetter, aber es hielt und wurde immer schöner, nur war die Sonne ein wenig bleich und die Schatten waren so eigentümlich rußig; sonst lag alles in dem seltsam unwahrscheinlichen Glanz, den man an Spätsommertagen oder im Vorfrühlung so oft bei föhnigem Wetter sieht. Der Bodensee strahlte blau und klar, in den Bäumen des Thurgaus leuchteten die Millionen reifer Äpfel, und in Friedrichshafen sahen wir über dem weiten Wasser den Tag rosig verglühen. Ah, da war die Heimat wieder. Es war Sonntag, eine Menge von Menschen unterwegs, die Züge und Restaurationen voll. Im Grunde nichts anders als sonst, als einst in der sagenhaften Zeit des Friedens; nur die vielen Soldaten, darunter die vielen mit Binden um Arm und Kopf, fallen zuerst auf. Aber es ist doch anders. Es ist doch alles anders geworden, alles ernster, alles schwerer, alles nachdenklicher und dennoch alles viel selbstverständlicher und einfacher. Man hört lebhaft sprechen, man sieht Zeitungsleser und fühlt Sorge wegen der letzten Vorgänge im Westen, aber man hört so wenig weinen, wie man laut lachen hört; man sieht alles Volk ernstgeworden in gelassener Nachdenklichkeit seine Wege gehen. Landmädchen, die zum Besuch des Liebsten oder Bruders nach Ulm oder sonst wohin gefahren sind, haben gar nichts an sich von dem verlegen-lustigen, schüchtern-trotzigen Wesen, das sie sonst bei solchen Anlässen zeigten; sie gehen still und ruhig, und wenn eine weint, so merkt man es kaum, und wenn eine lacht, so tut sie es leise und ohne Gezappel. Kurz, ich finde von der ersten Stunde an bestätigt, was mir so viele erzählt haben: Deutschland ist anders geworden, Deutschland ist stiller, würdiger, ernster, erzogener, und das sieht nicht, wie man vielleicht fürchten könnte, bedrückend aus, sondern schön, ja edel. Man hat nicht das Gefühl, die Freude sei aus der Welt verschwunden, man sieht Familien und Liebespaare auf dem Sonntagsausflug, und singende Soldaten, und Händlerbuden voll von frischen Trauben, Äpfeln und Nüssen, aber alles ist um einen Schatten verschoben, alles ist würdiger, bedeutender beleuchtet, hat ein neues musikalisches Vorzeichen erhalten. Nach wie vor waltet der Schaffner an der Sperre in seinem Gehäuse, nach wie vor gehen Züge, gehen Trambahnen, gehen Postboten und Lastwagen, nur ist der Hintergrund nicht mehr Friede und Gleichgültigkeit, sondern Krieg und Sorge. Man lacht, aber man tut es gedämpft, man trinkt Bier oder Wein, aber man schreit nicht dazu; man fährt Eisenbahn, aber man sitzt still und höflich, und beim größten Gedränge gibt es keine fuchtelnden Reklamanten und keine aufdringlichen Witzemacher mehr. Man blickt gleichmütig, aber jeder ist vom Schatten der Ereignisse gestreift, jeder hat einen Bruder, einen Sohn, einen Freund verloren, oder bangt um ihn, oder muß morgen selbst einrükken, und jeder weiß, seinem Nachbar geht es ebenso, und es ist jetzt gut und recht und selbstverständlich, daß man einander schont und Rücksicht aufeinander nimmt. Und das ist sehr schön, das ist so eigentümlich schön, daß man beinahe den Literaten recht geben möchte, die so viel über den »Segen der Kriegszeit« schreiben, und den alten Tanten, die einen zu der »großen« oder »herrlichen« Zeit beglückwünschen. Es ist etwa so, wie wenn in einem Hause mit vielen Kindern der Tod oder das Unglück eingekehrt ist und nun jedes sich zusammennimmt, jedes Rücksicht übt, jedes sich selbst ein wenig zurückstellt.

Es wird Nacht; der überfüllte Zug, übrigens fast ohne Soldaten, fährt durch die schwarzen Täler. Ich fahre im Finstern an Orten vorüber, wo ich liebe Denkmäler der Kindheit und Jugend warten weiß, wo ich zu andern Zeiten es schwer empfunden hätte, vorüberfahren zu müssen. Jetzt geht es gut, jetzt geht es leicht, ich fahre, wo ich auch bin, in einer Atmosphäre von Erlebnis und Ernst, und ich fühle überall einen Hauch von Größe und Würdigkeit, den man sonst selten und mühsam auf entlegenen Wegen suchen muß. Ich verstehe, daß manche Künstler in dieser Zeit die Kunst als entbehrlich empfinden, denn überall ist jene Gehaltenheit, jene innere Steigerung, jene Geradlinigkeit des Fühlens da, die wir sonst im Alltag leicht vermissen und bei Komponist und Dichter suchen. – Gewiß, jene Phrasen sind falsch, wir haben kein Recht, diese Zeit »herrlich« zu nennen, und wir können von einer Entbehrlichkeit der Kunst nicht im Ernste reden! Ich denke nicht anders als immer, ich bin in nichts verwandelt, in nichts bekehrt, denn ich kann den großen Trugschluß nicht mitmachen, ich kann nicht eine reinere Lebensluft lobpreisen, die ich dem Blut und den Schmerzen von tausend Unschuldigen verdanke. Ich kann es nicht und will es nicht, aber ich lausche und beuge mich beschämt vor dieser Macht eines edlen Ernstes, mit Gefühlen, wie ich sonst während einer Sinfonie von Beethoven oder Brahms mich beschämt in meiner Kleinheit beuge. Und ich denke: Wenn man mich jetzt in der Nacht wegholen würde, so würde ich zwar nach wie vor darum beten, nicht töten zu müssen, würde nach wie vor das Gewehr und das Bajonett als zweifelhafte und böse Erfindungen betrachten, aber ich würde mitgehen und das Interesse für mein persönliches Ergehen ganz und gar vergessen im Zug des Schicksals, im Sturm der Notwendigkeit.

Nachts Ankunft in einer großen Stadt: der Bahnhof ein Ameisengewimmel von Tausenden, die Straßen hell und höchst belebt, das Hotel voll, in der Restauration kaum ein leerer Stuhl. Etwas Mangel an Automobilen und Dienstmännern, sonst alles reichlich und überreichlich vorhanden, Telegraph und Telephon bedienen mich sofort. Ich habe wenig Zeit und viel zu tun, aber der Hotelportier ist so höflich und beflissen wie sonst, das Telephonfräulein so freundlich und dienstwillig wie immer, eher mehr, und jeder, den ich um eine Auskunft bitte, ist gutwillig zum Helfen bereit.

Andern Tages eine Hatz von Geschäften und Besprechungen, von Besuchen und Besichtigungen; es handelt sich um Dinge der Fürsorge für die Gefangenen, und da bekomme ich in wenigen Stunden Einblick in eine unendliche, organisierte, detaillierte Arbeit. Hier sind Adressen von bedürftigen Gefangenen zu haben, hier arbeitet man am Suchen, immer telegraphisch mit den Organisationen in Genf und Bern verbunden, von denen jedermann mit hoher Achtung spricht. Da werden Liebesgaben sortiert, hier Pakete nach Rußland gemacht, dort Bücher für Lazarette geordnet, ein Bureau ums andere, ein Packsaal um den andern, ein Magazin ums andere tut sich auf, zeigt eine frohe Tätigkeit in gutem Tempo, hohe Herren arbeiten zwischen Unbekannten, in wichtigen Dingen ist jedermann zu sprechen, jedermann zu haben. Natürlich gibt es auch tote Stellen und Reibungspunkte, ein Amt hat zu wenig Arbeiter, ein anderes zu wenig Räume, ein drittes hängt zu innig am alten Zopf der Bureaukratie – aber überall, wo ernster Wille eine wohltätige Arbeit zu fördern sucht, stehen helfende Kräfte bereit. Katholische Vereine tun das Ihre, protestantische das Ihre, und neutrale vermitteln abwägend zwischen beiden. Überall hat die lange Zeit, die der Krieg schon dauert, eine Auslese der Kräfte gezeitigt, oder mindenstens eine Auslese der Methoden, der Wege, der Arbeitsweisen. Freiwillige Mitarbeiter stehen seit Monaten, seit einem Jahr Tag für Tag in Schreibstuben, in Packräumen, in Lagerschuppen, am Telephon, am Zettelkatalog. Jedermann trifft man beschäftigt, niemand hat viel Zeit, aber jeder sucht uns zu helfen, gibt uns Rat, hat je nachdem eine Stunde, eine Viertelstunde, Minuten für uns übrig. Man ist freundlich, oft herzlich, verliert aber keine Zeit mit Umständlichkeiten.

Das Leben ist, wenigstens für den Reisenden, nicht teurer als in der Schweiz, in Einzelheiten billiger; das Brot wird behutsam behandelt, doch habe ich nie Mühe gehabt, so viel zu bekommen, als ich brauchte. An manchen Orten bekommt der Gast im Hotel für jeden Tag seine Brotkarte, an andern erhält er sein Brot auch ohne dies. Über den reichen Herbst dieses Jahres herrscht überall Freude. Morgens wurde ich im Hotel gewöhnlich von der Polizei geweckt. Man wollte den Paß sehen und fragte mich, was ich hier für Geschäfte habe. Doch war das stets in drei Minuten erledigt, und stets mit Höflichkeit. Da und dort sind ausländische Namen auf Häusern und Firmentafeln verschwunden, ausgekratzt oder ersetzt, sehr viele sind aber auch stehengeblieben. Das alte Hotel Royal in Stuttgart heißt nimmer Royal, aber immer noch Hotel. Hie und da wird man mit einer mißbilligenden Verwunderung angeschaut, wenn man Adieu oder gar Merci sagt, doch auch das ist selten. Vor einem Jahr war man darin noch viel sensibler.

Eine Fahrt durchs Herbstland; da und dort französische Gefangene bei Erdarbeiten beschäftigt, ein farbiger darunter, die meisten in den Uniformen. Dabei fallen mir die beiden Russen ein, mit denen ich neulich in der Bahn zwischen Zürich und Bern zusammentraf, zwei stramme hübsche Menschen, die aus einem deutschen Gefangenenlager entkommen waren. Und ich denke an unsere Arbeiten für die Gefangenen, von denen viele nun schon ein ganzes langes Jahr die Gefangenschaft ertragen, deren Ende noch niemand absehen kann.

Und wieder eine Stadt, und wieder Bureaus und Magazine und Männer und Frauen an der Arbeit, für die Soldaten an der Front, für die in der Etappe, für Lazarette, für Gefangene, für Invalide. Ich speise in einem Hause, dessen Gartenhaus kürzlich von einer Fliegerbombe durchschlagen wurde. Es steht schon wieder renoviert.

Und in Stuttgart, aus all dem Arbeitstrubel kommend, wohne ich der Aufführung von Schillings' »Mona Lisa« bei. Ein heftiges Stück, nicht eben schüchtern in den Theaterwirkungen, und dazu eine geistvolle, feine, oft äußerst reizvolle und edle Musik, der man einen andern Text wünschte. Aber immerhin – mitten im Krieg eine sorglich vorbereitete und studierte Opernpremiere mit ersten Kräften und großem Orchester.

Zuletzt fuhr ich durchs Badische der Grenze entgegen. Drüben überm Rhein die Vogesen im Regen, abends hörte man auch Geschütze; die Züge hier aber fuhren treulich, die Billette wurden mit der alten Sorgfalt geprüft, und wir kamen auf die Minute pünktlich an. Basel lag trüb in Rauch und Nebel; in Lörrach stand ein Trupp neu Eingezogener beklommen auf dem Platz vor dem Bezirkskommando, gegenüber war Markt und die Trauben leuchteten aus den Körben. Dann kam die Grenze; ich ging von Stetten mit einem Zug Landsleuten zu Fuß, im rieselnden Regen, zwischen den Bretterverschlägen durch. Kinder aus Stetten hatten ein kleines Gewerbe daraus gemacht, das Gepäck der Passanten von der Bahn herüberzutragen oder auf kleinen Handkarren zu schieben; sie fanden viel Zuspruch. Wir waren eine lange Reihe von Wartenden, und es ging eine schöne Zeit vorbei, bis wir Mann für Mann nach genauester Prüfung unserer Papiere passieren durften. Gegenüber, dreißig Schritte weiter, stand der Schweizer Grenzposten und hatte dasselbe Amt; der Regen troff von den vielen Schirmen, und wer fertig war, sah den Nachkommenden bei ihren Nöten mit Verständnis zu.

Ich war wieder auf Schweizerboden, auf der schönen Ecke von Riehen und Bettingen; in den Gärten glühten die Dahlien trotz der Nässe. Auch das war schön, wieder im Frieden zu sein, wieder sorglose Menschen ihren kleinen Geschäften nachgehen zu sehen, wieder die Selbstverständlichkeit friedlichen Lebens auf allen Gassen zu atmen. In Basel gab es noch einen Halt und allerlei zu hören von dortigen Bestrebungen für Gefangenenhilfe. Es geschieht viel, von Neutralen und von Landsleuten, und doch geschieht überall zu wenig, und die Vorstellung, wie die Gefangenen hüben wie drüben Monate um Monate liegen und allerei Schweres zu tragen haben, und der Gedanke daran, daß gar zu oft kleine amtliche Schwierigkeiten, kleine Formfehler, kleine Umwege die Hilfe für diese Armen gar so sehr verspäten und verzögern, kann einen manchmal traurig machen.

Von dem, was ich in Deutschland diesmal sah und hörte, habe ich einen starken Eindruck mitgenommen. Aber es war nicht allein der Eindruck der Ausdauer und Stärke, der schweigenden Einfügung aller in das Notwendige, den ich mitnahm. Es war auch eine allgemeine Hoffnung dabei. Ich habe nirgends Haß und laute Erbitterung gefunden, das Publikum der Haßgesänge ist sehr klein geworden. Ich habe Hoffnung, das spätere Neuanknüpfen der Beziehungen zwischen den Völkern werde trotz allen Schwierigkeiten doch etwas leichter und etwas rascher gelingen, als unsere Sorge eine Zeitlang glaubte.

(am 10. 10. 1915 in der »Neuen Züricher Zeitung«)

# Arbeitsvorschläge

zu 3.3

1. Der Artikel erschien in einer Schweizer Zeitung, die zugleich international gelesen wurde; was ist wichtig an diesem Artikel
   - für einen neutralen Schweizer Leser?
   - für einen vom Krieg betroffenen deutschen Leser?
   - für einen vom Krieg betroffenen französischen oder englischen Leser?
2. Vergleichen Sie den Stil dieser Publikation mit dem Text 3.2: Will Hesse eher die Zustimmung aller oder einer Lesergruppe erreichen oder versucht er zu provozieren?

### *3.4 Brief aus Bern* [1]

13. 10. 1915

Die Blätter fallen, und die meisten haben auf die bange Hoffnung, es könnte vor dem Winter noch Frieden geben, nun verzichtet. Nach manchen Streitigkeiten in der Presse ist das Verhältnis zwischen deutschen und französischen Schweizern entschieden ruhiger geworden, der lange, gemeinsame Heeresdienst hat viel dazu beigetragen. Wir Deutsche haben im ganzen keinen Grund, uns über mangelndes Interesse in der Schweiz zu beklagen, jedenfalls sind gehässige Äußerungen der Presse, wie sie einigemal passierten, schlecht am Platz einem Lande gegenüber, das schwer unter dem Krieg leiden muß und dennoch unendlich viel friedliche und höchst dankenswerte Arbeit im Interesse der vom Kriege Geschädigten leistet. Neben dem internationalen Roten Kreuz und neben den Leistungen der Eidgenossenschaft, namentlich beim Austausch der Schwerverwundeten, sind auch noch eine Reihe von einzelnen Organisationen im Dienst der Menschlichkeit, zumal für die Gefangenen und Internierten, tätig, denen wir Dank schulden und über deren Mithilfe beim Verkehr mit unseren Gefangenen wir immer wieder froh sein müssen.

Daß wir in der Schweiz ansässigen Deutschen, soweit wir nicht zum Heer eingerückt sind, uns zum größten Teile auch mobilisiert und organisiert haben, versteht sich von selbst, und unser Zusammenarbeiten mit neutralen Behörden und privaten schweizerischen Organisationen läßt uns täglich schöne dankenswerte Dinge erleben. Von einzelnen unserer Unternehmungen zum Wohl unserer Gefangenen in Frankreich hoffe ich nächstens berichten zu können; heute ist da manches noch im Werden und noch nicht für ein Besprechen in der Öffentlichkeit reif. Aber gearbeitet wird überall, man findet Gelehrtenstuben und Dichterklausen zu Büros verwandelt, in denen Adressen gesammelt, Briefe vermittelt, Teile der Liebestätigkeit bearbeitet werden. Gäste aus Deutschland und Österreich treffen nicht selten ein, und es ist immer wieder interessant, bei ihnen die Teilung in zwei scharf getrennte Parteien wahrzunehmen. Die einen kommen nach der Schweiz voll Sehnsucht, wieder Friedensluft zu atmen, und sind voll Freude über den langentbehrten Anblick eines Landes, in dem das Leben des Friedens fast unverändert weitergeht. Die andern finden sich enttäuscht über den alltäglichen Anblick von Stadt, Straße und Eisenbahn, sie vermissen hier den Zug von Gemeinsamkeit und Größe, von Bewußtheit im Tun und Ertragen, den man in Deutschland überall wahrnimmt.

Mir selber wurde der Unterschied kürzlich bei einer Reise in Süddeutschland wieder auffallend klar. Ich hatte in Angelegenheiten der Gefangenenfürsorge verschiedene Büros und Ämter zu besuchen, und überall imponierte mir der Geist von gespannter Tätigkeit, von befreitem Denken ans Ganze. Kurz vorher war ich zwischen Zürich und Bern zusammen in der dritten

Klasse mit zwei Russen gefahren, die in einem süddeutschen Lager interniert gewesen waren , und die Art, wie die beiden stillen Männer von den Reisenden als Sehenswürdigkeit empfunden, und die Begier, mit der sie ausgefragt wurden, zeigte deutlich das Bild einer friedlichen Bevölkerung, für die jede tatsächliche, sinnenfällige Berührung mit den Abenteuern des Krieges noch ein erregendes Erlebnis bildet. Übrigens wurde das gesunde und wohlgenährte Aussehen der beiden, die ein Jahr deutscher Gefangenschaft hinter sich hatten, allgemein mit Lob konstatiert.

Von den Bestrebungen der Geistigen zum Aufrechterhalten von Verständigungsmöglichkeiten zwischen den geistigen Vertretern der feindlichen Länder hört man wenig mehr. Wenn es einmal zu ersten Friedensverhandlungen kommt, wird man ohne Zweifel das Mißglücken mehrerer ernster Versuche dieser Art beklagen. Was noch von ähnlichen Unternehmungen existiert, ist sehr stark pazifistisch gefärbt, und an rein pazifistischer Propaganda fehlt es nicht. Mich interessieren diese Dinge eine Weile stark, denn daß alles, was sich heut in der Welt an Idealismus und reinem Wollen für das Wohl der Menschheit findet, irgendwie nützen könnte, ist keine Frage. Schade, daß die Pazifisten, soweit ich aus ihren Schriften schließen kann, keine Lust oder keine Fähigkeit zeigen, sich der Wirklichkeit anzupassen, und daß sie nicht, unbeschadet ihrer Bestrebungen im ganzen, da oder dort bereit sind, ihre Kräfte den Aufgaben zuzuwenden, die der Menschenliebe jetzt an allen Enden sich aufdrängen. Mir ist es wunderlich, wie man für die ferne Zukunft der Völker schwärmen und tätig sein kann, während eine blutige Gegenwart auf Schritt und Tritt unsere Hilfe anruft. Und ich bin der Meinung, wenn Christus heute über die Erde wandelte, so würde er sich vielleicht vom Anblick der Schlachten weinend abwenden, aber er würde nicht Broschüren schreiben, sondern hier oder dort, wo eben das ungeheure Leid ihn anruft, sich zu den Bedrängten gesellen und tun, was für sie zu tun möglich ist: Kranke pflegen, Hungernde speisen, Gefangene trösten.

Ein merkwürdiges Buch hat mich auf diesen Gedanken gebracht, das kleine Buch »Er« von R. H. Bartsch. Es erzählt die Legende, daß Jesus nach der Kreuzabnahme nicht tot gewesen, sondern am Leben geblieben und nach Italien und Rom gekommen sei. Ich erinnere mich des herrlichen Oktobertages am Semmering, wo ich vor manchen Jahren einst mit Bartsch zwischen bereiften Wäldern gegen die Steiermark hinab wanderte und er mir diese Geschichte von Christus in Rom erzählte. Nun hat er sie aufgeschrieben und während des Krieges erscheinen lassen. Ich weiß nicht, ob die Form ganz geglückt ist, sie sei preisgegeben. Der Gedanke ist wundervoll, und wie Jesus vom sterbenden Pan die Erweiterung seiner Lehre und seiner Liebe bis in Tier und Baum und Gras und Stein hinein erfährt, das ist ein edles und köstliches Stück Bekenntnis. Zugleich ein Stück deutscher Fähigkeit, sich über die eigene Not hinweg ins All hinzugeben und das Fremdeste mit verstehender Liebe zu umfassen. Diese Fähigkeit, der wir eine Erscheinung wie Goethe oder Novalis, der wir die Tiefe der deutschen Musik verdanken, ist ja im Augenblick etwas verdächtig und wird von den Überlauten Schwäche gescholten.

Ich erfuhr das soeben auch, indem mir gestern mitgeteilt wurde, einige alldeutsche Blätter hätten mich wegen eines Briefes an einen Dänen angegriffen, in dem ich davon spreche, daß Deutschland sich auch jetzt seiner Verpflichtung zu »übernationaler Humanität« bewußt sei. Es handelt sich um ein Billet von fünf Zeilen an Sven Lange, das freilich nicht zur Publikation bestimmt war. Aber es stand auch nichts Verdächtiges darin, außer jenem Worte »übernational«, das die Überlauten heute gar nicht vertragen können.

Mir aber ist das Vorhandensein einer geistigen übernationalen Welt und Moral ebenso selbstverständlich, als es einem Frommen selbstverständlich ist, daß über dem Kaiser noch ein Gott stehe. Die Zeit wird bald kommen, wo wir uns darüber verständigen müssen, und es ist mein heißester Wunsch, daß dies in Vernunft und Frieden geschehen werde, nicht so wie diese ersten Angriffe hinterrücks und ohne Wissen des Gegners.

Während Deutschland nicht nur Offiziere, sondern mitten im Krieg auch Gelehrte und Lehrer nach der Türkei sendet, steht es uns nicht an, das Vorhandensein übernationaler Verpflichtungen, Ideale und Hoffnungen zu leugnen. Die Politik und den Selbsterhaltungstrieb in Ehren, aber wir schikken doch wirklich unsere Professoren nicht als Spitzel hinaus, sondern auch im Dienste echter Interessen, die auf die zukünftige geistige Gestaltung der Welt gerichtet sind. Die deutsche »Schwäche«, die oft zu modischer Nachäfferei des Fremden geführt hat, bleibt nach wie vor eine deutsche Eigenschaft, und zwar eine deutsche Tugend. Dreinschlagen kann man auch aus einem bloßen animalischen Lebenstrieb heraus, und an Tapferkeit fehlt es auch Indianer- und Negerstämmen nicht. Aber sich in der Welt durchkämpfen mit dem Bewußtsein, daß jede Erweiterung an Macht eine Erweiterung der Pflichten bedeutet, daß unsre Art nicht bloß andre Arten zu besiegen, sondern sich mit ihnen zur Veredelung und Aufhellung der Welt zu verbinden habe, das haben wir vor Negern und Indianern voraus. Der alte deutsch-gotische Trieb nach einem unsinnlichen Ideal, nach einem Verpflichtungsgefühl gegen den Weltgeist mag eine Schwäche sein oder nicht, jedenfalls ist er es, der die größten Taten des deutschen Geistes geboren hat. Wir haben gelernt, Gegenwartsmenschen zu sein, wir sind mächtig, sind reich geworden, wir schlagen uns heute mit stolzem Selbstgefühl gegen eine Übermacht von Feinden. Dennoch kann unser Ideal nicht sein, uns von Bach und Goethe, von Kant und Fichte weg zu entwickeln zu einem strammen Volk von selbstzufriedenen Siegern, denen die Zukunft der Welt weiter keine Sorgen macht. Das ist ja eben das Schlimmste, was wir den Engländern vorwerfen, daß aus ihrer Macht und ihrem Reichtum wohl materielle Güter und wohlwollend liberale Gedanken kommen, aber keine Ideale mehr, keine tiefen Verpflichtungsgefühle für das Ganze der Menschheit.

Schade, daß so Selbstverständliches doch je und je wieder gesagt werden muß. Aber es scheint mir besser, sich je und je auszusprechen, als im stillen

Entzweiungen gedeihen zu lassen, die mit dem Wegfallen der jetzigen Zwangslage plötzlich entbrennen würden. Wir wollen heute noch nicht formulieren, was jeder von uns vom Frieden und von der Zukunft erwartet. Aber wir wollen es vermeiden, schon jetzt in jedem Worte, das wir im eigenen Lexikon nicht finden, etwas Feindliches zu wittern. Wir werden Verständnis, Liebe, Vernunft, guten Willen brauchen, um nach dem Ende dieser Kriegszeit nicht einfach wieder in zankende Brüder verwandelt zu werden. Die realen Forderungen der einzelnen und Parteien mögen noch so weit auseinandergehen, eine entgegenkommende Haltung, ein wenig Vertrauen, ein wenig Weitherzigkeit wird vieles erleichtern.

Beim Mitarbeiten in irgendeiner der Organisationen, die während des Krieges dem Menschlichen dienen, beim Schenken, beim Pflegen, beim Arbeiten für Unglückliche jeder Art sehe ich so viel Aufopferung, so viel Sinn für Einordnung, so viel Eintracht herrschen, lediglich deswegen, weil es nicht einer Partei oder einem Namen, sondern einer klaren Sache gilt. Da lassen sich alle Unterschiede der Personen und der Meinungen überwinden.

Hoffen wir und bemühen wir uns darum, daß dieser Geist der Sachlichkeit und des Dienenwollens nie mehr ganz verlorengehe, solange in uns die Erinnerung an diese Tage leben wird!

1 Offener Brief in der »Frankfurter Zeitung« vom 13. 10. 1915.

# Arbeitsvorschläge

zu 3.4

1. Der Brief ist für die ›Frankfurter Zeitung‹ geschrieben worden, also für deutsche Leser; welche Position nimmt Hesse seinen Lesern gegenüber ein?
2. Versuchen Sie, die Intentionen zu bestimmen, die Hesse mit diesem ›Brief‹ verfolgt; beachten Sie dabei auch, welches Bild er direkt und indirekt den Lesern von sich selbst gibt, und vergleichen Sie es mit 3.2

### *3.5 Die »Kölner Verleumdung«*

#### *3.5.1 Ein »deutscher Dichter«*

*Der auf der Titelseite des »Kölner Tageblatt« vom 24. 10. 1915 anonym publizierte Angriff*

»Lange war ich nicht mehr in Deutschland daheim gewesen. Erst hatten mich äußere Mächte zurückgehalten, dann war im längeren Verlauf des Krieges auch ich der Grenze der *Dienstpflichtigen* nahegerückt und *mußte fürchten*, nach einem Besuche drüben nicht mehr zurückgelassen zu werden. Als endlich der *Befehl* zum Einrücken auch an mich erging, hatte ich *längst* im Anschluß an *schweizerische* Organisationen ein kleines Stück Arbeit im Dienste der Gefangenen übernommen und wurde *nicht genötigt*, diese schönere und friedlichere Arbeit *mit der kriegerischen zu vertauschen*. So war ich denn frei, und da manche Angelegenheiten unserer Berner Tätigkeit einen persönlichen Besuch in der Heimat forderten, fuhr ich zusammen mit einem Freunde kürzlich nach einer sehr langen Pause endlich wieder einmal nach Deutschland.«

Also beginnt kein Geringerer als der bekannte deutsche Romanschriftsteller *Hermann Hesse*, der vielgepriesene Verfasser des »Peter Camenzind«, einen Aufsatz in der »Neuen Zürcher Zeitung« über Reiseeindrücke in Deutschland! Die Schamröte muß geradezu jedem ehrlichen Deutschen ins Gesicht steigen, wenn er in dieser größten Not des Vaterlandes, da ältere deutsche Dichter wie Dehmel, Bloem, Löns mit der Waffe in der Hand für ihr Vaterland eintreten und ihr Blut freudig hingeben, hört, daß ein bisher gefeierter deutscher »Ritter des Geistes« sich noch brüstet mit seiner *Drückebergerei* und *schlauen Feigheit* und sich geradezu lustig macht darüber, wie es ihm gelungen ist, seinem Vaterlande und seinen Gesetzen in dieser großen Zeit ein Schnippchen zu schlagen. Freilich, für ihn ist ja die jetzige Zeit *nicht* einmal eine *große Zeit*; sagt er doch weiterhin, nach einer einigermaßen objektiven Würdigung der Stimmung in Deutschland, wie er sie bei seiner natürlich nur vorübergehenden Heimkehr nach Deutschland aus seinem neuen Wahlvaterlande, der Schweiz, vorgefunden: »Und das ist sehr schön, das ist so eigentlich schön, daß man *beinahe* den Literaten recht geben möchte, die so viel über den *»Segen der Kriegszeit«* schreiben, und den *alten Tanten*, die einen zu der *»großen«* oder *»herrlichen«* Zeit beglückwünschen. Gewiß, jene *Phrasen* sind *falsch*, wir haben *kein* Recht, diese Zeit *»herrlich«* zu nennen, und wir können von einer Entbehrlichkeit der Kunst nicht im Ernste reden! Ich denke nicht anders als immer, *ich bin in nichts verwandelt*, in nichts bekehrt, denn ich kann den *großen Trugschluß* nicht mitmachen, ich kann nicht eine reinere Lebensluft lobpreisen, die ich dem Blut und den Schmerzen von tausend Unschuldigen verdanke.«

Nirgends findet Hermann Hesse ein Wort der Teilnahme und Sorge für sein Vaterland – was seine *einzige* Sorge in dieser Zeit ist, drückt er zum Schluß aus, wenn er schreibt: »Ich habe nirgends Haß und laute Erbitterung gefunden, das Publikum der Haßgesänge ist sehr klein geworden. Ich habe Hoffnung, das spätere Neuanknüpfen der Beziehungen zwischen den *Völkern* werde trotz allen Schwierigkeiten doch etwas leichter und etwas rascher gelingen, als *unsere* Sorge eine Zeitlang glaubte.« Bei solcher Gesinnung ist es freilich kein Wunder, wenn Hesse in einem gleichzeitigen Aufsatz in der jetzt mehr denn je in Deutschland wieder maßgebenden »Frankfurter Zeitung« spotten darf über die *Tapferkeit unserer Brüder im Felde*, die bei den Negern usw. *auch* anzutreffen sei.

Als jüngst in einer deutschfeindlichen dänischen Zeitung ein Aufsatz gegen die warmherzige Haltung des dänischen, bisher nicht deutschfreundlichen Professor Larsen [sic!] uns und unserem Kriege gegenüber erschien und der Schreiber sich dabei auf einen Brief stützen durfte, den Hermann Hesse an ihn gerichtet hat, und in dem es heißt: »Es ist mir nicht gelungen, mich literarisch dem Kriege anzupassen, und es ist meine Hoffnung, Deutschland möge weiterhin der Welt nicht bloß mit den Waffen imponieren, sondern vor allem in den Künsten des Friedens und im Betätigen einer übernationalen Humanität« – da betonten die »Leipziger Neuesten Nachrichten« mit Recht, indem sie jene Äußerung Hesses ans verdiente Tageslicht zogen, das sei gewiß recht schön gesagt, aber zu recht unpassender Zeit. Die *jetzigen,* von uns dem Urteil der deutschen Volksgenossen vorgelegten schamlosen Äußerungen des »deutschen« Dichters aber stellen wohl den ärgsten Mißklang in dieser *heiligen* Zeit dar, die ein deutscher Mann von Geist kundgeben konnte – Liebknecht, Wehberg und Genossen rechnen wir natürlich nicht darunter. Nicht wie ein Ritter des deutschen Geistesadels, von der Art Ewald v. Kleists, Körners, Löns, sondern wie ein *Ritter von der traurigen Gestalt* eines d'Annunzio-Rappaport zieht der Drückeberger Hermann Hesse daher, als vaterlandsloser Gesell, der längst innerlich den Staub der heimischen Erde von seinen Schuhen geschüttelt hat! Fürwahr *kein* wackerer Schwabe, der sich nit fürchtet, mit seinen 38 Jahren; auf solchen Sohn kann das herrliche Schwabenland und -volk nicht mehr stolz sein. Daß seine einzige Sorge in dieser Zeit aber die Beziehungen zum *Auslande* und nicht zu seinem *eigenen Volkstum* sind, wird das deutsche Volk hoffentlich nicht vergessen. Mag er dann am eigenen Leibe fühlen, was es heißt, *Volk und Volkstum* in solcher Zeit *preiszugeben*, anstatt das Wort zu beherzigen, das die Volksführer seines Wahlvaterlandes ein anderer, ein *wackrerer* Schwabe, unser Schiller, geloben läßt:

Wir wollen sein ein einig Volk von Brüdern,
In keiner Not uns trennen und Gefahr.

# Arbeitsvorschläge

zu 3.5

1. Versuchen Sie, die Vorwürfe gegen Hesse in sachlicher Sprache zusammenzustellen.
2. Welche darüber hinausgehende Absicht des Verfassers läßt sich z. B. vom Schluß des Artikels her ablesen? Beachten Sie, wie er über Deutschland und den Krieg schreibt.
3. Eine Zeitung hängt ja letztlich davon ab, daß sie den Lesern entspricht; deshalb darf man annehmen, daß der Artikel darauf abgerichtet ist, daß eine große Zahl von Lesern ihn positiv aufnimmt. Welche Einstellungen, Erwartungen, Interessen, Informationswünsche, welches Problembewußtsein kann man bei diesen Lesern voraussetzen?
   Vergleichen Sie mit denselben Fragen die in 3.5.2 abgedruckten Beiträge auf der Titelseite des ›Kölner Tageblatt‹ vom 24.10.1915

*3.5.2*

Nr. 610 – 53. Jahrgang

Kölner Tageblatt

Kölner General-Anzeiger. Amtliches Kreisblatt.

General-Anzeiger für Rheinland und Westfalen.

Sonntags-Ausgabe.

Sonntag, 24. Oktober 1915.

Täglich 2 Ausgaben

Abgeschlagene Massenangriffe der Italiener.

Die Flucht der Serben. – Günstiger Kampfverlauf in Rußland.

Ein „deutscher" Dichter.

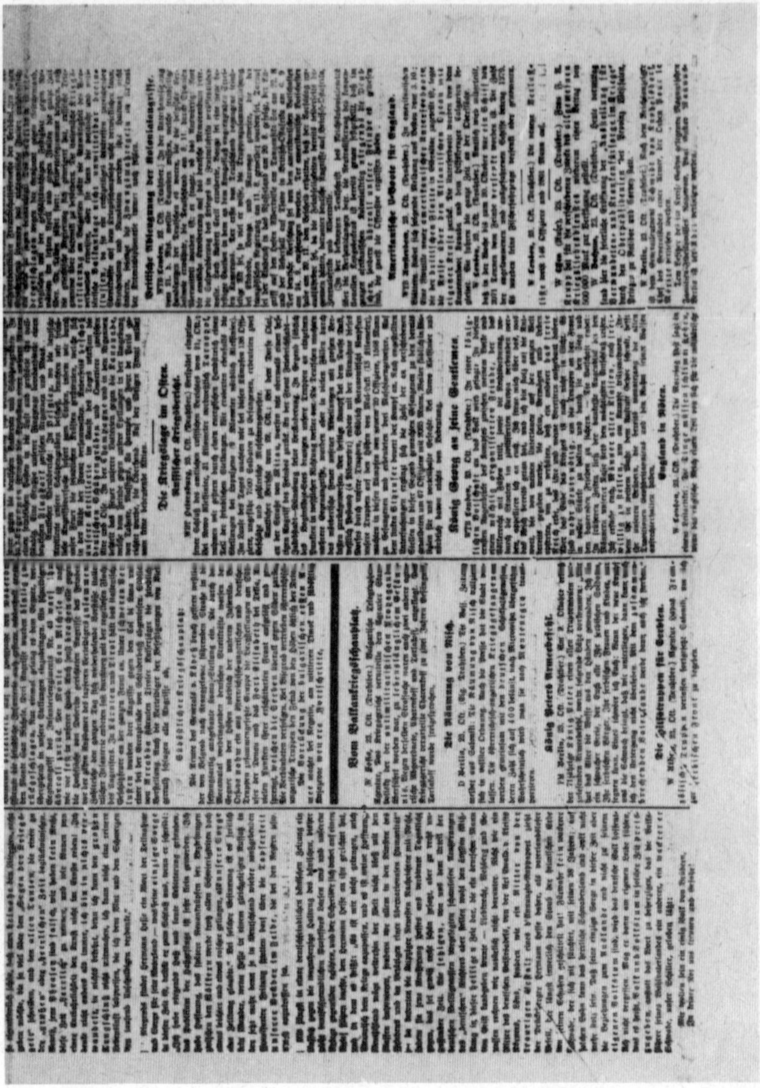

*3.6 Hermann Hesse, der »vaterlandslose Gesell«*
*Die Entgegnung von Theodor Heuss (»Neckar-Zeitung«, Heilbronn vom 1. 11. 1915):*

Das »Kölner Tageblatt« hat den schwäbischen Dichter *Hermann Hesse,* der seit einigen Jahren in Bern lebt, wegen einiger Äußerungen zum Krieg angegriffen und uns den Nachweis geführt, daß wir hier unseren deutschen »d'Annunzio-Rappaport« haben. Der Vergleich ist natürlich so unglücklich wie möglich, denn der Italiener ist der Typ des exaltierten rhetorischen Chauvinisten und Hesse in Haltung und Gesinnung gerade das Gegenteil davon – aber immerhin: »d'Annunzio« ist jetzt wohl eines der marktgängigsten Schimpfworte und »fleckt«. Einige württembergische Zeitungen haben den Artikel nachgedruckt, und es wird ja nicht fehlen, daß der Dichter nun, nach dem hierzulande üblichen Verfahren, für einige Zeit »geliefert« ist.

Es scheint mir eine einfache Freundespflicht, zu dem Vorgang einiges zu sagen. Ich habe Hesse nicht zu »verteidigen« – denn ich nehme an, er wird sich, wenn ihm die Sache zu dumm wird, selber wehren. Aber ich halte es doch für unerlaubt, mit so grobem Geschütz der moralischen Verdammung anzufahren, ohne daß das Bemühen vorliegt, den inneren Standpunkt des Dichters zu erfassen. Auch ist hier das unvollkommene Zitieren bedenklicher als sonst; wahrscheinlich haben jene, die das »Kölner Tageblatt« nachdruckten, die Artikel, um die es sich handelte, gar nicht gelesen. Leider habe ich die Aufsätze gar nicht mehr zur Hand, um sie unmittelbar reden lassen zu können; aber ihre Gesinnung ist mir noch in klarer Erinnerung. Der Inhalt dieser Arbeiten war Wärme, Erstaunen, Aufgeschlossenheit und Bewunderung. Hesse hat den Kriegsbeginn nicht in Deutschland erlebt, jene Zeit, die uns alle erschütterte. Man mag das als Mangel empfinden. Er ist jetzt erst heimgekommen und sucht sich auf einer Reise im Neuen zurechtzufinden. Und er spricht aus, wie er die Heimat findet: näher, vertrauter, stärker, sachlicher als er geglaubt. Fast macht er sich Vorwürfe, daß er in der Fremde skeptisch gewesen.

Warum war er denn wohl skeptisch gewesen? Weil er Presse und Literatur mit Volk verwechselte. Das ist der sachliche Vorwurf, den man ihm machen könnte. Ihm ging auf die Nerven, wie fast die ganze Dichtung rechtsumkehrt schwenkte und in Kriegskonjunktur machte – wir wissen allmählich doch, wie ungemein mäßig das meiste von dem ist, was dabei herauskam. Er wehrte sich gegen die Phrasenwelt der Leitartikel, die den ungeheuren und traurigen Ernst der Geschehnisse in lautes und oft falsches Pathos verwandelte. Nun sah er, daß diese Schemen, die auch uns in der Heimat, mehr noch denen im Feld oft ärgerlich genug waren, gar nicht sehr tief gegangen sind, daß die Wirklichkeit ohne Wortschminke in ihrer Sachlichkeit groß, tapfer, ernsthaft ist. In Hesses Worten darüber steht eine stille Abbitte von seinem falschen Glauben. Soll man ihn deshalb schimpfen? Schlechtmachen, weil er bekennt, daß er »in nichts verwandelt« sei? Ja, sind denn die, die ihn jetzt angreifen,

»anders« geworden – ach Gott, wir kannten sie doch schon vorher. Ist denn jedermann davon überzeugt, daß der Krieg die Menschen »besser« mache – wie kommen wir denn dann dazu, eine scharfe Gesetzgebung gegen den Wucher zu brauchen? Ist es denn unmoralisch, wenn sich jemand innerlich dagegen sträubt, daß man immer von dem »Segen des Krieges« spricht – es gibt nun einmal Naturen, die über die Mauer der Leichen nicht ohne Schaudern weg sehen können. Sie sind nicht in der glücklicheren Lage kühlerer Seelen. Man mag sie sentimental schelten, und sie sind gewiß nicht aus dem Stoff gemacht, den unsere Zeit jetzt zur Prüfung ihrer Geschichte braucht. Aber darum »vaterlandslos«? Mögen wir doch davor bewahrt bleiben, daß die Kraftmeierei der Worte künftighin als die einzig zulässige Form von Deutschtum ausgegeben werde.

Zwischen Hesses Stellung zum Krieg, wie ich sie begreife, und zwischen der, die ich in diesen Spalten zum Ausdruck bringe, sind gewiß sehr erhebliche Unterschiede. Hesse ist nicht geschichtlich denkender Politiker, sondern Künstler, Dichter, in dessen Weltanschauung die humanitär-universalistische Richtung lebendig und wirksam ist. Nur wer die Geschichte des deutschen Geistes nicht kennt, wird diesen Zug als undeutsch empfinden, und vollends verkehrt ist es, Schiller gegen diese Auffassung auszuspielen, der ihr geistigster Ausdruck gewesen. Freilich: die Tonart in einem Teil der Presse aller Länder macht die Sorge begreiflich, der Krieg werde das Ende aller menschlichen Gemeinsamkeitsziele bedeuten. Für uns ist das keine Sorge, denn wir sehen die fruchtbarste Auswirkung der Arbeit für die Menschheit im Rahmen der nationalen Gebundenheit. Aber darf man nicht sagen: die Zuversicht sei vorhanden, daß das deutsche Wesen auch in Zukunft die Wechselwirkung mit fremden Kulturen nicht scheuen und verbieten werden? Für unser ganzes Wirtschaftsleben gilt es als selbstverständlich, daß der internationale Austausch wieder einsetzen werde – ja unsere Gewerbewelt hofft, ihn steigern zu können. Im Wissenschaftlichen aber etwa darf das nicht sein! Nur wer den Weg der Geschichte nicht kennt und sich von den Torheiten des Tages nicht freihalten kann, macht daraus Glaubenssätze.

Geben wir gerne zu: Hesse ist kein kriegerischer Mann und wäre als Soldat bei seiner Zartheit, Kurzsichtigkeit und Nervosität wohl völlig unbrauchbar. Er mag sich selber darüber aussprechen, wie er den Verdacht der bewußten »Drückebergerei« auf sich ziehen konnte. Denn sachlich ist eine »Drückebergerei« wohl kaum mehr möglich – der Staat nimmt jeden, den er verwenden kann, es gibt aber Leute, von denen er glaubt, daß sie ihm in Reih und Glied mehr hinderlich als fördernd seien, die er gegebenenfalls anderwärts besser verwerten kann. Und nun möge sich der Verfasser des Angriffs und seine Verbreiter gesagt sein lassen, daß Hermann Hesse sowohl früher als gegenwärtig vaterländische Arbeit leistete, die sich neben der ihrigen ruhig sehen lassen kann.

Früher: ja nun, wenn der reichste Besitz eines Volkes seine Sprache ist, so scheint mir der ein Mehrer vaterländischen Gutes zu sein, der in dieser Sprache schöne, edle, wahre Gefühle ausspricht. Wir wollen vom Dichter Hesse und seiner Wertung hier gar nicht reden. Nur dies sagen, daß in dem unverdorbenen Wohllaut seiner Sprache bestes altes deutsches Gut gefaßt ist, und daß er auch, indem er sich nicht auf das Besingen des Krieges warf, sondern keusch und ehrlich in den Grenzen seiner Natur blieb, mitten im Krieg am reinsten unverdorbene Kunst schuf, die nicht im Zeitgeschehen, sondern in einer Seele verankert war. Für das eine Gedicht von ihm, das ich weiter unten abdrucke, gebe ich neun Zehntel der übrigen »Kriegslyrik« her.

Und gegenwärtig: Hesse organisiert im Einverständnis mit den deutschen Behörden *die Versorgung unserer Kriegsgefangenen mit Büchern.* Er stellt Bibliotheken für die Gefangenenlager in Frankreich zusammen, und sicher geht das alles von Bern aus leichter als von Berlin. Seine Gegner mögen das für Larifari halten, da sie selber ihre Artikel wohl im Schützengraben schreiben. Immerhin: Hesse leistet eine unrenommistische, sehr fleißige, sehr schlichte Arbeit, eine Art von Seelsorgerei, zu der er, Kenner unserer Dichtung und der deutschen Volksart wie wenige, vor andern berufen ist. Wenn er nicht von selber diese Sache angefangen hätte, sondern als gedienter Mann mit ausgerückt wäre, hätte man ihn vielleicht zu dieser Arbeit zurückholen sollen, wie das ja jetzt, mit den wachsenden inneren Arbeiten, bei gar manchem geschieht. Wahrscheinlich finden auch unsere Soldaten in sachlichem Urteil Hesses Arbeit wesentlich notwendiger und dankenswerter als sämtliche Artikel des Kölner Journalisten.

Ich weiß nicht, ob es Hesse sehr ärgert, daß ihn das »Kölner Tageblatt« einen »vaterlandslosen Gesellen« getauft hat. Er mag dafür einige schwäbische Gelassenheit aufbringen und dem rheinländer Freund mit einem guten und bekannten Spruch dienen. Aber daß er nun in der Heimat, der er der treueste und liebevollster Schilderer gewesen, mit deren Art und Boden die Sache seines Dichtertums völlig verwachsen ist, als ein verächtlicher Kerl herumgereicht wird, das schmerzt ihn wohl ein wenig (wenn auch sein Sprachempfinden humoristisch gereizt sein mag, daß er »innerlich« den Staub von den Füßen geschüttelt habe, wie es dort hieß).

Diese Zeilen, die nur Andeutungen bleiben konnten für manches, das tiefer wühlt, möchten den Leser, den unverwirrten Leser, bitten, in der Hetze gegen Hermann Hesse, die ja nun wohl weitergehen wird, in dem unverhüllten Aufruf zum Boykott seiner Werke gegen das Schlagwort mißtrauisch zu bleiben, das heute mehr als sonst die Sinne verkleistert, und auch in der sachlichen Gegnerschaft gegen eine Gemütsrichtung, die man als »unzeitgemäß« empfinden mag, auf Gerechtigkeit und Würde nicht zu verzichten.

*Denken an den Freund bei Nacht*

Früh kommt in diesem bösen Jahr der Herbst...
Ich geh' bei Nacht im Feld, den kalten Wind am Hut,
Der Regen klirrt...Und du? Und du, mein Freund?

Du stehst – vielleicht – und siehst den Sichelmond
Im kleinen Bogen über Wälder gehn
Und Biwakfeuer rot im schwarzen Tal.

Du liegst – vielleicht – im Feld auf Stroh und schläfst
Und über Stirn und Waffenrock fällt kalt der Tau.

Kann sein, du bist zu Pferde diese Nacht,
Vorposten, spähend unterwegs, Revolver in der Faust,
Flüsternd und kosend mit dem müden Gaul.

Vielleicht – ich denk' mir's so – bist du die Nacht
In einem fremden Schloß und Park zu Gast
Und schreibst bei Kerzenlicht an einem Brief,
Und tippst am Flügel im Vorübergehn
An klingende Tasten – –

Und vielleicht
Bist du schon still , schon tot? Und deinen lieben
Ernsthaften Augen scheint der Tag nicht mehr,
Und deine liebe, braune Hand hängt welk,
Und deine weiße Stirne klafft – – O hätt' ich,
Hätt' dir einmal noch, am letzten Tag,
Dir etwas noch gezeigt, gesagt
Von meiner Liebe, die zu schüchtern war!

Du kennst mich ja, du weißt...Und lächelnd nickst
Du in die Nacht vor deinem fremden Schloß,
Und nickst auf deinem Pferd im nassen Wald,
Und nickst im Schlaf auf deiner harten Streu,
Und denkst an mich, und lächelst.

Und vielleicht,
Vielleicht kommst du einmal vom Krieg zurück
Und eines Abends trittst du bei mir ein,
Man spricht von Lüttich, Longwy, Dammerkirch,
Und lächelt ernst, und alles ist wie einst,
Und keiner sagt ein Wort von seiner Angst,
Von seiner Liebe. Und mit einem Witz
Wirfst du die Angst, den Krieg, die bangen Nächte,
Das Wetterleuchten scheuer Männerfreundschaft,
Ins kühle Nichtgewesensein zurück.

Hermann Hesse

[erste Fassung, geschrieben am 28. 8. 1914]

# Arbeitsvorschläge

**zu 3.6**

1. **Gegen welche Vorwürfe nimmt Heuss H. Hesse in Schutz? Welche Argumente benutzt er?**
2. **Vergleichen Sie das sich ausdrückende ›nationale‹ Bewußtsein von Heuss mit dem des ›Kölner Tageblatts‹: könnten beide für die gleichen Leser akzeptabel sein?**

### *3.7 Schreiben aus dem Nachlaß*

Kaiserlich Deutsche Gesandtschaft

Sehr geehrter Herr Hesse!

Auf Ihren Wunsch bestätige ich Ihnen gerne, daß Sie, nachdem Sie sich bei Kriegsausbruche freiwillig zum Waffendienste gemeldet hatten und nicht angenommen worden waren, seitdem Ihre Arbeit einer Reihe von mit dem Kriege zusammenhängenden deutschen Wohltätigkeitsveranstaltungen, insbesondere der deutschen Kriegsgefangenenfürsorge gewidmet haben und aus diesen Gründen vom hiesigen Kaiserlichen Konsulate bis zum 31. Dezember 1915 zurückgestellt worden sind.
Indem ich Ihrer Hauptarbeit, für unsere Kriegsgefangenen in Frankreich eine Zeitschrift herauszugeben, den besten Erfolg wünsche, bin ich Ihr sehr ergebener Hornberg

Kaiserlicher Gesandter

# Arbeitsvorschläge

zu 3.7

1. Ordnen Sie den Inhalt des Textes in die Ihnen bekannte Problematik ein.
2. Welche Funktion und Wirkung hätte eine Publikation dieser Bescheinigung im ›Kölner Tageblatt‹ haben können?

### *3.8 Krieg und Frieden (1918)*

Gewiß haben jene recht, welche den Krieg den Ur- und natürlichen Zustand nennen. Insofern der Mensch ein Tier ist, lebt er durch Kampf, lebt auf Kosten anderer, fürchtet und haßt andere. Leben ist also Krieg.

Was »Friede« sei, ist viel schwerer zu bestimmen. Friede ist weder ein paradiesischer Urzustand noch eine Form durch Übereinkunft geregelten Zusammenlebens. Friede ist etwas, was wir nicht kennen, was wir nur suchen und ahnen. Friede ist ein Ideal. Er ist etwas unsäglich Kompliziertes, Labiles, Bedrohtes – ein Hauch genügt, um ihn zu zerstören. Daß auch nur zwei Menschen, die aufeinander angewiesen sind, in wahrem Frieden miteinander leben, ist seltener und schwieriger als jede andere ethische oder intellektuelle Leistung.

Dennoch ist der Friede, als Gedanke und Wunsch, als Ziel und Ideal, schon sehr alt. Seit Jahrtausenden schon besteht das mächtige, für Jahrtausende grundlegende Wort: »Du sollst nicht töten.« Daß der Mensch solcher Worte, solch ungeheurer Forderungen fähig ist, das kennzeichnet ihn mehr als jedes andere Merkmal, es scheidet ihn vom Tier, trennt ihn scheinbar von der »Natur«.

Der Mensch, so fühlen wir bei solchen mächtigen Worten, ist nicht Tier, er ist überhaupt nichts Festes, Gewordenes und Fertiges, nichts Einmaliges und Eindeutiges, sondern etwas Werdendes, ein Versuch, eine Ahnung und Zukunft, Wurf und Sehnsucht der Natur nach neuen Formen und Möglichkeiten. »Du sollst nicht töten!« war zur Zeit, wo das Wort zuerst aufgestellt wurde, eine Forderung von ungeheuerstem Umfang. Es war nahezu gleichbedeutend mit: »Du sollst nicht atmen!« Es war scheinbar unmöglich, scheinbar wahnsinnig und vernichtend. Dennoch ist dieses Wort in vielen Jahrhunderten aufrecht geblieben und gilt heute wie immer, hat Gesetze, Anschauungen, Sittenlehren geschaffen, hat Frucht getragen und das Menschenleben umgerüttelt und umgepflügt wie wenig andere Worte.

Das »Du sollst nicht töten!« ist nicht das starre Gebot eines lehrhaften »Altruismus«. Altruismus ist etwas, was in der Natur nicht vorkommt. Und »Du sollst nicht töten!« heißt nicht: du sollst dem andern nicht weh tun! Es heißt: du sollst dich selbst des andern nicht berauben, du sollst dich selbst nicht schädigen! Der andere ist ja kein Fremder, ist ja nichts Fernes, Beziehungsloses, für sich Lebendes. Alles auf der Welt, alle die tausend »anderen« sind ja für mich nur da, insofern ich sie sehe, sie fühle, Beziehungen zu ihnen habe. Aus Beziehungen zwischen mir und der Welt, den »anderen«, besteht ja einzig mein Leben.

Dies zu erkennen, dies zu ahnen, diese komplizierte Wahrheit zu ertasten, war der bisherige Weg der Menschheit. Es gab Fortschritte und Rückschritte. Es gab Lichtgedanken, aus denen wir uns dann doch wieder finstere Gesetze und Gewissenshöhlen bauten. Es gab seltsame Dinge wie die Gnosis, wie die Alchimie, von welchen manche Heutige genau zu wissen glauben, wie töricht sie waren, während sie vielleicht höchste Gipfel auf dem Menschheitswege der Erkenntnis waren. Und aus der Alchimie, welche ein Weg zur reinsten Mystik und zur letzten Erfüllung des »Nicht töten!« war, haben wir lächelnd und überlegen eine technische Wissenschaft gemacht, welche Sprengstoffe und Gifte herstellt. Wo ist da Fortschritt? Wo Rückschritt? Es gibt beide nicht.

Auch der große Krieg dieser Jahre zeigt beide Gesichter, sieht oft wie Fortschritt, oft wie Rücktritt aus. Die wüste Massenhaftigkeit und grausame Technik des Mordens sahen sehr wie Rücktritt aus, ja wie Hohn auf jeden Versuch des Fortschritts und des Geistes. Fast wie Fortschritte aber empfinden wir manche neuen Bedürfnisse, Erkenntnisse und Bestrebungen, die der Krieg gezeitigt hat. Ein Journalist glaubte alle diese seelischen Dinge mit dem Wort »Verinnerlichungsrummel« abtun zu dürfen – aber sollte dieser Mann sich nicht sehr getäuscht haben? Sollte er nicht am Ende gerade das Lebendigste, das Feinste, das Wesentlichste und Innerste dieser Zeit mit seinem rohen Wort verworfen haben?

Völlig falsch jedenfalls war die Meinung, die man während des Krieges oft äußern hörte: dieser Krieg sei schon durch seinen bloßen Umfang, seine gräßliche Riesenmechanik geeignet, künftige Generationen vom Kriege abzuschrecken. Abschrecken ist kein Erziehungsmittel. Wem das Töten Spaß macht, dem wird es durch keinen Krieg verleidet. Auch die Einsicht in den materiellen Schaden, den der Krieg anrichtet, wird gar nichts helfen. Die Handlungen der Menschen enspringen kaum zu einem Hundertstel rationellen Erwägungen. Man kann völlig von der Unsinnigkeit irgendeines Tuns überzeugt sein und es dennoch inbrünstigt tun. Jeder Leidenschaftliche tut so. –

Eben darum bin ich auch nicht Pazifist, wie viele meiner Freunde und Feinde meinen. Ich glaube an die Herbeiführung des Weltfriedens auf rationellem Wege, durch Predigt, Organisation und Propaganda, so wenig wie an die Entdeckung des Steins der Weisen durch Chemikerkongresse.

Woher aber wird vielleicht doch einst die wahre Friedfertigkeit auf Erden kommen? Nicht von Geboten und nicht aus materiellen Erfahrungen. Sie kommt, wie jeder Menschenfortschritt, aus der Erkenntnis. Alle Erkenntnis aber, wenn man darunter etwas Lebendiges und nicht Akademisches versteht, hat nur einen Gegenstand. Es wird von Tausenden und tausendfach anerkannt und in tausend verschiedenen Arten ausgedrückt, ist aber stets nur eine Wahrheit. Es ist die Erkenntnis des Lebendigen in uns, in jedem von uns, in mir und dir, des geheimen Zaubers, der geheimen Göttlichkeit, die jeder von uns in sich trägt. Es ist die Erkenntnis von der Möglichkeit, von diesem innersten Punkte aus alle Gegensatzpaare zu jeder Stunde aufzuheben, alles Weiß in Schwarz, alles Böse in Gut, alle Nacht in Tag zu verwandeln. Der Inder sagt »Atman«, der Chinese sagt »Tao«, der Christ sagt »Gnade«. Wo jene höchste Erkenntnis da ist (wie bei Jesus, bei Buddha, bei Plato, bei Laotse), da wird eine Schwelle überschritten, hinter der die Wunder beginnen. Da hört Krieg und Feindschaft auf. Man kann davon im Neuen Testament und in den Reden Gotmas lesen, und wer will, kann auch darüber lachen und es »Verinnerlichungsrummel« heißen. Wer es erlebt, dem wird der Feind zum Bruder, der Tod zur Geburt, die Schmach zur Ehre, Unglück zu Schicksal. Jedes Ding auf Erden zeigt sich doppelt, einmal als »von dieser Welt« und einmal als »nicht von dieser Welt«. »Diese Welt« aber bedeutet, was »außer uns« ist. Alles, was außer uns ist, kann Feind, kann Gefahr, kann Angst und Tod werden. Mit der Erfahrung, daß all dies »Äußere« nicht nur Gegenstand unserer Wahrnehmung, sondern zugleich Schöpfung unserer Seele ist, mit der Verwandlung des Äußeren in das Innere, der Welt in das Ich, beginnt das Tagen.

Ich sage Selbstverständlichkeiten. Aber wie jeder totgeschossene Soldat die ewige Wiederholung eines Irrtums ist, so wird auch die Wahrheit, in tausend Formen, ewig und immer wiederholt werden müssen.

# Arbeitsvorschläge

**zu 3.8**

1. **Vergleichen Sie diese Veröffentlichung nach Abschluß des Krieges mit den früheren: worin sehen Sie Gemeinsames, worin Unterschiedliches?**
2. **Im *Steppenwolf* wird die hier dokumentierte Auseinandersetzung von 1915 mehrfach erwähnt;**
   **z. B. S. 83–93: der Besuch beim Professor; vgl. S. 100–109**
   **S. 163ff.: das Gespräch mit Hermine**
   **S. 213–214: der Titel »O Freunde ...« wird aufgenommen.**

   2.1 **Wie erscheint hier Hesses eigene Position, wie wird die seiner Gegner von ihm verarbeitet?**

   2.2 **Welche Funktion hat die Rezeption dieser politischen Diskussion für den *Steppenwolf*-Roman, bes. für die Figur des Harry Haller? Beachten Sie die Unterschiede zwischen den genannten Textstellen.**

   2.3 **Prüfen Sie, ob die für das Ende des Krieges behauptete »Wandlung« H. Hesses an der Darstellung im *Steppenwolf* mit abgelesen werden kann; ordnen Sie auch den Text 3.8 diesem Vergleich zu.**

### *3.9 Der Traum von den Göttern*

*Vorbemerkungen*

Es sind jetzt zehn Jahre her seit dem Beginn des Weltkrieges. Unter den vielen Erinnerungen, die an jene Zeit mahnen, finden sich in aller Welt auch sehr zahlreiche Fälle von Vorahnungen, von Prophezeihungen, Wahrträumen, Visionen, die sich auf den Krieg bezogen. Es wird mit diesen Erlebnissen mancher Humbug getrieben, und mir liegt nichts ferner, als mich unter die vielen Vorauswisser und Propheten des Krieges einzureihen! Ich war im August 1914 ebenso überrascht und entsetzt von den Ereignissen wie jedermann. Und dennoch habe ich, ebenso wie Tausende von Menschen, die neue Katastrophe kurz vorher gefühlt. Wenigstens hatte ich etwa acht Wochen vor dem Beginn des Krieges, einen sehr merkwürdigen Traum und habe diesen Traum noch Ende Juni 1914 aufgezeichnet. Allerdings ist diese Aufzeichnung keine aktenmäßige, wörtlich treue Darstellung des Traumes mehr, sondern es ist mir damals eine kleine Dichtung daraus entstanden. Das Wesentliche aber, die Erscheinung des Kriegsgottes und seines Gefolges, ist nicht von mir bewußt erfunden, sondern ist wirkliches Traumerlebnis gewesen.

Nicht der Kuriosität wegen, sondern weil sich für manchen ernste Gedanken daran knüpfen mögen, teile ich jene Aufzeichnungen vom Juni 1914 hier mit. (1924)

Ich ging allein und hilflos und sah es überall dunkel und gestaltlos werden und suchte und lief, um zu finden, wohin denn alle Helligkeit entflohen sei. Da stand ein neues Gebäude, dessen Fenster strahlten, und über den Türen brannte taghelles Licht, und ich ging durch ein Tor hinein und kam in einen erleuchteten Saal. Viele Menschen hatten sich hier versammelt und saßen schweigend und voll Aufmerksamkeit, denn sie waren gekommen, um bei den Priestern der Wissenschaft Trost und Licht zu suchen. Auf einem erhöhten Boden vor dem Volke stand ein Priester der Wissenschaft, ein schwarzgekleideter, stiller Mann mit klugen, ermüdeten Augen, und er sprach mit einer klaren, milden, bezwingend ruhigen Stimme zu den vielen Zuhörern. Vor ihm aber standen auf hellen Tafeln viele Abbilder von Göttern, und er trat soeben vor den Gott des Krieges und erzählte, wie einst in älteren Zeiten dieser Gott entstanden sei, aus den Bedürfnissen und Wünschen jener damaligen Menschen, welche noch nicht die Einheit aller Weltkräfte erkannt hatten. Nein, sie sahen stets nur das Einzelne und Augenscheinliche, jene früheren Menschen, und so brauchten und schufen sie je eine besondere Gottheit für das Meer und für das feste Land, für die Jagd und für den Krieg für den Regen und für die Sonne. Und so war also auch der Gott des Krieges entstanden, und der Diener der Weisheit erzählte fein und klar, wo seine ersten Bildnisse errichtet und wann ihm die ersten Opfer dargebracht worden seien, bis dann später mit dem Siege der Erkenntnis dieser Gott entbehrlich geworden wäre.

Und er bewegte die Hand, und der Gott des Krieges erlosch und fiel dahin, und es stand statt seiner auf der Tafel ein Bild des Schlafgottes, und auch dieses Bild wurde erklärt, o allzu rasch, denn gerne hätte ich von diesem holden Gott noch lange gehört. Sein Bild sank dahin, und nach ihm erschien der Gott der Trunkenheit und der Gott der Liebesfreude und die Göttinnen des Ackerbaues, der Jagd, der Häuslichkeit. Jede von diesen Gottheiten leuchtete in ihrer besonderen Form und Schönheit auf als ein Gruß und Widerschein aus den fernen Jugendaltern der Menschheit, und jede wurde erklärt und warum sie längst entbehrlich geworden sei, und ein Bildnis um das andere erlosch und sank dahin, und jedesmal zuckte in uns ein kleiner, feiner Triumph des Geistes auf und zugleich ein leises Mitleid und Bedauern im Herzen. Einige aber lachten immerzu und klatschten in die Hände und riefen »Weg damit!«, sooft wieder ein Götterbild vor dem Wort des gelehrten Mannes auslosch.

Auch Geburt und Tod, so erfuhren wir aufhorchend, bedurften keiner besonderen Sinnbilder mehr, nicht Liebe noch Neid, nicht Haß noch Zorn, denn die Menschheit war seit kurzem all dieser Götter satt geworden und hatte erkannt, daß es weder in der Seele des Menschen noch im Innern der Erde und Meere einzelne Kräfte und Eigenschaften gäbe, vielmehr nur ein großes Hin und Wider der einen Urkraft, deren Wesen zu erforschen nunmehr die nächste große Aufgabe des menschlichen Geistes sein werde. Mittlerweile war es im Saale, sei es durch das Erlöschen der Bildnisse, sei es aus anderen mir unbekannten Ursachen, immer dunkler und dämmernder geworden, sodaß ich sah, es strahle mir auch hier in diesem Tempel keine reine ewige Quelle, und ich beschloß, aus diesem Hause zu fliehen und lichtere Orte zu suchen.

Aber ehe der Entschluß in mir zur Bewegung geworden war, sah ich die Dämmerung im Saal noch viel trüber werden, und die Menschen begannen unruhig zu werden, zu schreien und sich durcheinander zu drängen wie Schafe, wenn ein plötzlich ausbrechendes Gewitter sie erschreckt, und niemand wollte mehr auf die Worte des Weisen hören. Eine gräßliche Angst und Schwüle war auf die Menge herabgesunken, ich hörte Seufzer und Schreie und sah die Menschen wütend zu den Toren drängen. Die Luft wurde voll Staub und so dick wie Schwefeldampf, es war ganz nächtig geworden, aber hinter den hohen Fenstern sah man eine unruhige Glut in trübe Röte flackern wie bei einem Brande. Mir vergingen die Sinne, ich lag am Boden, und unzählige Flüchtlinge traten mit ihren Schuhen auf mich.

Als ich erwachte und mich auf blutenden Händen emporrichtete, war ich ganz allein in einem leeren und zerstörten Hause, dessen Wände zerfallend klafften und über mich zu stürzen drohten. In der Ferne hörte ich Lärm und Donner und wüsten Schall undeutlich toben, und der durch zerbrochene Wände scheinende Luftraum zuckte von Gluten wie ein schmerzvolles, blutendes Antlitz. Aber jene erstickende Schwüle war geschwunden.

Da ich nun aus dem zertrümmerten Tempel des Wissens hervorkroch, sah ich die halbe Stadt im Brand stehen und den Nachthimmel von Flammensäulen und Rauchfahnen durchweht. Erschlagene Menschen lagen hier und dort zwischen den Trümmern der Bauwerke, es war still umher, und ich konnte das Knistern und Blasen der entfernten Flammenmeere vernehmen, dahinter aber hörte ich, aus großer Ferne her, ein wildes und angstvolles Geheul, wie wenn alle Völker der Erde sich in einem unendlichen Schrei oder Seufzer erhöben.

Die Welt geht unter, dachte ich, und ich war so wenig darüber verwundert, als ob ich seit langem gerade darauf gewartet hätte. Mitten aus der brennenden und einstürzenden Stadt hervor aber sah ich jetzt einen Knaben kommen, der hatte die Hände in den Taschen stecken und hüpfte tänzelnd von einem Bein aufs andere, elastisch und lebensfroh, und dann blieb er stehen und stieß einen kunstvollen Pfiff aus, das war unser Freundschaftspfiff aus der Lateinschülerzeit, und der Knabe war mein Freund Gustav, der sich als Student erschossen hat. Alsbald war gleich ihm auch ich wieder ein Knabe von zwölf Jahren, und die brennende Stadt und der ferne Donner und das sausende Sturmgeheul von allen Ecken der Welt klang uns jetzt wunderbar köstlich in die wachen Ohren. Oh, jetzt war alles gut, und weg und versunken war der finstere Alptraum, in dem ich so viele verzweifelte Jahre gelebt hatte.

Lachend deutete mir Gustav auf ein Schloß und einen hohen Turm, welche soeben drüben zusammenstürzten. Mochte das Zeug untergehen, es war nicht schade darum. Man konnte Neues und Schöneres bauen. Gott sei Dank, daß Gustav wieder da war! Jetzt hatte das Leben wieder einen Sinn.

Aus der riesigen Wolke, die sich über dem Zusammenbruch der Prachtgebäude erhoben hatte und die wir beide erwartungsvoll und schweigend anstarrten, aus der Staubwolke löste sich ein ungeheures Gebilde, reckte ein Götterhaupt und riesige Arme empor und schritt siegreich in die rauchende Welt. Es war der Gott des Krieges, genau wie ich ihn im Tempel der Wissenschaft hatte vorzeigen sehen. Aber er war lebendig und riesengroß, und sein flammenbestrahltes Gesicht lächelte stolz in frohem Knabenübermut. Wir waren alsbald ohne Worte einig, ihm zu folgen, und wir folgten ihm wie auf Flügeln rasch und stürmend über Stadt und Brand hinweg in die weite flatternde Sturmnacht, der unsere Herzen entzückt entgegenschlugen.

Auf der Höhe des Gebirges blieb der Kriegsgott jubelnd stehen und schüttelte seinen runden Schild, und siehe, von allen Enden des Erdkreises erhoben sich ferne große, heilige Gestalten und kamen ihm groß und herrlich entgegen: Götter und Göttinnen, Dämonen und Halbgötter. Schwebend kam der Gott der Liebe und taumelnd der Gott des Schlafes und schlank und streng die Göttin der Jagd gegangen und Götter ohne Ende; und da ich geblendet vor dem Adel ihrer Gestalten die Augen niederschlug, war ich nicht mehr allein mit meinem lieben Freunde, sondern mit ihm und mit mir beugte ringsum ein neues Menschenvolk in der Nacht seine Knie vor den heimkehrenden Göttern (1914)

# Arbeitsvorschläge

zu 3.9 (= Testaufgabe)

1. Ordnen Sie aufgrund der »Vorbemerkung« den Text und die Vorbemerkung selber geschichtlich ein.
2. Wie hätte ein Publikum wie das des ›Kölner Tageblatts‹ den Text ohne die Vorbemerkung verstehen müssen, wenn Hesse ihn 1914 oder 1915 publiziert hätte?
3. Wie muß ein Leser den Text rezipieren, der sich durch Hesses Vorrede von 1924 leiten läßt? Mit welchen Begriffen versucht Hesse, die Rezeption zu steuern?
4. Versuchen Sie aufgrund Ihrer Kenntnis von den politischen Äußerungen Hesses die ursprüngliche Bedeutung des Traumes für Hesse und die Funktion seiner Aufzeichnung zu bestimmen.
5. Vergleichen Sie mit dem Text den Abschnitt S. 196–207 aus dem *Steppenwolf.* Wodurch wird in den Texten die ›Irrealität‹ signalisiert? Welche inhaltlichen Gemeinsamkeiten und Unterschiede lassen sich feststellen? Wie steht die jeweils ›erzählende‹ Person zu dem erzählten Geschehen? Welche Deutungen sind dem Leser aufgrund des Textzusammenhangs möglich?

3.10 Exkurs zu Politik und Dichtung

Karlheinz *Fingerhut* u. Norbert *Hopster* (Hrsg.): Politische Lyrik. Frankfurt/M. (Diesterweg), 2. Aufl. 1974

1. Bearbeiten Sie die Texte des Abschnitts B im Vergleich zu den Ihnen bekanntgewordenen Gedanken Hesses zum Krieg.
2. In Abschnitt F werden Texte zum Thema ›Politischer Dichter und Gesellschaft‹ angeboten. Versuchen Sie anhand dieser Texte, den Begriff des ›politischen Dichters‹ zu klären, und prüfen Sie, wieweit Hesse seiner Wirkung und seinem Anspruch nach als politischer Dichter angesehen werden kann. Gehen Sie dabei von den Ihnen bekannten Texten Hesses aus.

# 4. Rezeption der Psychologie

### *4.1 Künstler und Psychoanalyse (1918) (Textauszug)*

Seit Freuds »Psychoanalyse« über den engsten Kreis der Nervenärzte hinaus Teilnahme erregt hat, seit Freuds Schüler Jung seine Psychologie des Unbewußten und seine Typenlehre ausgebaut und zum Teil veröffentlicht hat, seit vollends die analytische Psychologie sich unmittelbar auch dem Volksmythos, der Sage und der Dichtung zuwandte, besteht zwischen Kunst und Psychoanalyse eine nahe und fruchtbare Berührung. Ob man nun im Einzelnen und Engeren mit der Lehre Freuds einverstanden war oder nicht, seine unbestreitbaren Funde waren da und wirkten.

Es war zu erwarten, daß besonders die Künstler sich rasch mit dieser neuen, so vielfach fruchtbaren Betrachtungsweise befreunden würden. Sehr viele mochten schon als Neurotiker sich für die Psychoanalyse interessieren. Aber darüber hinaus war beim Künstler mehr Neigung und Bereitschaft vorhanden, sich auf eine völlig neu fundamentierte Psychologie einzulassen, als bei der offiziellen Wissenschaft. Für das genial Radikale ist der Künstler stets leichter zu gewinnen als der Professor. Und so ist heute unter der jungen Künstlergeneration die Freudsche Gedankenwelt mehr diskutiert und weiter aufgenommen als unter den Medizinern und Psychologen vom Fach.

Für den einzelnen Künstler nun, soweit er nicht damit zufrieden war, die Sache als ein neues Diskussionsthema im Kaffeehaus hinzunehmen, entstand rasch die Bemühung, aus der neuen Psychologie auch als Künstler zu lernen – vielmehr es entstand die Frage, ob und wieweit die neuen psychologischen Einsichten dem Schaffen selbst zu Gute kommen möchten. [...]

Wenn es nun aber gewissermaßen jedem naheliegt und leicht gemacht wurde, Psychologie zu treiben, so blieb die Verwendbarkeit dieser Psychologie für den Künstler doch recht zweifelhaft. Sowenig historisches Wissen zu Geschichtsdichtungen, Botanik oder Geologie zur Landschaftsschilderung fähig machen, sowenig konnte die beste wissenschaftliche Psychologie der Menschendarstellung helfen. Man sah ja, wie die Psychoanalytiker selbst überall die Dichtungen der frühern, voranalytischen Zeit als Belege, als Quellen und Bestätigung benutzen. Es war also das, was die Analyse erkannt und wissenschaftlich formuliert hatte, von den Dichtern stets gewußt worden, ja der Dichter erwies sich als Vertreter einer besonderen Art des Denkens, die eigentlich der analytisch-psychologischen durchaus zuwiderlief. Er war der Träumer, der Analytiker war der Deuter seiner Träume. Konnte also dem Dichter, bei aller Teilnahme an der neuen Seelenkunde etwas anderes übrig bleiben als weiter zu träumen und den Rufen seines Unbewußten zu folgen?

Nein es blieb ihm nichts anderes. Wer vorher kein Dichter war, wer vorher nicht den inneren Bau und Herzschlag des seelischen Lebens erfühlt hatte, den machte alle Analyse nicht zum Seelendeuter. Er konnte nur ein neues Schema anwenden, konnte damit vielleicht für den Augenblick verblüffen, seine Kräfte aber nicht wesentlich steigern. Das dichterische Erfassen seelischer Vorgänge blieb nach wie vor eine Sache des intuitiven, nicht des analytischen Talents.

Indessen ist die Frage damit nicht erledigt. Tatsächlich vermag der Weg der Psychoanalyse auch den Künstler bedeutend zu fördern. So falsch er daran tut, die Technik der Analyse in die künstlerische hinüberzunehmen, so recht tut er doch daran, die Psychoanalyse ernst zu nehmen und zu verfolgen. Ich sehe drei Bestätigungen und Bestärkungen, die dem Künstler aus der Analyse erwachsen.

Zuerst die tiefe Bestätigung vom Wert der Phantasie, der Fiktion. Betrachtet der Künstler sich selbst analytisch, so bleibt ihm nicht verborgen, daß zu den Schwächen, an denen er leidet, ein Mißtrauen gegen seinen Beruf gehört, ein Zweifel an der Phantasie, eine fremde Stimme in sich, die der bürgerlichen Auffassung und Erziehung recht geben und sein ganzes Tun »nur« als hübsche Fiktion gelten lassen will. Gerade die Analyse aber lehrt jeden Künstler eindringlich, wie das, was er zu Zeiten »nur« als Fiktion zu schätzen vermochte, gerade ein höchster Wert ist, und erinnert ihn laut an das Dasein seelischer Grundforderungen sowohl wie an die Relativität aller autoritären Maßstäbe und Bewertungen. Die Analyse bestätigt den Künstler vor sich selbst. Zugleich gibt sie ihm ein Gebiet der rein intellektuellen Betätigung in der analytischen Psychologie frei.

Diesen Nutzen der Methode mag wohl auch schon der erfahren, der sie nur von außen her kennenlernt. Die beiden andern Werte aber ergeben sich nur dem, der die Seelenanalyse gründlich und ernsthaft an der eigenen Haut erprobt, dem die Analyse nicht eine intellektuelle Angelegenheit, sondern ein Erlebnis wird. Wer sich damit begnügt, über seinen »Komplex« einige Aufklärungen zu erhalten und nun über sein Innenleben einige formulierbare Auskünfte zu haben, dem entgehen die wichtigsten Werte.

Wer den Weg der Analyse, das Suchen seelischer Urgründe aus Erinnerungen, Träumen und Assoziationenen, ernsthaft eine Strecke weit gegangen ist, dem bleibt als bleibender Gewinn, das was man etwa das »innigere Verhältnis zum *eigenen Unbewußtsein*« nennen kann. Er erlebt ein wärmeres, fruchtbareres, leidenschaftlicheres Hin und Her zwischen Bewußtsein und Unbewußtem; er nimmt von dem, was sonst »unterschwellig« bleibt und sich nur in unbeachteten Träumen abspielt, vieles mit ans Licht herüber.

Und das wieder hängt innig zusammen mit den Ergebnissen der Psychoanalyse für das Ethische, für das persönliche Gewissen. Die Analyse stellt, vor allem andern, eine große Grundforderung, deren Umgehung und Vernachlässigung sich alsbald rächt, deren Stachel sehr tief geht und dauernde Spuren lassen muß. Sie fordert eine Wahrhaftigkeit gegen sich selbst, an die wir nicht gewohnt sind. Sie lehrt uns, das zu sehen, das anzuerkennen, das zu untersuchen und ernst zu nehmen, was wir gerade am erfolgreichsten in uns verdrängt hatten, was Generationen unter dauerndem Zwang verdrängt hatten. Das ist schon bei den ersten Schritten, die man in der Analyse tut, ein mächtiges, ja ungeheures Erlebnis, eine Erschütterung an den Wurzeln. Wer standhält und weitergeht, der sieht sich nun von Schritt zu Schritt mehr vereinsamt, mehr von Konvention und hergebrachter Anschauung abgeschnitten, er sieht sich zu Fragen und Zweifeln genötigt, die vor nichts haltmachen. Dafür aber sieht oder ahnt er mehr und mehr hinter den zusammenfallenden Kulissen des Herkommens das unerbittliche Bild der Wahrheit aufsteigen, der Natur. Denn nur in der intensiven Selbstprüfung der Analyse wird ein Stück Entwicklungsgeschichte wirklich erlebt und mit dem blutenden Gefühl durchdrungen. Über Vater und Mutter, über Bauer und Nomade, über Affe und Fisch zurück wird Herkunft, Gebundenheit und Hoffnung des Menschen nirgends so ernst, so erschütternd erlebt wie in einer ernsthaften Psychoanalyse. Gelerntes wird zu Sichtbarkeit, Gewußtes zu Herzschlag, und wie die Ängste, Verlegenheiten und Verdrängungen sich lichten, so steigt die Bedeutung des Lebens und der Persönlichkeit reiner und fordernder empor.

Diese erziehende, fördernde, spornende Kraft der Analyse nun mag niemand fördernder empfinden als der Künstler. Denn ihm ist es ja nicht um die möglichst bequeme Anpassung an die Welt und ihre Sitten zu tun, sondern um das Einmalige, was er selbst bedeutet.

# Arbeitsvorschläge

zu 4.1

1. Welche möglichen Arten, die Psychoanalyse zu benutzen, lehnt Hesse für den Künstler ab?
2. Bestimmen Sie aufgrund des Textes, was Hesse als »das innigere Verhältnis zum eigenen Unbewußten« bezeichnet.
3. Welche Konsequenzen ergeben sich aus Hesses Überlegungen für die Analyse des *Steppenwolf,* wenn man davon ausgeht, daß Hesse sich bei diesem Buch die Vorteile der Psychoanalyse zunutze gemacht hat? Vergleichen Sie auch, was Hesse im Text 2.3 über das Verhältnis zu seinen ›Figuren‹ sagt.

4.2

Referat: Der biographische Hintergrund des *Steppenwolf*
Literatur: 1. Bernhard *Zeller,* Hermann Hesse. Hamburg 1963 (= Rowohlts Monographien. 85) S. 96–107
2. Materialien zu Hermann Hesses ›Der Steppenwolf‹, hrsg. von Volker *Michels,* Frankfurt/M. 1972 (= suhrkamp taschenbuch. 53) S. 29–209
Das Referat soll folgendes deutlich machen:
1. Welche biographischen Stationen und welche literarischen Arbeiten lassen sich einander zuordnen?
2. Welche Personen und Handlungen des *Steppenwolf* haben biographische Entsprechungen?
3. Wo verläßt das Werk den biographischen Rahmen?

Das Referat soll eine Diskussion vorbereiten über die Frage: Kann der *Steppenwolf* mit Hilfe von Hesses Biographie erklärt werden?

## *4.3 Carl Gustav Jung: Über die Beziehungen der analytischen Psychologie zum dichterischen Kunstwerk**

Die Aufgabe, über die Beziehungen der analytischen Psychologie zum dichterischen Kunstwerk zu sprechen, ist mir, trotz ihrer Schwierigkeit, eine willkommene Gelegenheit, meinen Standpunkt in der vielumstrittenen Frage des Verhältnisses von Psychologie und Kunst klarzulegen. Zweifellos haben beide Gebiete trotz ihrer Inkommensurabilität nächste Beziehungen zueinander, die zu einer Auseinandersetzung unmittelbar auffordern. Diese Beziehungen beruhen auf der Tatsache, daß die Kunst in ihrer Ausübung eine psychologische Tätigkeit ist, und insofern sie eine solche ist, kann und soll sie auch einer psychologischen Betrachtungsweise unterworfen werden; denn unter diesem Gesichtswinkel ist sie, wie jede aus psychischen Motiven hervorgegangene menschliche Tätigkeit, ein Objekt der Psychologie. Mit dieser Feststellung ist aber auch eine sehr deutliche Beschränkung der Anwendung des psychologischen Gesichtspunktes gegeben: *Nur der Teil der Kunst, welcher im Prozeß der künstlerischen Gestaltung besteht, kann Gegenstand der Psychologie sein, nicht aber jener, der das eigentliche Wesen der Kunst ausmacht. Dieser zweite Teil kann, als die Frage, was Kunst in sich selbst sei, nie Gegenstand einer psychologischen, sondern nur einer ästhetisch-künstlerischen Betrachtungsweise sein.*

Eine ähnliche Unterscheidung müssen wir ja auch durchführen auf dem Gebiet der Religion: dort ebenfalls kann eine psychologische Betrachtung nur in Hinsicht der emotionalen und symbolischen *Phänomene* einer Religion stattfinden, wodurch aber das Wesen der Religion keineswegs berührt wird noch berührt werden kann. Wäre letzteres möglich, so könnte nicht nur die Religion, sondern auch die Kunst als ein Unterabschnitt der Psychologie behandelt werden. Damit soll allerdings keineswegs in Abrede gestellt werden, daß solche Übergriffe tatsächlich stattfinden. Wer sie aber begeht, der vergißt offenbar, daß es der Psychologie leicht ebenso gehen könnte, indem man ihren spezifischen Wert und ihre eigentliche Wesenheit dadurch zunichte machte, daß sie als bloße Gehirntätigkeit neben anderen Drüsentätigkeiten in einem Unterabschnitt der Physiologie abgehandelt würde. Auch das ist, wie allgemein bekannt, schon vorgekommen. [...]

Diese Überlegungen scheinen mir heute gerade sehr am Platze zu sein, denn wir haben es in neuerer Zeit vielfach erlebt, daß besonders dichterische Kunstwerke in einer Art gedeutet worden sind, welche eben gerade dieser Zurückführung auf elementarere Zustände entspricht. Man kann wohl die Bedingungen des künstlerischen Schaffens, den Stoff und dessen individuelle

*[Vortrag, gehalten in der Gesellschaft für Deutsche Sprache und Literatur in Zürich, Mai 1922. Veröffentlicht in: Wissen und Leben XV (Zürich, September 1922). Ferner in: *C.G. Jung,* Seelenprobleme der Gegenwart (vgl. Bibliographie).]

Behandlung zum Beispiel auf das persönliche Verhältnis des Dichters zu seinen Eltern zurückführen, wobei aber für das Verständnis seiner Kunst nichts gewonnen ist. Man kann nämlich dieselbe Zurückführung in allen möglichen anderen Fällen, und nicht zuletzt auch bei krankhaften Störungen machen. Auch Neurosen und Psychosen sind auf das Verhältnis des Kindes zu den Eltern zu reduzieren, so gut wie gute und schlechte Gewohnheiten, Überzeugungen, Eigenarten, Leidenschaften, besondere Interessen usw. Man kann aber nicht wohl annehmen, daß alle diese sehr verschiedenartigen Dinge sozusagen eine und dieselbe Erklärung hätten, sonst käme man ja zum Schlusse, daß sie auch eine und dieselbe Sache wären. Wenn also ein Kunstwerk genau so erklärt wird wie eine Neurose, so ist entweder das Kunstwerk eine Neurose oder die Neurose ein Kunstwerk. Als ein paradoxes Wortspiel könnte man eine solche façon de parler gelten lassen, aber der gesunde Menschenverstand sträubt sich dagegen, Kunstwerk und Neurose auf einer Linie zu sehen. Eine Neurose wird höchstens ein analysierender Arzt durch die Brille eines professionellen Vorurteils als Kunstwerk ansehen können, aber dem denkenden Laien wird es nie einfallen, ein krankhaftes Phänomen mit Kunst zu verwechseln, wennschon auch er die Tatsache nicht leugnen kann, daß das Zustandekommen eines Kunstwerkes unter ähnlichen psychischen Vorbedingungen steht wie eine Neurose. Dem ist aber natürlicherweise so, weil gewisse psychische Vorbedingungen überall vorhanden sind, und zwar sind es – wegen der relativen Gleichheit der menschlichen Lebensbedingungen – immer wieder dieselben, handle es sich nun um einen nervösen Gelehrten, um einen Dichter oder um einen Normalmenschen. Alle haben wohl Eltern gehabt, alle haben einen sogenannten Vater- und Mutterkomplex, alle haben Sexualität und damit gewisse typische, allgemein menschliche Schwierigkeiten. Daß dieser Dichter mehr von seinem Verhältnis zum Vater, jener aber mehr von seiner Mutterbindung beeinflußt ist, ein dritter endlich in seinen Werken unverkennbare Spuren von Sexualverdrängung aufweist, all das läßt sich auch von allen Neurotikern und überdies von allen normalen Menschen sagen. Und darum ist für die Beurteilung des Kunstwerkes damit nichts Spezifisches gewonnen. Bestenfalls wird dadurch die Kenntnis der historischen Vorbedingungen erweitert und vertieft. [...]

Um dem Kunstwerk gerecht zu werden, muß die analytische Psychologie das medizinische Vorurteil gänzlich abstreifen, denn das Kunstwerk ist keine Krankheit und verlangt daher eine ganz andere Orientierung als eine ärztliche. Wenn der Arzt natürlicherweise den Ursachen einer Krankheit nachforschen muß, um sie womöglich mit den Wurzeln auszurotten, so muß der Psychologe ebenso natürlicherweise dem Kunstwerk gegenüber eine entgegengesetzte Einstellung annehmen. Er wird nicht die für das Kunstwerk überflüssige Frage nach den ihm unzweifelhaft vorangegangenen allgemein menschlichen Bedingungen aufwerfen, sondern er wird nach dem Sinn des Werkes fragen, und dessen Vorbedingungen werden ihn nur insoweit interessieren, als sie für das Verständnis des Sinnes in Betracht kommen. Die persönliche Kausalität hat mit dem Kunstwerk so viel und so wenig zu tun wie der Boden mit der Pflanze, die aus ihm wächst. Gewiß werden wir einige Besonderheiten der Pflanze verstehen lernen, wenn wir die Beschaffenheit ihres Standortes kennen. Für den Botaniker ist dies sogar eine wichtige Komponente seiner Erkenntnis. Aber niemand wird behaupten wollen, daß damit alles Wesentliche an der Pflanze erkannt sei. Die Einstellung aufs Persönliche, welche durch die Frage nach der persönlichen Kausalität veranlaßt wird, ist dem Kunstwerk gegenüber insofern ganz inadäquat, als das Kunstwerk kein Mensch, sondern überpersönlich ist. Es ist eine Sache, die keine Persönlichkeit hat und für die das Persönliche daher kein Kriterium ist. Das echte Kunstwerk hat sogar seinen besonderen Sinn darin, daß es ihm gelingt, sich aus den Beengungen und Sackgassen des Persönlichen zu befreien und all die Vergänglichkeit und Kurzatmigkeit des Nur-Persönlichen weit unter sich zu lassen.

Ich muß aus persönlicher Erfahrung gestehen, daß es für den Arzt keine leichte Sache ist, dem Kunstwerk gegenüber die professionelle Brille abzulegen und damit auch die landläufige biologische Kausalität von seiner Anschauung abzustreifen. Ich habe aber einsehen gelernt, daß eine bloß biologisch orientierte Psychologie zwar auf Menschen mit einem gewissen Maß von Berechtigung angewendet werden kann, nicht aber dem Kunstwerk und daher auch nicht dem Menschen als Schöpfer gegenüber. Eine rein kausalistische Psychologie kann gar nicht anders, als jedes menschliche Individium zu einem Glied der Spezies homo sapiens zu reduzieren, denn für sie gibt es nur Hergekommenes und Abgestammtes. Das Kunstwerk aber ist nicht nur Hergekommenes und Abgeleitetes, sondern es ist eine schöpferische Neugestaltung eben jener Bedingungen, aus denen eine kausalistische Psychologie es gültig ableiten wollte. Die Pflanze ist nicht ein bloßes Produkt des Bodens, sondern ein in sich selbst ruhender, lebendiger, schöpferischer Prozeß, dessen Wesenheit mit der Beschaffenheit des Bodens nichts zu tun hat. So will das Kunstwerk betrachtet sein als eine alle Vorbedingungen frei ergreifende, schöpferische Gestaltung. Sein Sinn und seine ihm eigentümliche Art ruhen in ihm selber und nicht in seinen äußeren Vorbedingungen; ja, man könnte fast sagen, es sei ein Wesen, das den Menschen und seine persönlichen Dispositionen nur als Nährboden benützt, über dessen Kräfte nach eigenen Gesetzen verfügt und sich selbst zu dem gestaltet, was es aus sich selber werden will. [...]

Was aber hat nun, so wird man fragen, die analytische Psychologie zum Kernproblem des künstlerischen Schaffens, zum Geheimnis des Schöpferischen beizubringen? Alles, wovon wir bisher sprachen, ist doch wohl nichts als psychische Phänomenologie. Da »ins Inn're der Natur kein erschaffner Geist« eindringt, so werden wir auch von unserer Psychologie nicht das Unmögliche erwarten, nämlich eine gültige Erklärung des großen Lebensgeheimnisses, das wir im Schöpferischen unmittelbar fühlen. Wie jede Wissenschaft, so hat auch die Psychologie nur einen bescheidenen Beitrag zur besseren und tieferen Kenntnis der Lebensphänomene bereit, aber sie ist ebensoweit vom absoluten Wissen entfernt wie ihre Schwestern.

Wir sprachen soviel von *Sinn und Bedeutung des Kunstwerkes*, daß man den prinzipiellen Zweifel, ob die Kunst wirklich »bedeute«, kaum unterdrükken kann. Vielleicht »bedeutet« die Kunst gar nicht, hat gar keinen »Sinn«, wenigstens nicht so, wie wir hier von Sinn sprechen. Vielleicht ist sie wie Natur, die einfach ist und nicht »bedeutet«. Ist »Bedeutung« notwendigerweise mehr als bloße *Deutung*, »hineingeheimnißt« durch das Bedürfnis eines sinnhungrigen Intellektes? Kunst – könnte man sagen – ist Schönheit, und darin erfüllt und genügt sie sich selbst. Sie braucht keinen Sinn. Die Frage nach dem Sinn hat mit der Kunst nichts zu schaffen. Wenn ich mich innerhalb der Kunst stelle, so muß ich mich wohl der Wahrheit dieses Satzes unterwerfen. Wenn wir aber von dem Verhältnis der Psychologie zum Kunstwerk sprechen, so stehen wir schon außerhalb der Kunst, und dann können wir nicht anders, wir müssen spekulieren, wir müssen deuten, damit die Dinge Bedeutung bekommen, sonst können wir ja doch gar nicht darüber denken. Wir müssen das in sich selbst sich erfüllende Leben und Geschehen in Bilder, in Sinne, in Begriffe auflösen, wissentlich dabei vom lebendigen Geheimnis uns entfernend. Solange wir im Schöpferischen selbst befangen sind, sehen und erkennen wir nicht, wir dürfen sogar nicht einmal erkennen, denn nichts ist dem unmittelbaren Erleben schädlicher und gefährlicher als die Erkenntnis. Zum Erkennen aber müssen wir uns außerhalb des schöpferischen Prozesses begeben und ihn von außen ansehen, und dann erst wird er zum Bilde, welches Bedeutungen ausspricht. Dann dürfen wir nicht nur, sondern müssen sogar von Sinn sprechen. Und damit wird das, was reines Phänomen zuvor war, zu etwas, das im Zusammenhang mit anderen Phänomenen etwas bedeutet, etwas, das eine bestimmte Rolle spielt, gewissen Zwecken dient, sinnvolle Wirkungen ausübt. Und wenn wir das alles sehen können, so haben wir das Gefühl, etwas erkannt und erklärt zu haben. Damit ist das Bedürfnis der Wissenschaft wahrgenommen.

Als wir im Vorangegangenen vom Kunstwerk sprachen als von einem Baum, der aus der nährenden Erde wächst, so hätten wir wohl ebensogut den geläufigeren Vergleich mit dem Kind im Mutterleibe verwenden können. Da aber alle Vergleiche hinken, so wollen wir uns statt Metaphern lieber der präziseren, wissenschaftlichen Terminologie bedienen. Ich erinnere daran, daß ich das in statu nascendi befindliche Werk als einen autonomen Komplex bezeichnet habe. Mit diesem Begriff bezeichnet man schlechthin alle psychischen Bildungen, die zunächst ganz unbewußt sich entwickeln und erst von dem Moment an, wo sie den Schwellenwert des Bewußtseins erreichen, auch ins Bewußtsein durchbrechen. Die Assoziation, die sie dann mit dem Bewußtsein eingehen, hat nicht die Bedeutung einer Assimilation, sondern einer Perzeption, womit ausgedrückt ist, daß der autonome Komplex zwar wahrgenommen wird, aber nicht der bewußten Kontrolle, weder der Hemmung noch der willkürlichen Reproduktion, unterworfen werden kann. Darin eben erweist sich der Komplex als autonom, daß er dann und in solcher Art auftritt oder verschwindet, wie es seiner ihm innewohnenden Tendenz entspricht; er ist unabhängig von der Willkür des Bewußtseins. Diese Eigentümlichkeit hat auch der schöpferische Komplex mit allen andern autonomen Komplexen gemeinsam. Und eben hier kommt nun auch die Möglichkeit einer Analogie mit krankhaften seelischen Vorgängen herein, denn gerade diese letzteren sind durch das Auftreten autonomer Komplexe gekennzeichnet, darunter am allermeisten die Geistesstörungen. Die göttliche Raserei des Künstlers hat eine gefährliche reale Beziehung zum Krankhaften, ohne mit diesem identisch zu sein. Die Analogie besteht im Vorhandensein eines autonomen Komplexes. Die Tatsache eines solchen Vorhandenseins beweist aber an und für sich noch nichts Krankhaftes, denn auch normale Menschen sind zeitweise oder dauernd unter der Herrschaft autonomer Komplexe. Diese Tatsache gehört einfach zu den normalen Eigentümlichkeiten der Psyche, und es gehört schon ein höheres Maß an Unbewußtheit dazu, wenn einer sich der Existenz eines autonomen Komplexes nicht bewußt sein sollte. So hat zum Beispiel jede einigermaßen differenzierte typische Einstellung die Tendenz, zu einem autonomen Komplex zu werden, und in den meisten Fällen wird sie es auch. Auch jeder Trieb hat mehr oder weniger die Eigenschaft des autonomen Komplexes. Der autonome Komplex ist daher an und für sich nichts Krankhaftes, nur sein gehäuftes und störendes Auftreten beweist Leiden und Krankheit.

Wie entsteht nun ein autonomer Komplex? Aus irgendwelchem Anlaß – dessen nähere Untersuchung uns hier viel zu weit führen würde – wird eine bisher unbewußte Region der Psyche in Tätigkeit versetzt; durch die Belebung entwickelt sie sich und vergrößert sich durch Einbeziehung verwandter Assoziationen. Die Energie, die hierfür gebraucht wird, wird natürlich dem Bewußtsein entzogen, wenn letzteres es nicht vorzieht, sich selber mit dem Komplex zu identifizieren. Ist dies nicht der Fall, so entsteht das, was *Janet* als »abaissement du niveau mental« bezeichnet hat. Die Intensität bewußter Interessen und Tätigkeiten schwindet allmählich, wodurch entweder eine apathische Inaktivität – ein bei Künstlern so häufiger Zustand – oder eine regressive Entwicklung der bewußten Funktionen entsteht, das heißt ein Heruntersteigen derselben auf ihre infantilen und archaischen Vorstufen, also etwas wie eine Degeneration. Die »parties inférieures des fonctions« drängen sich vor: das Triebhafte gegenüber dem Ethischen, das Naiv-Infantile gegenüber dem Überlegten, Erwachsenen, die Unangepaßtheit gegenüber der Anpassung. Auch das kennen wir aus dem Leben vieler Künstler. Aus dieser der bewußten Persönlichkeitsführung entzogenen Energie wächst der autonome Komplex.

Woraus aber besteht der autonome schöpferische Komplex? Das kann man zunächst überhaupt nicht wissen, solange das vollendete Werk uns nicht einen Einblick in seine Grundlagen eröffnet. Das Werk gibt uns ein ausgearbeitetes *Bild* im weitesten Sinne. Dieses Bild ist der Analyse zugänglich, insofern wir es als *Symbol* erkennen können. Insofern wir aber keinen Symbolwert darin zu entdecken vermögen, haben wir damit festgestellt, daß es, für uns wenigstens, nicht mehr meint als es offenkundigerweise sagt, oder mit andern Worten: daß es für uns nicht mehr ist als das, was es scheint. Ich sage »scheint« – denn möglicherweise erlaubt unsere Befangenheit keine weiteren Ahnungen. Jedenfalls aber finden wir in diesem letzteren Fall keinen Anlaß und keinen Angriffspunkt für eine Analyse. Im ersteren Falle aber werden wir, wie eines Grundsatzes, eines Wortes von *Gerhard Hauptmann* uns erinnern: »Dichten heißt, hinter Worten das Urwort erklingen lassen.« In psychologische Sprache übersetzt, würde unsere erste Frage lauten: Auf welches urtümliche Bild des kollektiven Unbewußten kann das im Kunstwerk entwickelte Bild zurückgeführt werden?

Diese Frage bedarf der Erklärung in mehrfacher Hinsicht. Ich habe hier, wie schon gesagt, den Fall eines symbolischen Kunstwerkes angenommen und überdies eines, dessen Quelle nicht im *persönlichen Unbewußten des Autors* zu suchen ist, sondern in jener Sphäre unbewußter Mythologie, deren urtümliche Bilder Gemeingut der Menschheit sind. Ich habe deshalb diese Sphäre als das *kollektive Unbewußte* bezeichnet und damit unterschieden von einem persönlichen Unbewußten, als welches ich die Totalität jener psychischen Vorgänge und Inhalte bezeichne, die an sich bewußtseinsfähig wären, des öftern es auch schon waren, aber infolge ihrer Inkompatibilität der Verdrängung unterliegen und somit künstlich unter der Schwelle des Bewußtseins gehalten werden. Auch aus dieser Sphäre fließen der Kunst Quellen zu, aber trübe, welche, wenn überwiegend, das Kunstwerk nicht zu einem symbolischen, sondern zu einem *symptomatischen* machen. Diese Art von Kunst dürfen wir wahrscheinlich ohne Schaden und ohne Reue der *Freudschen* Purgiermethode überlassen.

Im Gegensatz zum persönlichen Unbewußten, das gewissermaßen eine relativ oberflächliche Schicht gleich unter der Schwelle des Bewußtseins ist, hat das kollektive Unbewußte unter normalen Bedingungen keine Bewußtseinsfähigkeit, kann darum auch mit keiner analytischen Technik zur Wiedererinnerung gebracht werden, denn es ist nicht verdrängt und nicht vergessen. An und für sich existiert das kollektive Unbewußte auch gar nicht, indem es nämlich nichts ist als eine Möglichkeit, jene Möglichkeit nämlich, die uns seit Urzeiten in der bestimmten Form der mnemischen Bilder oder, anatomisch ausgedrückt, in der Gehirnstruktur vererbt ist. Es gibt keine angeborenen Vorstellungen, wohl aber angeborene Möglichkeiten von Vorstellungen, welche auch der kühnsten Phantasie bestimmte Grenzen setzen, sozusagen Kategorien der Phantasietätigkeit, gewissermaßen Ideen a priori, deren Existenz ohne die Erfahrung aber nicht ausgemacht werden kann. *Sie erscheinen nur im gestalteten Stoffe als regulative Prinzipien seiner Gestaltung,* das heißt nur durch Rückschluß aus dem vollendeten Kunstwerk vermögen wir die primitive Vorlage des urtümlichen Bildes zu rekonstruieren.

Das urtümliche Bild oder der Archetypus ist eine Figur, sei sie Dämon, Mensch oder Vorgang, die sich im Laufe der Geschichte da wiederholt, wo sich schöpferische Phantasie frei betätigt. Es ist daher in erster Linie mythologische Figur. Untersuchen wir diese Bilder des näheren, so entdecken wir, daß sie gewissermaßen die formulierte Resultante unzähliger typischer Erfahrungen der Ahnenreihe sind. Sie sind gewissermaßen die psychischen Residuen unzähliger Erlebnisse desselben Typus. Sie schildern Millionen individueller Erfahrungen im Durchschnitt und geben dergestalt ein Bild des psychischen Lebens, zerteilt und projiziert in die vielfachen Gestalten des mythologischen Pandämoniums. Aber auch die mythologischen Gestalten sind für sich selbst schon Elaborate schöpferischer Phantasie, und sie harren noch ihrer Übersetzung in eine begriffliche Sprache, wovon erst mühsame Anfänge existieren. Die zum größten Teil noch zu schaffenden Begriffe könnten uns eine abstrakte, wissenschaftliche Erkenntnis der unbewußten Prozesse vermitteln, welche die Wurzeln der urtümlichen Bilder sind. In jedem dieser Bilder ist ein Stück menschlicher Psychologie und menschlichen Schicksals eingeschlossen, ein Stück Leid und Lust, das in der Ahnenreihe sich ungezählte Male ereignet hat und durchschnittlich auch immer denselben Ablauf nahm. Es ist wie ein der Seele tief eingegrabenes Strömungsbett, wo das Leben, das vorher unsicher tastend sich über weite, aber seichte Oberflächen verbreitet, plötzlich mächtig in Fluß gerät, wenn es jene besondere Verkettung von Umständen erreicht, die seit jeher zum Zustandekommen des Urbildes beigetragen haben.

Der Moment, wo die mythologische Situation eintritt, ist immer gekennzeichnet durch eine besondere emotionale Intensität; es ist, wie wenn Saiten in uns berührt würden, die sonst nie klangen, oder Gewalten entfesselt würden, von deren Dasein wir nichts ahnten. Der Anpassungskampf ist eine mühsame Sache, da wir uns beständig mit individuellen, das heißt atypischen Bedingungen auseinanderzusetzen haben. Es ist aber kein Wunder, daß wir dann, wenn wir eine typische Situation erreichen, plötzlich entweder eine ganz besondere Befreiung verspüren, uns wie getragen fühlen, oder daß es uns ergreift wie eine übermächtige Gewalt. Wir sind in solchen Momenten nicht mehr Einzelwesen, sondern Gattung, die Stimme der ganzen Menschheit erhebt sich in uns. Daher ist auch der Vereinzelte wenig imstande, seine Kräfte in vollem Maße zu nutzen, es sei denn, daß eine dieser Kollektivvorstellungen, die man Ideale nennt, ihm zu Hilfe kommt und alle jene Instinktkräfte in ihm entfesselt, deren Zugang der gewöhnliche bewußte Wille allein niemals finden kann. Die wirksamsten der Ideale sind immer mehr oder weniger durchsichtige Varianten eines Archetypus, was man leicht daran erkennen kann, daß solche Ideale gerne allegorisiert werden, zum Beispiel das Vaterland als Mutter, wobei der Allegorie allerdings nicht die geringste Motivkraft zukommt, welche nämlich dem Symbolwerte der Vaterlandsidee entstammt. Der Archetypus nämlich ist die sogenannte participation mystique des Primitiven mit dem Boden, den er bewohnt und der nur seine Ahnengeister enthält. Fremde ist Elend.

Jede Beziehung auf den Archetypus, sei sie erlebt oder bloß gesagt, ist »rührend«, das heißt sie wirkt; denn sie löst eine stärkere Stimme in uns aus als die unsrige. Wer mit Urbildern spricht, spricht wie mit tausend Stimmen, er ergreift und überwältigt, zugleich erhebt er das, was er bezeichnet, aus dem Einmaligen und Vergänglichen in die Sphäre des immer Seienden, er erhöht das persönliche Schicksal zum Schicksal der Menschheit, und dadurch löst er auch in uns alle jene hilfreichen Kräfte, die es der Menschheit je und je ermöglicht haben, sich aus aller Fährnis zu retten und auch die längste Nacht zu überdauern.

Das ist das Geheimnis der Kunstwirkung. Der schöpferische Prozeß, soweit wir ihn überhaupt zu verfolgen vermögen, besteht in einer unbewußten Belebung des Archetypus und in einer Entwicklung und Ausgestaltung desselben bis zum vollendeten Werk. Die Gestaltung des urtümlichen Bildes ist gewissermaßen eine Übersetzung in die Sprache der Gegenwart, wodurch es sozusagen jedem ermöglicht wird, wieder den Zugang zu den tiefsten Quellen des Lebens zu finden, die ihm sonst verschüttet wären. Darin liegt die soziale Bedeutsamkeit der Kunst: sie arbeitet stets an der Erziehung des Zeitgeistes, denn sie führt jene Gestalten herauf, die dem Zeitgeist am meisten mangelten. Aus der Unbefriedigung der Gegenwart zieht sich die Sehnsucht des Künstlers zurück, bis sie jenes Urbild im Unbewußten erreicht hat, welches geeignet ist, die Mangelhaftigkeit und Einseitigkeit des Zeitgeistes am wirksamsten zu kompensieren. Dieses Bild ergreift sie, und indem sie es aus tiefster Unbewußtheit emporzieht und dem Bewußtsein nähert, verändert es auch eine Gestalt, bis es vom Menschen der Gegenwart nach seinem Fassungsvermögen aufgenommen werden kann. Die Art des Kunstwerkes gestattet uns einen Rückschluß auf den Charakter des Zeitalters, in dem es entstanden ist. Was bedeutet der Realismus und Naturalismus für sein Zeitalter? Was die Romantik? Was der Hellenismus? Es sind Richtungen der Kunst, die das heraufbrachten, was der jeweiligen geistigen Atmosphäre am meisten nottat. Der Künstler als Erzieher seines Zeitalters betrachtet – davon könnte man heutzutage noch des längeren reden.

Wie die einzelnen Individuen, so haben auch Völker und Zeiten ihre eigentümlichen Geistesrichtungen oder Einstellungen. Schon das Wort *Einstellung* verrät die notwendige Einseitigkeit, die mit jeder bestimmten Richtung gegeben ist. Wo Richtung ist, ist Ausschließung. Ausschließung aber heißt, daß so und so viel Psychisches, das mitleben könnte, nicht mitleben darf, weil es der allgemeinen Einstellung nicht entspricht. Der normale Mensch kann die allgemeine Richtung ohne Schaden ertragen; der Mensch der Seiten- und Umwege, der nicht, wie der Normale, auf breiten Heerstraßen gehen kann, wird es daher sein, der am ehesten das entdecken wird, was abseits der großen Straße liegt und aufs Mitleben harrt. Die relative Unangepaßtheit des Künstlers ist sein wahrer Vorteil, sie ermöglicht es ihm, der großen Straße fernzubleiben, seiner eigenen Sehnsucht nachzugehen und das zu finden, was die anderen entbehrten, ohne es zu wissen. So, wie im einzelnen Individuum die

Einseitigkeit seiner bewußten Einstellung durch unbewußte Reaktionen auf dem Wege der Selbstregulierung korrigiert wird, so stellt die Kunst einen Prozeß der geistigen Selbstregulierung im Leben der Nationen und Zeiten dar.

Ich bin mir der Tatsache bewußt, daß ich im Rahmen eines Vortrages nur Anschauungen geben konnte, und auch diese nur in gedrängter Skizzierung. Ich darf aber vielleicht hoffen, daß man all das, was ich nicht sagen konnte, nämlich die konkrete Anwendung auf das dichterische Kunstwerk, bereits mitgedacht und damit meinen abstrakten Gedankenhüllen Fleisch und Blut verliehen hat.

# Arbeitsvorschläge

zu 4.3

1. Stellen Sie dar, welchen Bezug der Psychologie auf die Dichtung Jung ablehnt und welche Gründe er dafür angibt.
2. Überprüfen Sie, ob Hesses Position im Text 4.1 mit zu den von Jung kritisierten Auffassungen gehört.
3. Entwickeln Sie, vom Begriff des »autonomen Komplexes« ausgehend, Jungs Auffassung.
4. Welche Funktion kann nach Hesse, bzw. nach Jung ein literarisches Werk für die Leser haben? Vergleichen Sie den Schlußsatz von 4.1 mit Jungs Begriff des »kollektiven Unbewußten«.
5. Versuchen Sie, kritisch zu beurteilen, wieweit Hesse im *Steppenwolf* der Forderung nach Allgemeingültigkeit entspricht, die Jung am Ende für das Kunstwerk aufstellt.

4.4

Referat zu C. G. Jung

Literatur: Jolande *Jacobi,* Die Psychologie C. G. Jungs. Olten (Walter-Verlag) 1971

Das Referat soll zur Klärung der Frage beitragen, ob und wieweit von Jung beschriebene Inhalte des kollektiven Unbewußten sich im *Steppenwolf* wiederfinden lassen:

1. Wieweit ist die Zweiteilung in Wolf und Mensch, wieweit die Vielheit der Person von Jung her zu erklären?
2. Welche unterschiedlichen Funktionen repräsentieren die Frauenfiguren Hermine und Maria und die Figur des Pablo? Sind diese Funktionen in Jungs Theorie beschrieben?
3. Haben die ›Transformationen‹ des ›Magischen Theaters‹ und der Unsterblichkeitsmythos Entsprechungen bei C. G. Jung?

## *4.5 Adrian Hsia: Der Steppenwolf (Textauszug)*

Chinesische Elemente lassen sich auch im *Steppenwolf* feststellen, allerdings in einer komplizierten Verbindung. Im »Magischen Theater« wird Harry Haller folgende Lektion erteilt:

»Die fehlerhafte und Unglück bringende Auffassung, als sei ein Mensch eine dauernde Einheit, ist Ihnen bekannt. Es ist Ihnen auch bekannt, daß der Mensch aus einer Menge von Seelen, aus sehr vielen Ichs besteht. Die scheinbare Einheit der Person in diese vielen Figuren auseinanderzuspalten gilt für verrückt, die Wissenschaft hat dafür den Namen Schizophrenie erfunden. Die Wissenschaft hat damit insofern recht, als natürlich keine Vielheit ohne Führung, ohne eine gewisse Ordnung und Gruppierung zu bändigen ist. Unrecht dagegen hat sie darin, daß sie glaubt, es sei nur eine einmalige, bindende, lebenslängliche Ordnung der vielen Unter-Ichs möglich... Wir zeigen demjenigen, der das Auseinanderfallen seines Ichs erlebt hat, daß er die Stücke jederzeit in beliebiger Ordnung neu zusammenstellen und daß er damit eine unendliche Mannigfaltigkeit des Lebensspiels erzielen kann.«

Danach beobachtet Haller zwei derartige Lebensspiele auf dem Schachbrett und bemerkt:

»Das zweite Spiel war dem ersten verwandt: es war dieselbe Welt, dasselbe Material, aus dem er es aufbaute, aber die Tonart war verändert, das Tempo gewechselt, die Motive anders betont, die Situationen anders gestellt.«

Beide Zitate sind eigentlich Bekenntnisse Hesses, die Einblicke in die Gestaltung seiner Dichtungen ermöglichen. Er selbst ist dabei die Einheit, das »Über-Ich«, das seinen »Unter-Ichs«, je nach seiner Exposition, das Wort erteilt. Diese Beobachtung bestätigt auch unsere Feststellung, daß Sinclair, Demian und Eva, oder Klingsor und der Dichter Hermann im Grunde Komponenten ein und derselben Person sind. Im *Steppenwolf* setzt sich dieses »Über-Ich« aus den Figuren Harry Haller, Hermine und Pablo zusammen. So ist auch der *Steppenwolf*, trotz des ganz anderen Tempos, der neuen Tonlage, Motive und Situationen, mit den früheren Büchern Hesses sehr verwandt. Ebenso wie im *Klingsor* und in gewisser Hinsicht auch im *Siddhartha* ist hier der Spiegel das dominierende Symbol, und hier wie dort ist die Vielfalt in der Einheit das Leitmotiv. Harry Haller reflektiert oder spiegelt sich in den Gestalten der Hermine und des Saxophonisten Pablo, doch in den Spiegeln des Magischen Theaters erweisen sie sich alle als Komponenten der Psyche Harry Hallers. Das gibt Pablo ihm auch unmißverständlich zu verstehen, bevor er ihn in das Magische Theater einführt:

»... ich kann Ihnen keinen andern Bildersaal öffnen als den Ihrer Seele... Ich helfe Ihnen, Ihre eigene Welt sichtbar machen.«

Der Begriff der »Seele« im Deutschen entspricht dem des »Herzens« im Chinesischen, wo das Herz als der Sitz aller Formen des Bewußtseins gilt. Daher mag es kommen, daß Harry Haller ebenso wie seine Vorgänger seine »Seele« wie einen Spiegel gebraucht. Doch dabei ist eine Verschiebung festzustellen. Denn Dschuang Dsi sagt, man solle sein Herz wie einen Spiegel gebrauchen, um den ganzen Kosmos widerzuspiegeln, d. h. in sich aufzunehmen. Dies ist bei Klingsor und auch bei Siddhartha der Fall. Harry Haller dagegen verwendet den Spiegel, um sein wahres Ich, die Einheit seines Ichs wiederzufinden. Das klingt eher nach Psychotherapie. In der Tat spielt auch bei C. G. Jung das Motiv des Spiegels und die Spiegelungsfähigkeit des Wassers eine wichtige Rolle:

»Das Wasser ist das geläufige Symbol für das Unbewußte... ist der ›Talgeist‹, der Wasserdrache des Tao, dessen Natur dem Wasser gleicht, ein in Yin aufgenommenes Yang. Wasser heißt darum psychologisch: Geist, der unbewußt geworden ist... der Spiegel... zeigt getreu, was in ihn hineingeschaut, nämlich jenes Gesicht, das wir der Welt nie zeigen, weil wir es durch die Persona, die Maske des Schauspielers, verhüllen. Der Spiegel aber l iegt hinter der Maske und zeigt das wahre Gesicht.«

Abgesehen davon, daß Jungs Ausführungen erst 1935 veröffentlicht wurden *(Der Steppenwolf* bereits 1927), zeigt die Sprache C. G. Jungs, wie sehr auch er den taoistischen Erkenntnissen verpflichtet ist. C. G. Jung hat das Metaphysische ins Psychologische übersetzt. Es ist daher einerlei, ob Hesse sein Wissen um die psychologische Qualität des Spiegels direkt von C. G. Jung, ob er sie dem Jung-Schüler J. B. Lang, von dem er behandelt wurde, oder seinem Kontakt mit C. G. Jungs Psychologischem Club in Zürich verdankte, denn auch Jungs Quelle war die taoistische Lehre. Das Spiegel-Motiv im Magischen Theater des *Steppenwolf* belegt sowohl Hesses Beschäftigung mit den Schriften C. G. Jungs als auch seine Auseinandersetzung mit den Schriften des alten China.

Es weist außerdem gewisse Prallelen zu einem chinesischen Meditationsbuch auf, das in der Übersetzung Richard Wilhelms unter dem Titel *Geheimnis der goldenen Blüte* erschienen ist und von C. G. Jung mit einem Kommentar versehen wurde. In seiner Vorrede zur 2. Auflage dieses Buches (1936) bekannte Jung, daß ihn *Das Geheimnis der goldenen Blüte* bei seiner »Untersuchung der Prozesse des kollektiven Unbewußten zuerst auf die richtige Spur« geführt hat. Unser Ausdruck »psychologischer Wert des Spiegels« stammt aus einer Studie Jungs über das kollektive Unbewußte.

Um die Ähnlichkeit der *goldenen Blüte* mit einigen wichtigen Elementen im *Steppenwolf* nachzuweisen, wäre ein Vergleich der beiden Bücher angebracht, doch ist für europäische Leser *Das Geheimnis der goldenen Blüte* ein schwer zugängliches Buch, da es buddhistische und taoistische Meditation mit Alchimie in Verbindung bringt, d. h. die buddhistisch-taoistische Joga-Übung mit Begriffen aus der chinesischen Alchimie umschreibt. Deshalb ist es besser, C. G. Jungs Kommentar für europäische Leser zu zitieren, denn die moderne Psychologie eröffnet eine Verständnismöglichkeit hierzu. Im *Steppenwolf* heißt es, Harry Hallers Seelenkrankheit sei »nicht die Schrulle eines Einzelnen, sondern die Krankheit der Zeit selbst, die Neurose jener Generation, welcher Haller angehört«. Somit ist der Roman zu verstehen als ein Versuch, »die große Zeitkrankheit... selber zum Gegenstand der Darstellung zu machen«. Es ist ein Gang »durch das Chaos einer verfinsterten Seelenwelt«. Dem gegenüber lesen wir in Jungs Kommentar, der europäische Geist sei im 19. Jahrhundert nach und nach zu einem unverbindlichen Intellektualismus entartet und darauf habe in jüngster Zeit eine Reaktion eingesetzt. (Dasselbe ist mit der »Zeitkrankheit« im *Steppenwolf* gemeint.) Der Intellekt klammert das Gemüt aus, während der Geist es integriert. Der Geist strebt »nach übermenschlichen, lichten Höhen«, es ist das Streben Harry Hallers zu den Unsterblichen. Doch steht ihm »das Weibliche, Dunkle, das Erdhafte (Yin) entgegen mit seiner in zeitliche Tiefen und körperliche Wurzelzusammenhänge hinabreichenden Emotionalität und Instinktivität«. Der Steppenwolf jedoch lebt in einem Zwischenbereich. Daraus resultiert seine Schizophrenie, die Spaltung seines Ichs in Mensch und Wolf. Er muß in seiner Person das Yin voll und ganz rehabilitieren, um den Weg zu den Unsterblichen beschreiten zu können. Die Heilung seiner Schizophrenie erfolgt durch Auflösung der Wolf- und der Menschnatur in tausende, ja unzählige Polpaare. Das Medium zu dieser Auflösung ist das Magische Theater. Haller stellt sich vor einen »riesengroßen Wandspiegel« und sieht:

»... der ganze Riesenspiegel war voll von lauter Harrys oder Harry-Stükken... Einige von diesen vielen Harrys waren so alt wie ich, einige älter, einige uralt, andere ganz jung, Jünglinge, Knaben, Schulknaben, Lausbuben, Kinder.«

Vergleichen wir diese Stelle mit dem Beginn von C. G. Jungs Abschnitt über »Die Auflösung des Bewußtseins«:

Das Zusammentreffen des eng umschränkten, dafür aber intensiv klaren individuellen Bewußten mit der ungeheuern Ausdehnung des kollektiven Unbewußten ist eine Gefahr, denn das Unbewußte hat eine ausgesprochen auflösende Wirkung auf das Bewußtsein. Diese Wirkung gehört sogar, nach der Darlegung des Hui Ming King, zu den eigentümlichen Erscheinungen der chinesischen Jogaübung. Es heißt dort: ›Jeder Teilgedanke gewinnt Gestalt, und wird sichtbar in Farbe und Form. Die Gesamtseelenkraft entfaltet ihre Spuren.‹ Die dem Buche beigegebene Abbildung zeigt einen in der Kontemplation begriffenen Weisen, das Haupt von Feuer umlodert und daraus hervorgehend fünf menschliche Gestalten, die sich ihrerseits wieder in 25 kleinere zerspalten. Das wäre ein schizophrener Prozeß, wenn er sich als Zustand festsetzen sollte. Daher sagt die Anweisung: ›Die durch das Geistfeuer gebildeten Gestalten sind nur leere Farben und Formen. Das Licht des Wesens strahlt zurück auf das Ursprüngliche, Wahre.‹«

Nicht nur sind die kleinen Harrys die »Gedankengestalten«, sondern das ganze Magische Theater, das Bilderkabinett, repräsentiert und enthält die »Teilgedanken«, die natürlich nur »leere Farben und Formen« sind. Daher lautet die Anklage gegen Harry, nachdem er Hermine getötet hat, wie folgt:

»Haller hat... die hohe Kunst beleidigt, indem er unsern schönen Bildersaal mit der sogenannten Wirklichkeit verwechselte und ein gespiegeltes Mädchen mit einem gespiegelten Messer totgestochen hat.«

Eine zweite wichtige Gemeinsamkeit der *goldenen Blüte* mit dem *Steppenwolf* besteht zwischen den Symbolen »Animus und Anima« und den Figuren »Pablo und Hermine«. Jung erläutert die Bedeutung von Animus und Anima:

»Zu den Figuren des Unbewußten gehören nach unserem Text nicht nur die Götter, sondern auch *Animus* und *Anima*. Das Wort ›hun‹ wird von Wilhelm als Animus übersetzt und in der Tat paßt der Begriff ›animus‹ trefflich auf hun, dessen Schriftzeichen aus dem Zeichen für ›Wolken‹ und dem Zeichen für ›Dämon‹ zusammengesetzt ist. Hun heißt also Wolkendämon, eine höhere Hauchseele, dem Yangprinzip zugehörig, daher männlich. Nach dem Tode steigt hun empor und wird zu ›schen‹, dem ›sich ausdehnenden und offenbarenden‹ Geist oder Gott. *Anima,* ›po‹ genannt, mit dem Zeichen für ›weiß‹ und dem für ›Dämon‹ geschrieben, also das ›weiße Gespenst‹, die niedere, chthonische Körperseele, dem Yinprinzip zugehörig, daher weiblich... ›Der Animus ist im himmlischen Herzen...‹ Er ist das, ›was wir von der großen Leere bekommen haben, das mit dem Uranfang von einer Gestalt ist.‹ Die Anima dagegen ist ›die Kraft des Schweren und Trüben‹, verhaftet dem körperlichen, fleischlichen Herzen. ›Lüste und Zornerregungen‹ sind ihre Wirkungen.«

Im *Steppenwolf* wird Harry Haller von Hermine in das sinnliche Leben eingeführt. Sie führt ihm auch Maria zu, die Verkörperung des Geschlechtlichen, deren Symbol eine Blume ist. Dabei ist bezeichnend, daß es zwischen Haller und Hermine zu keiner geschlechtlichen Beziehung kommt, da ihm eine solche Beziehung mit der eigenen Anima ebenso unmöglich ist, wie sie für Demian mit Eva, der »Urmutter«, unmöglich war. Doch Hermine führt Haller auch Pablo zu, ihren Gegenpart, der zunächst allerdings den Anschein erweckt, als sei er ein rein sinnliches Wesen. Bezeichnenderweise gelingt es Haller vorläufig nicht, mit Pablo, der sich später als die Verkörperung Mozarts entpuppt, »über das Wesen der Musik« zu sprechen. Denn als ein »verkleideter Unsterblicher« symbolisiert er Hallers Animus oder Logos, welcher ihn zu den Unsterblichen führen wird. Dagegen muß Haller Hermine »eines Tages töten«, denn als Anima muß sie sich von Haller-Pablo trennen.

Interessant dabei ist, daß Pablo, der verborgene Logos Hallers, unverkennbar nur Mann ist, während Hermine hermaphroditische Züge trägt. Der Grund dafür mag in Jungs Deutung der Anima liegen, die er dem »affektiven Charakter« in der Psychologie gleichsetzt und erklärt:

»Bei sorgfältiger Untersuchung zeigt es sich, daß der affektive Charakter beim Manne weibliche Züge hat... Die tiefere Introspektion oder die ekstatische Erfahrung enthüllt die Existenz einer weiblichen Figur im Unbewußten, daher die weibliche Namengebung... Man kann die Anima auch definieren als Imago oder Archetypus oder Niederschlag aller Erfahrungen am Weibe. Darum ist das Animabild auch in der Regel in die Frau projiziert... Die Beziehung, welche die Anima nach chinesischer Auffassung zum Spuk hat, ist für den Parapsychologen insofern interessant, als die »controls« sehr häufig gegengeschlechtlich sind.«

Diese Erklärung Jungs entspricht dem Wesen Hermines und ihrem Verhalten. Sie symbolisiert tatsächlich Hallers »Niederschlag aller Erfahrungen am Weibe« und umfaßt darüber hinaus auch hermaphroditische Komponenten.

Bei seinem Versuch, den chinesischen Begriff des Tao in ein adäquates deutsches Wort zu übersetzen, zitiert Jung folgende Verse und erklärt sie:

›Willst Du vollenden den diamantnen Leib ohne Ausströmen,
Mußt Du mit Fleiß die Wurzel des Bewußtseins und Lebens erhitzen,
Du mußt *erleuchten* das stets nahe selige Land
Und dort immer dein wahres Ich verborgen wohnen lassen.‹

»Diese Verse enthalten eine Art von alchymistischer Anweisung, eine *Methode* oder einen Weg zur Erzeugung des ›diamantnen Leibes‹, der auch in unserm Texte gemeint ist. Hierzu bedarf es einer ›Erhitzung‹ resp. Steigerung des Bewußtseins, damit die Wohnung des Geistwesens ›erleuchtet‹ werde. Doch nicht nur das Bewußtsein, sondern auch das *Leben* muß gesteigert werden.«

Im *Steppenwolf* wird sowohl Hallers Bewußtsein als auch die Intensität seines Lebens gesteigert, und zwar durch sinnliche Liebe und Drogen. Die Zusammenkünfte mit Maria bewirken Wunder:

»Maria lehrt mich – in jener wunderlichen ersten Nacht und in den folgenden Tagen – vieles, nicht nur holde neue Spiele und Beglückungen der Sinne, sondern auch neues Verständnis, neue Einsichten, neue Liebe... Marias liebevolle Worte [über Jazz etc.], ihr sehnsüchtig aufblühender Blick riß breite Breschen in meine Ästhetik. Wohl gab es einiges Schöne, einiges wenige auserlesene Schöne, das mir über jeden Streit und Zweifel erhaben schien, obenan Mozart, aber wo war die Grenze...

Und wunderlich! – beständig blieb die schöne Blume [Maria] dennoch das Geschenk, das mir Hermine gemacht hatte! Beständig stand jene hinter ihr, war maskenhaft von ihr umschlossen! Und zwischenein plötzlich dachte ich an Erika, an meine ferne böse Geliebte...

Und so stiegen viele Bilder meines Lebens in dieser schönen, zärtlichen Nacht vor mir auf, der ich so lange leer und arm und bilderlos gelebt hatte. Jetzt, vom Eros zauberhaft erschlossen, sprang die Quelle der Bilder tief und reich... wie voll hoher ewiger Sterne und Sternbilder der Seele...«

Die Drogen erhält Haller von Pablo. Sie sind es auch, die seinen Weg ins Magische Theater ebnen.

Auf seiner Suche nach einem adäquaten deutschen Begriff für Tao fand C. G. Jung nur eine Definition, wie sie im *Geheimnis der goldenen Blüte* erscheint:

»Wenn wir Tao als Methode oder als bewußten Weg, der Getrenntes vereinigen soll, auffassen, so dürften wir dem psychologischen Gehalt des Begriffes wohl nahe kommen... und die Absicht dieser Vereinigung ist die Erzielung bewußten Lebens, chinesisch ausgedrückt: *Herstellung des Tao.*«

Könnte nicht der *Steppenwolf* mit seinem wölfischen Traktat, seiner Darstellung von Hallers »Lernwochen des Lebens« und seinem Magischen Theater als ein Versuch verstanden werden, »Tao herzustellen«, selbst wenn Harry Haller der Versuch nicht gleich auf Anhieb geglückt ist? Haller wird ihn wiederholen, denn er weiß:

»Einmal würde ich das Figurenspiel besser spielen. Einmal würde ich das Lachen lernen. Pablo wartet auf mich. Mozart wartet auf mich.«

Nach diesem Vergleich der Erzählung *Steppenwolf* mit dem Meditationsbuch das *Geheimnis der goldenen Blüte* kann es nicht mehr verwundern, daß Hesse in C. G. Jungs »Psychologischem Club« aus dem *Steppenwolf* vorgelesen hat, noch ehe das Buch gedruckt war. Auch erinnert Hesses Aquarell »Maskenball« aus dem Jahre 1926 stark an ein Mandala, dessen Symbolik C. G. Jung genau untersucht und interpretiert hat.

Ein detaillierter Nachweis aller chinesischen Motive im Handlungsablauf des *Steppenwolf* kann hier nicht geleistet werden. Der kundige Leser wird selber entdecken, daß Hesse in seinem Roman die Präsenz des Tao aus der Natur in den technischen und sozialen Bereich übertragen hat, und daß auch hier die Magie des Selbstverständlichen eine Rolle spielt, wie sie uns aus den chinesischen Erzählungen bekannt ist. Besonders die Höllenszene mit Brahms und Wagner erinnert an die Darstellung der Hölle bei den Chinesen – z. B. in der Geschichte »Wie einer den Höllenfürsten beschimpft« – wo jeder seinen Sünden entsprechend bestraft wird. Wer z. B. Lebensmittel verschwendet, muß hungern, etc. Auch das Spiegel-Motiv erscheint in dieser Geschichte.

Im Folgenden wollen wir uns damit begnügen, nur noch auf den Aspekt im *Steppenwolf* hinzuweisen, der die Verwandtschaft mit taoistischen Erkenntnissen illustriert.

Der »Traktat vom Steppenwolf« gibt allen »Steppenwölfen«, die den Sprung ins Kosmische und zu den »Unsterblichen« nicht wagen, den Wink, sie mögen der bürgerlichen Welt mit Humor begegnen:

»In der Welt zu leben, als sei es nicht die Welt, das Gesetz zu achten und doch über ihm zu stehen, zu besitzen, ›als besäße man nicht‹, zu verzichten, als sei es kein Verzicht – all diese beliebten und oft formulierten Forderungen einer hohen Lebensweisheit ist einzig der Humor zu verwirklichen fähig.«

Diese vier Umkehrungen sind dem Geist des *Tao Te King* verwandt. »Als besäße man nicht« ist eine Eigenart des Tao, welche alles hervorbringt, ohne etwas davon zu behalten oder zu besitzen. Auch Dschuang Dsi sagt Ähnliches in dem Abschnitt, der mit »In der Welt, aber nicht von der Welt« überschrieben ist. Nachfolgend sei daraus nur eine Passage zitiert:

»Wer aber sich dem *Sinn* und *Leben* anvertraut, um (diese Welt) zu überfliegen, dem geht es nicht also. Er ist erhaben über Lob und Tadel, bald wie der Drache, bald wie die Schlange: entsprechend den Zeiten wandelt er sich und ist allem einseitigen Tun abgeneigt; bald hoch oben, bald tief unten, wie es das innere Gleichgewicht erfordert; er schwebt empor zum Ahn der Welt. Die Welt als Welt behandeln, aber nicht von der Welt sich zur Welt herabziehen lassen: so ist man aller Verwicklung enthoben.«

Doch der Humor, dem Hesse die Priorität gibt, ist seine eigene Lösung, die Welt erträglich zu machen. Ein Chinese würde Gleichmut sagen statt Humor. Humor allerdings bedarf es zur Lektüre des zweiten Teils von Peter Heinz Herzogs Aufsatz; über Hesse und China. Das einzige chinesische Element, das er im *Steppenwolf* entdecken kann, ist, daß Harry Haller im Magischen Theater mit »der glatten Chinesin geschlafen« habe, die er zuvor einmal im Hafen von Marseille gesehen hat.

# Arbeitsvorschläge

**zu 4.5**

1. **In welchen Punkten geht die Darstellung von Hsia über das bisher Erarbeitete hinaus? Wo bestätigt sie Ihre Ergebnisse, bzw. widerspricht ihnen?**
2. **Klären Sie mit Hilfe von Nachschlagewerken die Ihnen unbekannten Begriffe.**
3. **Stellen Sie die Gesamtinterpretation des** *Steppenwolf* **dar, die Hsia seinen vergleichenden Analysen zugrunde legt; beschreiben Sie, welche Art der Lektüre Hsia voraussetzt und welche Bedeutung der Text dabei für den Leser gewinnen kann.**

### *4.6 Ein Stückchen Theologie (1932)*

Aus Gedanken und Notizen verschiedener Jahre schreibe ich heute einige Sätze auf, in denen ich zwei meiner Lieblingsvorstellungen miteinander in Beziehung bringe: die Vorstellung von den drei mir bekannten Stufen der Menschwerdung und die Vorstellung von zwei Grundtypen des Menschen. Die erste dieser beiden Vorstellungen ist mir wichtig, ja heilig, ich halte sie für Wahrheit schlechthin. Die zweite ist rein subjektiv und wird von mir, wie ich hoffe, nicht ernster genommen als sie verdient, tut mir aber je und je beim Beobachten des Lebens und der Geschichte gute Dienste. Der Weg der Menschwerdung beginnt mit der Unschuld (Paradies, Kindheit, verantwortungsloses Vorstadium). Von da führt er in die Schuld, in das Wissen um Gut und Böse, in die Forderungen der Kultur, der Moral, der Religionen, der Menschheitsideale. Bei jedem, der diese Stufe ernstlich und als differenziertes Individuum durchlebt, endet sie unweigerlich mit Verzweiflung, nämlich mit der Einsicht, daß es ein Verwirklichen der Tugend, ein völliges Gehorchen, ein sattsames Dienen nicht gibt, daß Gerechtigkeit unerreichbar, daß Gutsein unerfüllbar ist. Diese Verzweiflung führt nun entweder zum Untergang oder aber zu einem dritten Reich des Geistes, zum Erleben eines Zustandes jenseits von Moral und Gesetz, ein Vordringen zu Gnade und Erlöstsein, zu einer neuen, höheren Art von Verantwortungslosigkeit, oder kurz gesagt: zum Glauben. Einerlei welche Formen und Ausdrücke der Glaube annehme, sein Inhalt ist jedesmal derselbe: daß wir wohl nach dem Guten streben sollen, soweit wir vermögen, daß wir aber für die Unvollkommenheit der Welt und für unsere eigene nicht verantwortlich sind, daß wir uns selbst nicht regieren, sondern regiert werden, daß es über unsrem Erkennen einen Gott oder sonst ein »Es« gibt, dessen Diener wir sind, dem wir uns überlassen dürfen.

Dies ist europäisch und beinahe christlich ausgedrückt. Der indische Brahmanismus (der, wenn man seine Gegenwelle, den Buddhismus, miteinrechnet, wohl das Höchste ist, was die Menschheit an Theologie geschaffen hat) hat andere Kategorien, die sich aber ganz gleich deuten lassen. Dort geht die Stufenfolge etwa so: der naive Mensch, beherrscht von Angst und Begierde, sehnt sich nach Erlösung. Mittel und Weg dazu ist Yoga, die Erziehung zur Beherrschung der Triebe. Einerlei ob Yoga als ganz materielle und mechanische Bußübung betrieben wird oder als höchster geistiger Sport – stets bedeutet es: Erziehung zur Verachtung von Schein- und Sinnenwelt, Besinnung auf den Geist, den Atman, der uns innewohnt und der eins ist mit dem Weltgeist. Yoga entspricht genau unserer zweiten Stufe, es ist Streben nach Erlösung durch Werke. Es wird vom Volke bewundert und überschätzt, der naive Mensch neigt immer dazu, im Büßer den Heiligen und Erlösten zu sehen. Yoga ist aber nur Stufe und endet mit Verzweiflung. Die Buddhalegende (und hundert andre) stellt dies in deutlichen Bildern dar. Erst indem Yoga der Gnade weicht, indem es als Zweckstreben, als Beflissenheit, als Gier und

Hunger erkannt wird, indem der aus dem Traum des Scheinlebens Erwachende sich als ewig und unzerstörbar, als Geist vom Geiste, als Atman erkennt, wird er unbeteiligter Zuschauer des Lebens, kann er beliebig tun oder nichttun, genießen oder entbehren, ohne daß sein Ich mehr davon berührt wird. Sein Ich ist ganz zum Selbst geworden. Dies »Erwachtsein« der Heiligen (gleichbedeutend mit dem »Nirwana« Buddhas) entspricht unserer dritten Stufe. Es ist, wieder in etwas anderer Symbolik, eben derselbe Stufengang bei Lao Tse zu finden, dessen »Weg« der Weg vom Gerechtigkeitsstreben zum Nichtmehrstreben von der Schuld und Moral zum Tao ist, und für mich hängen die wichtigsten geistigen Erlebnisse damit zusammen, daß ich allmählich und mit Jahren und Jahrzehnten der Pausen, im Wiederfinden derselben Deutung des Menschendaseins bei Indern, Chinesen und Christen die Ahnung eines Kernproblems bestätigt und überall in analogen Symbolen ausgedrückt fand. Daß mit dem Menschen etwas gemeint sei, daß Menschennot und Menschensuchen zu allen Zeiten auf der ganzen Erde eine Einheit sei, wurde mir durch nichts so sehr bestätigt wie durch diese Erlebnisse. Dabei ist es gleichgültig, ob wir, wie viele Heutige, den religiös philosophischen Ausdruck menschlichen Denkens und Erlebens als den einer veralteten, heute überwundenen Epoche betrachten. Was ich hier »Theologie« nenne, ist meinetwegen zeitgebunden, ist meinetwegen Produkt eines Stadiums der Menschheit, das einmal überwunden und vergangen sein wird. Auch die Kunst, auch die Sprache sind vielleicht Ausdrucksmittel, welche nur bestimmten Stufen der Menschengeschichte eigen sind, auch sie mögen überwindbar und ersetzbar sein. Auf jeder Stufe aber wird den Menschen, so scheint mir, im Streben nach Wahrheit nicht so wichtig und so tröstlich sein, wie die Wahrnehmung, daß der Spaltung in Rassen, Farben, Sprachen und Kulturen eine Einheit zugrunde liegt, daß es nicht verschiedene Menschen und Geister gibt, sondern nur Eine Menschheit, nur Einen Geist.

Nochmals skizziert: Der Weg führt aus der Unschuld in die Schuld, aus der Schuld in die Verzweiflung, aus der Verzweiflung entweder zum Untergang oder zur Erlösung: nämlich nicht wieder hinter Moral und Kultur zurück ins Kinderparadies, sondern über sie hinaus in das Lebenkönnen kraft seines Glaubens.

Aus jedem Stadium kann natürlich auch wieder ein Rückschritt erfolgen. Selten zwar wird es dem wach Gewordenen gelingen, aus dem Reich, wo Gut und Böse gilt, wieder in die Unschuld zurückzuflüchten. Sehr häufig aber wird, wer schon das Erlebnis der Gnade und Erlösung kennt, wieder auf die zweite Stufe zurückfallen und wieder deren Gesetzen, der Angst, den nie erfüllbaren Forderungen anheimfallen.

Soweit kann ich die Stadien einer Menschwerdung einer Entwicklungsgeschichte der Seele erkennen. Ich kenne sie aus der eigenen Erfahrung und kenne sie aus den Zeugnissen vieler anderer Seelen. Immer, zu allen Zeiten der Geschichte und in allen Religionen und Lebensformen, sind es dieselben typischen Erlebnisse, immer in derselben Stufung und Reihenfolge: Verlust der Unschuld, Bemühung um Gerechtigkeit unter dem Gesetz, daraus folgende Verzweiflung im vergeblichen Ringen um das Überwinden der Schuld durch Werke oder durch Erkenntnis und endlich Auftauchen aus der Hölle in eine veränderte Welt und in eine neue Art von Unschuld. Hundertmal hat die Menschheit sich diesen Entwicklungsgang in großartigen Sinnbildern vorgezeichnet: das uns geläufigste dieser Bilder ist der Weg vom paradiesischen Adam bis zum erlösten Christen.

Viele dieser sinnbildlichen Zeichnungen freilich zeigen uns auch noch weitere, höhere Stufen der Entwicklung: zum Mahatma, zum Gott, zum reinen Sein des Geistes, dem nichts von Materie und nichts von Werdequal mehr anhängt. Alle Religionen kennen diese Wunschbilder, auch mir ist er oft als bestes Wunschbild erschienen: der Vollkommene, Schmerzlose, Makellose, Unsterbliche. Ob aber dies Wunschbild anders sei als holder Traum, ob es jemals Erfahrung und Wirklichkeit geworden sei, ob jemals wirklich ein Mensch Gott geworden sei, darüber weiß ich nichts. Von jenen Hauptstufen der Seelengeschichte aber weiß ich, und von ihnen weiß und wußte jeder, der sie erlebt hat; sie sind Wirklichkeiten. Möge es nun jene erträumten noch höheren Stufen der Menschwerdung geben oder nicht: es sei uns willkommen, daß sie als Traum, als Wunschbild, als Dichtung, als ideales Ziel vorhanden sind. Wurden sie jemals von Menschen wirklich erlebt, so waren es Erlebnisse, über welche diese Menschen geschwiegen haben und die in ihrer Art nach dem, der sie nicht erlebt hat, unverständlich und unmitteilbar sind. In Heiligenlegenden aller Religionen finden sich Andeutungen solcher Ergebnisse, welche überzeugend klingen. In den Irrlehren kleiner Sektierer und falscher Propheten finden wir häufig Andeutungen solcher Erlebnisse, die alle Kennzeichen der Halluzination oder des bewußten Schwindels tragen.

Übrigens sind es keineswegs nur jene mystischen letzten Stufen und Erlebnismöglichkeiten der Seele, die sich dem Verständnis und der eindeutigen Mitteilbarkeit entziehen. Auch die früheren, auch die allerersten Schritte auf dem Weg der Seele sind verständlich und mitteilbar einzig für den, der sie an sich erlebt hat. Wer noch in der ersten Unschuld lebt, wird niemals die Bekenntnisse aus den Reichen der Schuld, der Verzweiflung, der Erlösung verstehen, sie werden ihm ebenso unsinnig klingen wie einem unbewanderten Leser die Mythologien fremder Völker. Dagegen erkennt jeder die typischen Seelenerlebnisse, die er selbst gehabt hat, unfehlbar und augenblicklich wieder, wo er sie in den Berichten anderer antrifft – auch da, wo er aus fremden und unvertrauten Theologien übersetzen muß. Jeder Christ, der wirklich etwas erlebt hat, erkennt dieselben Erfahrungen bei Paulus, Pascal, Luther, Ignatius unfehlbar wieder. Und jeder Christ, der noch ein Stück näher ans Zentrum des Glaubens gekommen und darum dem Bereich der bloß »christlichen« Erlebnisse entwachsen ist, findet bei den Gläubigen anderer Religionen, nur in anderer Bildsprache, alle jene Grunderlebnisse der Seele mit allen Kennzeichen unfehlbar wieder.

Meine eigene, im Christlichen beginnende Seelengeschichte zu erzählen, aus ihr meine persönliche Art von Glauben systematisch zu entwickeln, wäre ein unmögliches Unternehmen; Ansätze dazu sind alle meine Bücher. Unter ihren Lesern finden sich manche, für welche diese Bücher einen ganz bestimmten Sinn und Wert haben: den nämlich, daß sie ihre eigenen wichtigsten Erlebnisse, Siege und Niederlagen in ihnen bestätigt und verdeutlicht finden. Groß ist ihre Zahl nicht, aber sehr groß ist überhaupt die Zahl der Menschen nicht, welche Seelenerlebnisse haben. Die Mehrzahl wird ja nie Mensch, sie bleibt im Urzustand, im kindlichen Diesseits der Konflikte und der Entwicklungen, die Mehrzahl lernt niemals vielleicht auch nur die »zweite Stufe« kennen, sondern bleibt in der verantwortungslosen Tierwelt ihrer Triebe und Säuglingsträume stehen und die Sage von einem Zustand jenseits ihrer Dämmerung, von einem Gut und Böse, von einer Verzweiflung an Gut und Böse, von einem Auftauchen aus der Not in Lichter der Gnade klingt ihnen lächerlich.

Es mag tausend Arten geben, auf welche sich Individuation und Seelengeschichte des Menschen vollziehen kann. Der Weg dieser Geschichte aber und seine Stufenfolge ist stets derselbe. – Zu beobachten, wie dieser unweigerlich starre Weg auf so verschiedene Arten, von so verschiedenen Menschenarten erlebt, erkämpft, erlitten wird, ist wohl die beglückendste Leidenschaft des Historikers, des Psychologen und des Dichters. –

Unter den Versuchen unseres Verstandes, dies bunte Bilderbuch rational zu erfassen und systematisch einzuteilen, steht obenan der uralte Versuch, die Menschheit nach Typen einzuteilen und zu ordnen. Wenn auch ich, aus meiner Art und Erfahrung heraus, es nun versuche, zwei gegensätzliche Grundtypen von Menschen darzustellen und damit zwei grundsätzlich verschiedene Arten, wie der unveränderliche Menschheitsweg erlebt werden kann, so ist mir dabei bewußt, daß jedes Aufstellen von sogenannten Grundtypen des Menschen lediglich ein Spiel ist. Es gibt nicht eine beschränkte oder unbeschränkte Zahl von feststehenden Typen, in welche die Menschen eingeordnet werden könnten; nichts kann dem Philosophen verhängnisvoller werden als der Buchstabenglaube an irgendeine Typenlehre. Wohl aber gibt es – von den meisten Menschen unbewußt stets gehandhabt – die Typeneinteilung als Spiel, als Versuch, unsere Erfahrungsmasse zu bewältigen, als gebrechliches Mittel zum Ordnen unserer Erlebniswelt. Schon das kleine Kind unterscheidet vermutlich alle Menschen, die in seinen Gesichtskreis treten, nach Typen, deren Urbilder Vater, Mutter, Amme sind. Mir hat sich aus Erfahrung und Lektüre eine Einteilung der Menschen in zwei Haupttypen ergeben, ich nenne sie die Vernünftigen und die Frommen. Ohne weiteres ordnet sich mir nach diesem sehr groben Schema die Welt. Aber natürlich ordnet sie sich durch dies Hilfsmittel immer bloß für einen Augenblick, um dann sofort wieder zum undurchdringlichen Rätsel zu werden. Der Glaube ist mir längst abhanden gekommen, daß uns an Erkenntnis und an Einblick ins Chaos des Weltgeschehens mehr gegönnt sei, als diese Scheinordnung eines glücklichen Augenblicks, als dieses je und je erlebbare kleine Glück: für eine

Sekunde das Chaos sich als Kosmos vorzutäuschen.

Wenn ich in einem solchen glücklichen Moment mein Schema »Vernunft oder Frommsein« auf die Weltgeschichte anwende, so besteht für mich in diesem Augenblick die Menschheit nur aus diesen beiden Typen. Von jeder historischen Gestalt glaube ich zu wissen, welchem Typus sie angehört, und auch von mir selbst glaube ich es dann genau zu wissen: nämlich, daß ich zur Art der Frommen gehöre, nicht zu der der Vernünftigen. Aber im nächsten Augenblick, wenn das hübsche Gedankenerlebnis vorüber ist, stürzt mir die herrlich geordnete Welt wieder zum sinnlosen Wirrwarr zusammen, und was ich eben noch so klar zu sehen glaubte, nämlich welchem meiner beiden Typen Buddha oder Paulus oder Cäsar oder Lenin angehörte, das weiß ich jetzt durchaus nicht mehr; und leider weiß ich auch über mich selbst durchaus nicht mehr Bescheid. Eben noch wußte ich genau, daß ich ein Frommer sei – und nun entdecke ich Zug um Zug an mir die Merkmale des Vernunftmenschen und besonders deutlich die unangenehmsten Merkmale.

Es ist mit allem Wissen nicht anders. Wissen ist Tat. Wissen ist Erlebnis. Es beharrt nicht. Seine Dauer heißt Augenblick. – Ich versuche nun, unter Verzicht auf alle Systematik die beiden Typen ungefähr zu zeichnen, die mir das Schema zu meinen Gedankenspielen geben.

Der Vernünftige glaubt an nichts so sehr als an die menschliche Vernunft. Er hält sie nicht nur für eine hübsche Gabe, sondern für das schlechthin Höchste.

Der Vernünftige glaubt den »Sinn« der Welt und seines Lebens in sich selber zu besitzen. Er überträgt den Anschein von Ordnung und Zweckgebundenheit, den ein vernünftig geordnetes Einzelleben hat, auf die Welt und Geschichte. Er glaubt darum an Fortschritt. Er sieht, daß die Menschen heute besser schießen und schneller reisen können als früher, und er will und darf nicht sehen, daß diesen Fortschritten tausend Rückschritte gegenüberstehen. Er glaubt, der Mensch von heute sei entwickelter und höher als Konfuzius, Sokrates oder Jesus, weil der Mensch von heute gewisse technische Fähigkeiten stärker ausgebildet hat. Der Vernünftige glaubt, daß die Erde dem Menschen zur Ausbeutung ausgeliefert sei. Sein gefürchtetster Feind ist der Tod, der Gedanke an die Vergänglichkeit seines Lebens und Tuns. An ihn zu denken, vermeidet er, und wo er dem Todesgedanken nicht entgehen kann, flüchtet er in die Aktivität und setzt dem Tode ein verdoppeltes Streben entgegen: nach Gütern, nach Erkenntnissen, nach Gesetzen, nach rationaler Beherrschung der Welt. Sein Unsterblichkeitsglaube ist der Glaube an jenen Fortschritt; als tätiges Glied in der ewigen Kette des Fortschritts glaubt er sich vor dem völligen Verschwinden bewahrt.

Der Vernünftige neigt gelegentlich zu Haß und Eifer gegen die Frommen, die an seinen Fortschritt nicht glauben und der Verwirklichung seines rationalen Ideals im Wege stehen. Man denke an den Fanatismus der Revolutionäre, man erinnere sich an die Äußerungen heftigster Ungeduld gegen Andersgläubige bei allen fortschrittlichen, demokratisch-vernünftigen, sozialistischen Autoren. –

Der Vernünftige scheint im praktischen Leben seines Glaubens sicherer zu sein als der Fromme. Er fühlt sich, im Namen der Göttin Vernunft, berechtigt zum Befehlen und Organisieren, zur Vergewaltigung der Mitmenschen, denen er ja nur Gutes aufzuzwingen glaubt: Hygiene, Moral, Demokratie usw.

Der Vernünftige strebt nach Macht, sei es auch nur, um das »Gute« durchzusetzen. Seine größte Gefahr liegt hier, im Streben nach Macht, in ihrem Mißbrauch, im Befehlenwollen, im Terror. Trotzki, dem es ganz unerträglich ist, einen Bauern prügeln zu sehen, läßt seiner Idee zuliebe ohne Skrupel Hunderttausende schlachten.

Der Vernünftige verliebt sich leicht in Systeme. Die Vernünftigen, da sie die Macht suchen und haben, können den Frommen nicht nur verachten oder hassen, sie können ihn auch verfolgen, ihm den Prozeß machen, ihn töten. Sie verantworten es, Macht zu haben und sie »zum Guten« anzuwenden, und alle Mittel bis zu den Kanonen sind ihnen dazu recht. Der Vernünftige kann gelegentlich verzweifeln, wenn Natur und das, was er »Dummheit« nennt, immer wieder so stark sind. – Er kann darunter, daß er verfolgen, strafen und töten muß, zu Zeiten schwer leiden.

Seine hohen Augenblicke sind die, da er trotz aller Widersprüche den Glauben in sich stark fühlt, daß im Grunde eben doch die Vernunft Eins sei mit dem Geist, der die Welt schuf und regiert.

Der Vernünftige rationalisiert die Welt und tut ihr Gewalt an. Er neigt stets zu grimmigem Ernst. Er ist Erzieher.

Der Vernünftige ist immer geneigt, seinen Instinkten zu mißtrauen.

Der Vernünftige fühlt sich der Natur und der Kunst gegenüber stets unsicher. Bald blickt er verächtlich auf sie herab, bald überschätzt er sie abergläubisch. Er ist es, der die Millionenpreise für alte Kunstwerke zahlt oder Reservationen für Vögel, Raubtiere, Indianer einrichtet.

Der Grund des Glaubens und Lebensgefühl beim Frommen ist die Ehrfurcht. Sie äußert sich unter andrem in zwei Hauptmerkmalen; in einem starken Natursinn und in dem Glauben an eine überrationale Weltordnung. Der Fromme schätzt in der Vernunft zwar eine hübsche Gabe, sieht in ihr aber nicht ein zulängliches Mittel zur Erkenntnis oder gar zur Beherrschung der Welt.

Der Fromme glaubt, daß der Mensch ein dienender Teil der Erde sei. Der Fromme flüchtet, wenn das Grauen vor Tod und Vergänglichkeit ihn faßt, in den Glauben, daß der Schöpfer (oder die Natur) seine Zwecke auch mit diesen und erschreckenden Mitteln anstrebe und sieht nicht im Vergessen oder Bekämpfen des Todesgedankens eine Tugend, sondern in der schauernden, aber ehrfürchtigen Hingabe in einen höheren Willen.

An Fortschritt glaubt er nicht, da sein Vorbild nicht die Vernunft, sondern die Natur ist, und da er in der Natur keinen Fortschritt gewahren kann, sondern nur ein Sichausleben und Sichverwirklichen unendlicher Kräfte ohne erkennbares Endziel.

Der Fromme neigt gelegentlich zu Haß und Eifer gegen die Vernünftigen, die Bibel ist voll von krassen Beispielen ungebärdigen Eifers gegen den Unglauben und die weltlichen Ideale. Doch erlebt der Fromme in seltenen hohen Augenblicken auch den Blitz jenes geistigen Erlebnisses, das ihm den Glauben gibt, daß auch alle Fanatismen und Wildheiten der Vernünftigen, alle Kriege, alle Verfolgungen und Knechtungen im Namen hoher Ideale am Ende Gottes Zwecken dienen müssen.

Der Fromme strebt nicht nach Macht, er scheut davor zurück, andre zu zwingen. Er mag nicht befehlen. Dies ist seine größte Tugend. Dafür ist er häufig allzu lau in der Arbeit an wirklich erstrebenswerten Dingen, er neigt leicht zu Quietismus und Nabelbeschauung. Er begnügt sich oft gerne mit dem Hegen seiner Ideale, ohne sich für ihre Verwirklichung anzustrengen. Da Gott (oder die Natur) doch stärker ist als wir, mag er nicht eingreifen.

Der Fromme verliebt sich leicht in Mythologien. Der Fromme kann hassen oder verachten, er verfolgt und tötet aber nicht. Nie wird Sokrates oder Jesus der Verfolgende und Tötende sein, stets der Leidende. Dagegen nimmt der Fromme, oft leichtsinnig, nicht minder große Verantwortungen auf sich. Er verantwortet nicht nur seine Lauheit im Verwirklichen guter Ideen, er verantwortet auch seinen eigenen Untergang und die Schuld, die der Feind durch seine Tötung auf sich nimmt.

Der Fromme mythologisiert die Welt und nimmt sie häufig darüber nicht ernst genug. Er neigt stets etwas zum Spielen. Er erzieht die Kinder nicht, sondern preist sie selig. Der Fromme ist stets geneigt, seinem Verstande zu mißtrauen.

Der Fromme fühlt sich der Natur und der Kunst gegenüber stets sicher und bei ihnen zu Hause, dafür ist er unsicher der Bildung und dem Wissen gegenüber. Bald verachtet er sie als dummes Zeug und tut ihnen unrecht, bald wieder überschätzt er sie abergläubisch. Bei einem äußersten Fall des Zusammenpralls: etwa ein Frommer in die Vernunft-Maschine hinein gerät und entweder in einem Prozeß oder in einem Krieg, den er wider Willen, auf Befehl des Vernünftigen mitmacht, umkommt – in einem solchen Fall sind immer beide Parteien schuldig. Der Vernünftige ist daran schuld, daß es Todesstrafen, Gefängnisse, Kriege, Kanonen gibt. Der Fromme hat aber nichts dazu getan, dies alles unmöglich zu machen. Die beiden Prozesse der Weltgeschichte, in denen deutlicher und symbolkräftiger als sonst ein Frommer von den Vernünftigen getötet wurde, die Prozesse des Sokrates und des Heilands zeigen Momente von einer schauerlichen Zweideutigkeit. Hätten nicht die Athener und hätte nicht Pilatus ganz leicht die Gebärde finden können, mit der der Angeklagte ohne Verlust an Prestige zu entlassen war? Und hätte nicht Sokrates ebenso wie Jesus statt mit einer gewissen heroischen Grausamkeit den Gegner schuldig werden lassen und sterbend über ihn zu triumphieren – hätten sie nicht mit wenig Aufwand die Tragödien verhindern können? Gewiß. Aber Tragödien sind nie zu verhindern, denn sie sind nicht Unglücksfälle, sondern Zusammenstöße gegensätzlicher Welten.

Wenn ich in den obigen Rubriken überall den »Frommen« dem »Vernünftigen« entgegenstelle, so möge der Leser sich stets der rein psychologischen Bedeutung dieser Benennungen bewußt sein. Natürlich haben scheinbar sehr oft gerade die »Frommen« das Schwert geführt und die »Vernünftigen« haben geblutet (etwa in der Inquisition). Aber ich verstehe natürlich nicht unter den Frommen die Priester und unter den Vernünftigen nicht die, die Freude am Denken haben. Wenn ein spanisches Ketzergericht einen »Freidenker« verbrannte, so war der Inquisitor der Vernünftige, der Organisator, der Mächtige, sein Opfer aber war der Fromme.

Übrigens liegt es mir trotz gewisser Gewaltsamkeiten meines Schemas natürlich ferne, dem Frommen die Tüchtigkeit, dem Vernünftigen die Genialität abzusprechen. In beiden Lagern gedeiht Genie, gedeiht Idealismus, Heroismus, Opfersinn. Die »Vernünftigen«, Hegel, Marx, Lenin (am Ende sogar Trotzki) halte ich alle für Genies. Andrerseits hat ein Frommer und Gewaltloser wie Tolstoi immerhin dem »Verwirklichen« größte Opfer gebracht.

Überhaupt scheint es mir ein Kennzeichen des genialen Menschen zu sein, daß er zwar seinen Typus als besonders geglücktes Exemplar darstellt, zugleich aber ein geheimes Verlangen nach dem Gegenpol, eine stille Achtung für den gegensätzlichen Typ in sich trägt. Der Nur-Zahlenmensch ist nie genial, ebensowenig der Nur-Stimmungsmensch. Manche Ausnahmemenschen scheinen geradezu zwischen den beiden Grundtypen hin- und herzuschwanken und von tief gegensätzlichen Begabungen beherrscht zu sein, die sich gegenseitig nicht ersticken, sondern bestärken; zu den vielen Beispielen dafür gehören die frommen Mathematiker (Pascal).

Und so, wie das fromme und das vernünftige Genie einander recht wohl kennen, einander heimlich lieben, einer vom andern angezogen werden, so ist auch das höchste geistige Erlebnis, dessen wir Menschen fähig sind, stets eine Versöhnung zwischen Vernunft und Ehrfurcht, ein Sich-als-Gleich-Erkennen der großen Gegensätze.

### *Schlußbetrachtung*

Wenden wir nun zum Schluß die beiden Schemata aufeinander an: das Schema der drei Menschwerdungsstufen auf die beiden menschlichen Grundtypen, so werden wir zwar finden, daß die Bedeutung der drei Stufen für beide Typen die gleiche ist. Wir werden aber auch sehen, daß die Gefahren und Hoffnungen beider Typen auch hier verschieden sind. Es wird der Stand der Kindheit und natürlichen Unschuld bei beiden Typen sich ähnlich darstellen. Doch schon der erste Schritt der Menschwerdung, der Eintritt in das Reich von Gut und Böse, hat nicht für beide Typen das gleiche Gesicht. Der Fromme wird kindlicher sein, er wird mit weniger Ungeduld und mit mehr Widerstreben das Paradies verlassen und das Schuldigwerden erleben. Dafür aber wird er auf der nächsten Stufe auf dem Weg von der Schuld zur

Gnade, kräftigere Flügel haben. Er wird überhaupt der mittleren Stufe (Freud nennt sie das »Unbehagen der Kultur«) möglichst wenig gedenken und sich ihr möglichst entziehen. Durch sein wesentliches Sichfremdfühlen im Reich der Schuld und des Unbehagens wird ihm unter Umständen der Aufschwung zur nächsten erlösenden Stufe erleichtert. Es wird ihm aber auch gelegentlich das infantile Zurückfliehen ins Paradies, in die verantwortungslose Welt ohne Gut und Böse naheliegen und gelingen. Für den Vernünftigen hingegen ist die zweite Stufe, die Stufe der Schuld, die Stufe der Kultur, der Aktivität und Zivilisation, recht eigentlich die Heimat. Ihm hängt nicht lang und störend ein Rest von Kindheit nach, er arbeitet gern, er trägt gern Verantwortung, und er hat weder Heimweh nach der verlorenen Kindheit, noch begehrt er sehr heftig nach dem Befreitwerden von Gut und Böse, obwohl dies Erlebnis auch ihm ersehnbar und erreichbar ist. Leichter als der Fromme erliegt er dem Glauben, es werde sich mit den von Moral und Kultur gestellten Aufgaben schon fertig werden lassen; schwerer als der Fromme erreicht er den Zwischenzustand der Verzweiflung, das Scheitern seiner Anstrengungen, das Wertloswerden seiner Gerechtigkeit. Dafür wird er, wenn die Verzweiflung erst da ist, vielleicht weniger leicht als der Fromme jener Versuchung zur Flucht in die Vorwelt und Unverantwortlichkeit erliegen.

Auf der Stufe der Unschuld bekämpfen sich Fromm und Vernünftig so, wie Kinder von verschiedener Veranlagung sich bekämpfen.

Auf der zweiten Stufe bekämpfen sich, wissend geworden, die beiden Gegenpole mit der Heftigkeit, Leidenschaft und Tragik der Staatsaktionen.

Auf der dritten Stufe beginnen die Kämpfer einander zu erkennen, nicht mehr in ihrer Fremdheit, sondern in ihrem Aufeinanderangewiesensein. Sie beginnen einander zu lieben, sich nacheinander zu sehnen. Von hier führt der Weg in Möglichkeiten des Menschentums, deren Verwirklichung bisher von Menschenaugen noch nicht erblickt worden ist.

# Arbeitsvorschläge

**zu 4.6 (= Testaufgabe)**

1. **Stellen Sie auf zwei DIN A 4-Seiten mit eigenen Worten dar, welche ›theologischen‹ Grundannahmen Hesse in diesem Text entwickelt.**
2. **Worin unterscheiden sich Hesses Überlegungen von der Psychologie Jungs, soweit sie Ihnen durch das Referat bekannt geworden ist?**
3. **Wo finden sich im *Steppenwolf* vergleichbare Gedanken?**
4. **Welche Aufgaben und Möglichkeiten bietet Hesses ›Theologie‹ für den Dichter? Versuchen Sie, den *Steppenwolf* als dichterische Aussage in die Schemata einzuordnen.**
5. **Welche Rolle kann Ihrer Meinung nach die Dichtung spielen, um die von Hesse am Ende geschilderte »dritte Stufe« in der Entwicklung des »Menschentums« zu erreichen?**

**4.7**

**Exkurs: Vergleich der psychologischen Theorien von Freud und Jung**
**Literatur: Heiner *Willenberg*, Freud und Jung (erscheint in dieser Reihe)**

# 5. Steuerung und Kritik: die Rezeption des Steppenwolf 1927

## *5.1 Steuerung der Rezeption*

### *5.1.1 Hugo Ball: Hermann Hesse (Textauszug)*

Das Problem des tragischen Genies hat den Dichter in den letzten Jahren immer wieder beschäftigt; dies und die Magie als eine Kunst, sich zu behaupten, und als eine Kunst, sich aufzulösen. Schon früh empfand Hesse das Bajazzolachen, das ja ebenfalls romantisch ist; das Zerschlagen des eigenen Instruments, nicht weil es zu rauh klingt, sondern weil die Kunst, wo sie souverän wird, das Leben plündert und es aushöhlt. Solches Zerschlagen des eigenen Standbildes, weil es als Memnonssäule zu tönen und nur zu tönen verurteilt ist, – es eignet dem Dichter und Menschen Hesse nicht erst in der Untergangszeit der ersten Nachkriegsjahre. Es eignet ihm schon in den »Gedichten« von 1902, wenn eines der Lieder dort lautet:

Ich habe nichts mehr zu sagen,
Ich habe alles gesagt.
Nun will ich klingend zum letzten Takt
Meine gute Geige zerschlagen.

Zerschlagen – und wandern wieder
Ins Land, woher ich kam,
Wo ich in Jugendtagen vernahm
Den Traum vom Lied der Lieder.

Ihn träumen will ich wieder
Abseits und ganz allein –
Es muß voll tiefen Friedens sein
Der Traum vom Lied der Lieder.

In den Steppenwolf-Gedichten (Neue Rundschau 1926) ist dieser Zug zur Selbstzerstörung für manche Freunde Hesses zu einem tiefen Schmerz geworden. Bitterkeit und Schwermut sind in diesen Gedichten bis zum Zerspringen des Instrumentes gediehen. Ich kenne nur eine Publikation, die mir bei der ersten Lektüre den gleichen Eindruck machte: Nietzsches »Ecce homo«. Verse ziehen vorüber von einer unvergleichlichen Intensität und Trauer, Worte von der seltsamen Leuchtkraft eines Sterns, der sich einsam im fauligen Brunnen spiegelt. Die alte verbergende Form ist nach allen Seiten zersprengt, ein neuer Rhythmus schwingt. Was er den Dichter gekostet hat, das werden nur diejenigen beurteilen können, die Hesses Diskretion, die seine Leidenskraft und seine Zähigkeit im Verbergen kennen.

> Sagt, seid ihre alle so scheußlich allein,
> Oder muß nur ich auf der schönen
> Welt so einsam und wütend und traurig sein?
> [...]
> Ich kann es nicht verstehen,
> So viel Kognak ist nicht gesund,
> Man kommt dabei auf den Hund.
> Aber ist es nicht edler unterzugehen?

»Ein Werk auf die Katastrophe hin bauen«, dieses Nietzschewort liegt Hesse sehr nahe; er selbst könnte sein Werk auf die Katastrophe hin bauen oder gebaut haben. Bei Hölderlin wie bei Novalis sieht Hesse »das Schicksal des außerordentlichen, genialen Menschen, dem die Anpassung an die ›normale Welt‹ nicht gelingt; das Schicksal des Sonntagskindes, das den Alltag nicht ertragen kann, das Schicksal des Helden, der in der Luft des gemeinen Lebens erstickt«. Das ist die Begründung der Steppenwolf-Gedichte und -Ausfälle. Im Nachwort zu »Novalis« sowohl wie zum »Hölderlin« (beide bei Fischer) stehen Sätze, die jeder Freund des Dichters als dessen eigenes Problem, als seine eigene Qual erkennt.

Von Novalis sagt er: »Ebenso wie sein kurzes, äußerlich tatenloses Leben den Eindruck seltsamster Fülle macht und jede Sinnlichkeit wie jede Geistigkeit erschöpft zu haben scheint, so zeigen die Runen dieses Werkes unter spielender, entzückend blumiger Oberfläche alle Abgründe des Geistes, der Vergöttlichung durch den Geist und der Verzweiflung am Geiste.« Auch das Schicksal des Hölderlin gibt einen Aufschluß über die mitunter befremdlichen Lebensexperimente des Steppenwolf-Dichters. Das Schicksal Hölderlins läßt ihn mahnen: »Es ist lebensgefährlich, sein Triebleben allzu einseitig unter die Herrschaft des triebfeindlichen Geistes zu stellen, denn jedes Stück unseres Trieblebens, dessen Sublimierung nicht völlig gelingt, bringt uns auf dem Wege der Verdrängung schwere Leiden. Dies war Hölderlins individuelles Problem, und er ist ihm erlegen. Er hat eine Geistigkeit in sich hochgezüchtet, welche seiner Natur Gewalt antat.«

Hesses Studium und Liebhaberei wird mit den Jahren mehr und mehr die Magie. Sie ist ihm der bildhaft betonte Geist; die von allen Kräften der Sinne und der Seele zugleich erfüllte Phantasieform. Sie ist ihm das Siegel und die ergreifende Energie der Geste, der Andeutung, des Namens. Sie ist ihm eine Schutzwehr gegen die Verkümmerung der Instinkte sowohl wie gegen ihre Verrohung. In der Magie hat alles unbewußte Triebleben eine adäquate geistige Form gefunden. Es gibt von Hesse eine Charakteristik »Goethe und Bettina« (Neue Rundschau 1924), worin der alte Herr Geheimrat kaum

mehr kraxeln kann und doch die jüngsten Lebewesen noch in seinen Bann zieht. Hesse liebt das langsame Mittelpunktwerden, das den Mann von Weimar zu einer Zentralsonne am deutschen Himmel gemacht hat. Bei Mozart aber liebt er etwas anderes. Hier ist das rosenrote Papageno-Märchen und die dunkle Glut des Teufels Don Giovanni, den ein ewig kicherndes Kinderherz in Kontrapunktik und Koloraturen so ganz und gar zu verstricken und zu verwickeln weiß, daß dieser Unhold, mehr als von Blitz und Donner, von der genialsten Tonkunst überwunden und unschädlich gemacht wird.
Der »Steppenwolf«-Roman, dieses Unikum von Dichtung, ist Hesses jüngste und mächtigste Inkarnation. Wenn es gelänge, den Feind im eigenen Innern zu packen und aufzulösen, die treibende vitale Kraft auf eine plausible Formel zu bringen; wenn es gelänge, dies leidenschaftlich unruhige, wogende, quälende, aller Sublimierung und Zivilisierung hohnsprechende Wesen auseinanderzulegen, in zierliche Worte zu fassen, es mit aller Gnade und allem Licht zu durchdringen –: damit wäre etwas geschehen. Damit wäre diesem bisher unzugänglichen, namenlosen Wesen zu Leibe gerückt. Damit wäre für die Folge unliebsamen Überraschungen von der Instinktseite her vorgebeugt. Damit wäre die Lebenskraft selber entwurzelt und erschüttert; das Tier im Menschen wäre zutage gefördert und, wer weiß, vielleicht gebrochen. Damit wäre ein dämonisches Urbild gehoben, und einer Unsumme von Beängstigungen, von Hysterien, von schillernden Sophismen wäre der Weg verlegt. Damit wäre ein Humor ermöglicht, der mehr zu sein vermöchte als anstellige Verlegenheit und gute Miene zum bösen Spiel.

Es gibt neben dem Idylliker und Asketen einen robusten, veitstänzerischen, flagellantischen Hesse. Es gibt neben dem schwermütigen Dichter des »Demian« einen überschäumenden, girrenden, tönenden Klingsor, der über zehn Leben verfügt. Es gibt, seit dem »Steppenwolf«, einen Hesse, dem der Furor Teutonicus so gut bekannt ist wie der kleine schmachtende Pennäler. Er weiß die Harfe zu schlagen, daß sie unheimlich surrt und dröhnt, nachdem sie vergebens gesäuselt und gesungen hat. Der Wolf (auch in Wolfgang Amadeus und in Johann Wolfgang) ist ein Raubtier, das über scharfe Augen und Ohren und über ein respektables Gebiß verfügt. Rehen, Gänsen und Hasen, Eseln ebenso, ist dieses Tier sehr gefährlich. Es gibt, vor seinen geschärften Sinnen, keine intellektualistischen Kunststücke und mogelnden Flausen –: das ist der Ernst dieses Romans. Sein Spaß aber ist: daß dieses weltfremde Wesen noch mit fünfzig Jahren viele graziöse Steps hat tanzen müssen, ehe es imstande war, als ein richtiger Steppenwolf ein wenig Munterkeit in die literarische Zukunft zu bringen.

Vor diesem wohlgebauten Steppenwolf verfangen keine falschen Geburtstagstiraden. Nur der heilige Franz selber könnte ihn bekehren. Daß solch ein mythologisches Untier sich mitten in unserem modernen Leben mag blicken lassen, das deutet auf eine Zeit, in der man die Kunst der Liebe und der Begütigung, die verstehende menschliche Kunst, nur noch gedruckt, nur schwarz auf weiß noch zu finden vermag. Gleichwohl: in diesem männlichen ernsten

Buche ist, mit negativem Vorzeichen, die Romantik noch einmal. Hier ist die Mystik unseres Görres und die Welt des alten Brognoli. Mag man ach und weh und vielleicht Schlimmeres rufen; gleichwohl: hier ist der Versuch, die zusammengefaßten und auf eine glückliche Formel gebrachten Dämonismen unserer Zeit abzustoßen, um Raum zu gewinnen für alle Güte und unbehinderte Höhe. Hier ist ein jugendlich tanzender Kämpe, der mit Augen, in die man aus Scheu nicht zu blicken wagt, seine Sache verteidigt und seine Liebe schützt. Als Wappen- und Totemtier tritt er an die Spitze eines Bundes von heimlich Versunkenen, deren Herz und Geist die hohen Worte blank und rein erhalten wissen will.

# Arbeitsvorschläge

**zu 5.1.1**

1. **Der Text bildet den Schluß der Hessebiographie von Ball, die 1927 erschien. Wie stellt Ball die Verbindung zwischen den einzelnen Werken und der Person des Autors her? Vergleichen Sie damit Hesses eigene Ausführungen in den Texten des Kap. 2.**
2. **Wie interpretiert Ball den *Steppenwolf?* Welche Momente betont er, welche läßt er Ihrer Meinung nach aus?**
3. **Die Hessebiographie von Ball entstand in engem Kontakt zwischen Hesse, Ball und dem Verleger S. Fischer, der auch Hesses Bücher auf den Markt brachte; welche Art der Hesse- und besonders der *Steppenwolf*-Lektüre wird den Lesern in dieser Biographie nahegelegt? (Vgl. Sie dazu auch Ihre Ausarbeitungen zu 2.4.)**

### *5.1.2 Briefe an Hugo Ball*

Soweit meine Biographie einen Sinn hat, ist es wohl der, daß die persönliche unheilbare, doch notdürftig bemeisterte Neurose eines geistigen Menschen zugleich Symptom ist für die Zeitseele.

Besprechen müssen wir dann außer den Fragen, die Sie selbst stellen werden, noch allerlei Biographisches, ferner die Geschichte meines Verhältnisses zu Indien und Asien, dann auch meine Stellung während des Krieges. Meine erste Ehe steht fern genug, um, wenn nötig, kurz gezeigt werden zu können. Meine zweite ist noch nicht diskutabel ...

Meine letzte halb vollzogene Inkarnation, als Steppenwolf, kann noch mit einbezogen werden. Denn jene Gedichte des letzten Winters mit dem Titel »Steppenwolf« erscheinen noch vor Ihrem Buch.

*(Brief, 13. 10. 1926, an Hugo Ball)*

Es ist der zweite Januar, und ich hätte viel dafür gegeben, dies neue Jahr nicht mehr erleben zu müssen. Das Taedium vitae wird immer würgender. Zur Zeit sitze ich Tag für Tag, mit schmerzenden Augen und mit schmerzenden Gicht-Händen, an der Schreibmaschine um den Prosa-Steppenwolf ins Reine zu schreiben, der nach Fischers Absicht vielleicht schon zum Geburtstag als Buch erscheinen soll. Warum ich mich so plage, weiß ich nicht, es geschieht aus Sucht und Betäubung. Das Werk selbst hat mir keine Freude gebracht und ist mir schon jetzt zum Kotzen entleidet ...
Es grüßt Dich der halbverreckte
Steppenwolf H

*(Brief, 2. 1. 1927, an Hugo Ball)*

Caro e stimatissimo Ballo

Dein lieber Brief hat mir wohl getan. Ich lebe wieder wie gewöhnlich, und habe sogar vorgestern wieder gewolft und gestept, einen großen Maskenball, kompliziert dadurch, daß ich am gleichen Abend eine Vorlesung aus dem Steppenwolf im psychologischen Club halten mußte. Ich arbeitete also bis zehn Uhr Abends als Poet und Barde, ruhte eine halbe Stunde aus, und erschien um halb zwölf, wenig unternehmungslustig, in den Ballsälen, wo ich zum ersten Schluck Sekt ein Kopfwehpulver nahm. Allmählich umblühten mich die Mädchen so hübsch, daß ich doch warm wurde und ein paarmal tanzte, bis ich plötzlich (wie schon während der Grippe) Herzbeschwerden kriegte und mich setzte. Aber so im Lauf der Nacht stieg die Musik mir doch wieder ins Gebein, der schonungsbedürftige ältere Herr fing wieder an zu tanzen und zu küssen, und auf einmal war es Tag, die Musikanten liefen fort, die Stühle wurden auf die Tische gestapelt und auf der Straße fuhren lärmend und unnütz die Trambahnen. Um halb acht legte ich mich ins Bett, döste eine Stunde, dann wollte ich aufstehen, um mich zu waschen, aber jetzt war das Herz böse, schlug heftig und tat unangenehm weh, und dieser Tag war nicht entzückend, aber heute lebe ich doch wieder und tanze zwar nicht, habe aber doch keine Schmerzen mehr.

Ich glaube, ich schrieb dir, daß für den Steppenwolf nach Fischers Meinung eine gewisse Gefahr bestehe. Fischer schrieb mir nachträglich, ich möchte diesen Verdacht niemand mitteilen – also bitte behalte es für dich, falls ich dir was davon mitgeteilt habe. ...

Gestern schrieb mir Annette Kolb, neben ihrem und Schickeles Haus in Badenweiler sei ein Häuschen mit kleinem Atelier käuflich, und sie wünschten sich mich zum Nachbarn, ich möge doch kommen. So wird einem Steppenfuchs immer einmal wieder eine saure Traube über der Nase weg gezogen.

Ich freue mich auf Deine Arbeit, es wird mir merkwürdig sein in diesen Spiegel zu blicken. Wenn Du damit fertig bist, so schicke es gleich nach Berlin, und, falls du nicht einen leserlichen Durchschlag für mich hast, gib dort Ordre, daß die Korrekturbogen (nur zum Lesen) auch in einem Exemplar an mich geschickt werden.

Tanti saluti, Euch allen dreien!

*(Brief, ca. 22. 2. 1927 an Hugo Ball)*

# Arbeitsvorschläge

**zu 5.1.2**

1. **Die Briefe Hesses an Ball stehen in unmittelbarem Zusammenhang mit der Biographie Balls und dem** *Steppenwolf.* **Stellen Sie dar, wieweit das Bild, das Hesse hier von sich selbst gibt, in dem Textauszug von Ball wiederkehrt.**
2. **Wie ›rezipiert‹ Hesse in den Briefen sein eigenes Werk, den** *Steppenwolf,* **bzw. welche Rezeption legt er dem Leser der Briefe nahe?**

### *5.2 Beispiele für die zeitgenössische Rezeption des Steppenwolf*
### *5.2.1 Alfred Wolfenstein, Wölfischer Traktat*

Wäre bei uns nicht jede Generation ein Partikularstaat, und hielte nicht jeder Arm, als bereitwilligst hölzerne Fahnenstange, die eigne Fahne hoch, so würde dieses Buch Hermann Hesses vom »Steppenwolf« den gebührenden allgemeinen Eindruck machen. So aber fällt den Zwanzigjährigen erst einmal ein, daß Hesse fünfzig Jahre alt wird, und den Ältern: daß er lieber nochmals »Schön ist die Jugend« schreiben sollte, statt einen neuen wilden Anfang zu machen; Bürger werden verächtlich feststellen, daß einer, der im Kriege nicht zum Patrioten geschaffen war, sich jetzt mit Recht zum Wolf degradiere; und die Gegenpartei fragt wohl, warum er sich statt dessen nicht einfach Proletarier nenne.

Ein Mensch aus der Steppe der Gegenwart. Von drei Seiten können wir ihn sehen: Irgendwer berichtet, wie jener Mann sich als Mieter bei seiner Tante benahm; dann hört man ihn selbst; dazwischen taucht eine gelbe Broschüre als »Tractat vom Steppenwolf« auf, mit intim-objektiven Eröffnungen über diesen Mischling unsrer Zeit. Es handelt sich um einen Mann, der so männlich ist, sich nicht für eine Persönlichkeit zu halten, nämlich nicht für eine, sondern für eine ganze Masse davon. Um eine Bestie handelt es sich, die gegen die verlogene entartete Vorstellung von unsrer innern Einheit, diese wohl vom antiken Körper her aufgebaute schöne Selbsttäuschung, die Zähne bleckt. Es handelt sich um ein »ins Herdenleben und in die Städte verirrtes« Sonderlingstier; um einen Anarchisten, der voll rasender Wut auf dieses falsch dastehende Dasein Warenhäuser und Kathedralen zerschlagen und der bürgerlichen Weltordnung das Gesicht ins Genick drehen möchte. Es handelt sich um einen Revolutionär des Ichs.

Die Uneinigkeit des Ichs ist ein wichtiges Thema unsrer heutigen Dichtung. Schizophrenie und Phantasie sind im Schöpferischen schon an sich Verbündete, – und der Zeitgenosse hat auch sonst allen Grund, an der Einigkeit seines Innern zu zweifeln. Es wäre sonderbar, wenn so unruhige feindselige Zustände die Explosionen der Umwelt eine liebevoll in sich zusammenhängende Menschenseele zur Urheberin oder Zuschauerin hätten. Der Krieg stammt vom Krieg, und wir kennen uns; das ist bei alledem noch ein Vorzug, vielleicht sogar ein Unterschied gegen einst. Wir sehen, daß die Risse im heutigen Ich in jeder Kategorie ihre Folgen haben. Moralisch: wie sollen wir den Nächsten lieben, wenn wir mit uns selbst nicht einverstanden sind; psychologisch: wie sollen wir eine Figur darstellen, wenn unser Wesen ein ganzes Schachbrett miteinander streitender Figuren ist; soziologisch: wie sollen wir eine Gemeinschaft bilden, wenn wir weder runde Figuren noch richtige Liebende sind.

Diese Hauptfrage: ist uns Gemeinschaft möglich? wütet im Steppenwolf, einem Geschöpf mit Urinstinkten und mit Einordnungsverlangen. Dabei weiß er, diese zwei Seelen sind nicht etwa zuviel für seine Brust, sondern noch zu wenig, tausend vom Boden irdischer Energie bis zum Licht der Unsterblichkeit sausen darin, und er unterscheidet nicht einmal, was aufwärts, was abwärts saust. Dieser Steppenwolf schnobert an der Grenze hin, zwischen seinem vielfachen Ich und der vielfachen Menge der Menschen, – am Rande der Erlösung.

Denn es ist offenbar, daß die wilde Tatsache der Zerspaltung des heutigen Ich nicht von romantischer Art ist, sondern in einer bestimmten gewichtigen Beziehung zur Zerspaltung des Menschen in die Masse steht. Sie ist das verzerrte Gegenbild (man müßte es einmal in einer Komödie zeigen), die Massenlösung, die das Ich feige und krankhaft sozusagen in sich selbst sucht. Und eine große Bedeutung von Hermann Hesses Autopamphlet liegt darin, daß es dies nicht einmal mehr tragische Drückebergertum des jetzigen Bürger-Ichs entblößt. Eine Wandlung scheint hier unmöglich. Die innere Masse der zerbrochenen Seelenstücke kann nicht einfach durch Aufgehen in der äußeren Masse geheilt werden, so wenig wie der Speer die Wunde heilt. Manche behaupten ja allerdings, aus Kapitalisten Arbeiter geworden zu sein. Der Steppenwolf jedenfalls bleibt in der Mitte des Weges gefangen, »er wohnt weder in Palästen noch in Proletarierhäusern«, sondern in saubern Bürgerstuben, deren Geborgenheit er doch haßt, er haßt auch die Ausbeutung und besitzt Wertpapiere auf der Bank, er ist gegen den Krieg aufgestanden, ohne doch an die Wand gestellt werden zu können, er liebt den politischen Verbrecher als seinen Bruder, aber mit dem Diebe kann er nichts anfangen. Der Wolf in ihm ist selbst wieder in soundsoviel Wesen gespalten, und alles in allem ergibt: Halbheit. Er erkennt, daß er, der Feind des gestillten Bourgeois, am Ende dessen eigentlicher Helfer und Erhalter ist, denn »für das Bürgertum gilt der umgekehrte Grundsatz: Wer nicht wider mich ist, der ist für mich!« So tatlos verharrt er, obwohl die Welt doch von einem energischen Menschentyp wimmelt, der sich »im nächsten Krieg fabelhaft bewähren wird«. Er findet allerlei Auswege. Liebesgenuß soll die Unzufriedenheit kitten, ein Traumtheater bietet möglichste drückebergerische Abwechslung hinter Logentüren mit Aufschriften wie: »Einsiedlerspiele« – »Alle Mädchen sind dein, Einwurf eine Mark« – »Mutabor, Verwandlung in beliebige Pflanzen« – »O daß ich tausend Zungen hätte!! Nur für Herren« – »Anleitung zum Aufbau der Persönlichkeit« – »Hochjagd auf Automobile« (dies eine besonders reizvoll erzählte Groteske). Die höchste Ausflucht aber geht durch einen Maskenball in die Musik, – bis der angebetete Mozart erscheint und ihn ganz im Gegenteil auf die »verfluchte Radiomusik des Lebens« verweist, er soll das Chaos von neuem anhören lernen, er soll sich nicht selbstmörderisch vom Tode töten lassen, sondern das Leben möge ihn hinstrecken! Der Steppenwolf muß über sich selbst und über den Bürger hinweg von neuem vorwärts zu traben versuchen.

Dies Werk spricht in scharfen, erschütternden, phantastischen und klaren Worten zu uns, es hat eine wunderbare Höhe über jener einst seinen Dichter umfangenden Sentimentalität erreicht (die ihm jetzt nur wertvoller erscheint als etwa überhaupt keine Gefühle zu haben). Der Tumult der Gegenwart zeichnet sich deutlicher als an den mitschwankenden Gestalten an solchem Werk eines überragend redlichen Dichters ab. Es ist, glaubt man sagen zu dürfen, ein willkommener Vorstoß zur immer noch so schwachen Front aller Freunde einer zukunftsreichen Auflösung, aller Feinde dieser alten, in ihrem Gegeneinander wie in ihrer Ordnung gleich falschen Welt. Weniger der einzelne Lebende als diese Welt leidet an jener Schizophrenie. Und da es bei der Spaltung des heutigen Ich nicht um das Doppelgängerspiel der Romantik geht, auch nicht um die weltschmerzliche Zerissenheit des Byron-Menschen, da es vielmehr die Vorstufe zu einer wohl grandiosern Zusammenführung der Menschen ist als die Erde je eine gesehen hat: so wird auch die Dichtung, diese wesentlichste, menschlichste Äußerungsart, das starke Motiv in einer unmittelbarern Wirklichkeitsform als je behandeln, wie es im »Steppenwolf« schon geschehen ist.

Dann muß ein solches Werk freilich nicht mit dem wölfischen Weiterschweifen an der europäischen Mauer enden, auch nicht mit dem Ausblick in die rettende Weite des Humors, was bei so weiter chaotischer Problematik eher selbst nur ein humoristischer Einfall genannt werden kann. Sehe ich eins der letzten Bilder des Dichters und sein vom Leben durchgearbeitetes Gesicht an, so spüre ich Hermann Hesses graden, von seiner schönen Musik begleiteten Vormarsch auf jenem Wege der Kunst und des Kampfes, wo es gegen die Erbfeinde unsrer menschlichen Zukunft geht. Und wer diesen Schritt gegen sich selbst getan hat, will ihn nicht mehr zurück tun. Der Steppenwolf ist eine Dichtung des gegenbürgerlichen Mutes. (1927)

# Arbeitsvorschläge

**zu 5.2.1**

1. **In welche thematischen Aspekte ordnet Wolfenstein den** *Steppenwolf* **ein? Bestimmen Sie sein Leseinteresse und sein Problembewußtsein.**
2. **Inwiefern stellt sein Beitrag eine ›Kritik‹ dar?**
3. **Vergleichen Sie den Text mit 5.1; bestimmen Sie die Unterschiede in Interesse und Problembewußtsein der Autoren.**

### *5.2.2 Felix Braun, Hermann Hesses neues Buch*

An seinem fünfzigsten Geburtstag läßt Hermann Hesse ein neues, dichterisches Buch erscheinen, darin die lange verborgengebliebene Gefahr seines Schicksals die zuerst in »Roßhalde« überraschte, in »Demian« offen sich aussprach, in »Siddhartha« beschwichtigt, ja, versöhnt schien, so schonungslos kundgetan, so vorbehaltlos dargelegt wird, daß es dem Leser nicht leicht fallen mag, für den geliebten Dichter noch zu hoffen. Fast auf jeder Seite fühlt man sich versucht, Striche an den Rand zu setzen, was da vom »Steppenwolf« in unserem Innern verraten wird: Erschüttert begreifen wir wieder das Bibelwort, das von den »zerschlagenen Herzen« kündet. Es bedeutet die Möglichwerdung eines solchen Buches eine Infragestellung nicht allein der Welt und der Zeit, sondern des Herzens selber, das jeder Verantwortung überhoben wird, weil es eben nicht mehr auf einem einzigen festen oder doch umgrenzten Ichbewußtsein ruht; der Psychoanalyse folgend, löst der Bekenner die Einheit des Ichs in eine Vielheit auf, so daß ein Begriff, wie der der Schuld oder der Rechtfertigung nicht mehr auf sie anwendbar bleibt. Daß ein solcherart dämonisiertes Leben nur schwer, kaum selbst durch Gnade rettbar ist, wissen diejenigen, die getroffen sind. Denn das furchtbare Buch ist Hermann Hesses jetziges Selbstbildnis nicht allein: es ist unser aller wahrhaftes Innenbildnis aus jener Zone unseres Wesens, die zu erkennen verwehrt bleibt wie der Genuß der Paradiesesfrucht oder das Antlitz der Isis.

Während im »Demian« der Geist Ahrimans noch außerhalb des Herzens empfunden wird, ist er hier als »Steppenwolf« bereits im Innersten drin und unvertreibbar, unüberwältigbar. In dem erschütternden, Wort für Wort zutreffenden »Tractat vom Steppenwolf« wird die Natur unseres verdammten Herzens so erschöpfend entlarvt, daß nun nichts zu tun übrigbleibt, als die enthüllte Vielspältigkeit unseres Wesens durch einen Entschluß, der freilich einer heroischen Tat gleichbedeutend wäre, zu der alten Einheit wieder zurückzuharmonisieren, in der allein sie verantwortet werden kann. Aber nicht dieser Weg ist hier angegeben: Es geht das Buch Hermann Hesses, trotz einer scheinbaren Linderung, die jedoch unmöglich dauern kann, nihilistisch aus. Eine ferne Hoffnung auf Erlösung wird nicht verschwiegen: Aber selbst wenn das Lachen der Unsterblichen, das als das letzte Ziel dem Dichter noch erstrebbar gilt, in seinem Herzen auch erschölle: Das reine Lachen Mozarts wäre es kaum. »Siddhartha« freilich kannte es anders.

Dieser Ausblick wohl trägt mit die Schuld daran, daß wir von Hesses Werk mit einer Empfindung scheiden, die wir nur ungern zulassen. Denn es kann eine solche Selbstentblößung, wie sie hier gewagt wird, nur gerechtfertigt werden, wenn sie Frucht trägt. Ein ungeheures Selbstgespräch ist das ganze Buch, alle seine Figuren nur Teile der Seele des Dichters, und nicht ohne einen tiefbewußten Grund erhielt die schwesterliche Gegenspielerin die weibliche Form des Namens, den Dichter und »Steppenwolf« gemeinsam tragen; nicht ohne Bedeutung kann es sein, daß jene Freundin des Dichters, in der er zum Ende sich selbst begehren und lieben lernt, eine Hetäre ist. Es erreicht aber solches selbstisches Wesen einen Grad, der notwendigerweise alles das fernhalten muß, was Liebe ist, und dieses Lieblose führt dazu, den Leser von dem Dichter, bei aller liebenden Ehrfurcht, dennoch zu trennen.

Das Schicksal, das Hermann Hesse vor aller Augen durchkämpft, bedeutet mehr als nur ein persönlich tragisches. [...] Das Erbgut des Idyllischen soll vernichtet werden, damit das Heroische erfahren werden kann. Der »Steppenwolf«, der aus Peter Camenzinds Träumerherzen zum Vorschein kam – nein, er war damals nicht gemeint. Eingetreten jedoch ist die riesige Winternacht der Zeit, die keiner mehr übersteht; und die Wölfe wagen sich aus dem Dickicht ins Schneelicht. Hölderlin rettete der Wahnsinn vor dem Blick in den tödlichen Abgrund des Herzens. Der Dichter, verdammt, in solcher Zeit zu leben, kaum sieht er die gelben Lichter funkeln, unten, wo keine Wurzeln mehr sind, die festhalten, die nähren und bilden: so ist er verloren: der Wolf springt ihm ins Herz.

Das Außerordentliche, das Einmalige des Leidensschicksals Hermann Hesses liegt daran, daß aus dem Bereich der letzten Erkenntnis, welche die Weisheit Indiens und Chinas ihm gegönnt, ein solcher Rückfall möglich wurde. Der Versuch, aus diesem Sturz sich zu erheben, kann auf die Weise, die der Glaube lehrt, nicht wieder unternommen werden: einzig das Reich, das sonst gemieden blieb, vermag noch Leben einzuflößen. Ja, wo Versäumtes nachholbar werden darf, atmen wir doch auf. Letzte Neige Glücks trinken wir, und es erhöht die Lust, daß die Hände zittern, die den Becher halten. Die Szenen der beiden Frauen Hermine und Maria, die Episoden der Tänze, des großen Balles, die Vision des Phantasietheaters jenes Saxophon-Musikers Pablo, der wohl die beste Gestalt des Buches ist, bedeuten etwas herzergreifend Wahres – trotzdem kann es nicht sein, daß ein Konflikt, der gewissermaßen aus unserem Urgrund selber gehoben ist, so gelöst werde: denn immerhin ist diese Stufe eine niedrige. Das Lachen der Unsterblichen erschallt hier falsch, nicht bloß, weil zu viel törichtes Lachen hier die Regel ist. Und solange dieses Lachen als ein furchtbares gilt, ist der Humor nicht erreicht, und wird die Bereitschaft des Dichters, »das Spiel nochmals zu beginnen und noch oft zu durchwandern«, verhindern, daß jenes Unsterbliche, einzig Heilige, errungen oder empfangen werde.

»Eine edle Seele erträgt so wenig anhaltend moralische Dissonanzen als das Gekritzel eines Messers auf Glas«, schreibt der einundzwanzigjährige Schiller in der Vorrede zu den »Räubern«. In einem wenig späteren Brief an Reinwald – ich entnehme beide Stellen dem wunderbaren Buch »Schillers Selbstcharakteristik aus seinen Schriften«, das Hugo von Hofmannsthal im Verlag der »Bremer Presse« herausgegeben hat, und das wie ein herrliches Hochgebirge fast das gesamte literarische Tun der Zeit überragt – stehen folgende Worte: »Liebe, das große unfehlbare Land der empfindenden Schöpfung, ist zuletzt nur ein glücklicher Betrug. Erschrecken, entglühen, zerschmelzen wir für das fremde, uns ewig nie eigen werdende Geschöpf? Gewiß nicht. Wir leiden jenes alles nur für uns, nur für das Ich, dessen Spiegel jenes Geschöpf ist. Ich nehme selbst Gott nicht aus. Gott, wie ich ihn mir denke, liebt den Seraph so wenig wie den Wurm, der ihn unwissend lobt. Er erblickt sich, sein großes unendliches Selbst in der unendlichen Natur umhergestreut, in der Allgemeinsumme der Kräfte berechnet er augenblicklich sich selbst; sein Bild sieht er aus der ganzen Ökonomie des Erschaffenen vollständig wie aus einem Spiegel zurückgeworfen, und liebt sich in dem Abriß, das Bezeichnete in dem Zeichen. Wiederum findet er in jedem einzelnen Geschöpf (mehr oder weniger) Trümmer seines Wesens zerstreut.« Ich zitiere diese Stelle, um zu zeigen, welche Antwort der Dichter des »Steppenwolfs« sich selbst hätte geben müssen. Denn im Grunde ist es keine andere Erfahrung, die er erleidet, wohl aber wird eine andere Geistesgegenwart gefordert. Größe der inneren Fruchtbarkeit unserer Seele gegenüber, das ist's, was mangelt. Hätte sie sich erkämpfen lassen, das Buch vom »Steppenwolf« wäre das wichtigste der Epoche geworden. So aber wurde bloß von der Verzweiflung die Frage gestellt, die Antwort aber den Unsterblichen überlassen.

Dennoch sei das Buch des großen Dichters ehrfürchtig, dankbar und bewundernd gegrüßt. Um seines Leidens willen muß es geliebt werden, denn ergreifend, erschütternd ist es, mitanzusehen, wie ein Mensch ohnmächtig einem Dämon überliefert ist, dessen er sich nur noch so zu erwehren weiß, daß er ihn anerkennt. Darin liegt, scheint mir, das überaus Bedeutende, das Vorbildliche dieses Werkes, daß zum erstenmal vielleicht ein innerer Kampf so vor sich geht, daß der Dämon selber ausgedauert und anerkannt wird. Wenn die Dissonanzen überwiegen, wenn das Gekreisch des Messers auf Glas den allzu Empfindlichen mehr als einmal stört, verdrießt, ja geradezu überreden will, von dem Buch zu lassen, so trägt gewiß nicht allein der Dichter Schuld daran, sondern die ganze, hörbar genug dissonierende Zeit. Sehnsucht nach dem Wiedergewinn der verlorenen Einheit des Herzens spricht unendlich rührend aus jedem dieser Blätter; denn was haben wir im Grunde erreicht, wenn wir wissen, daß wir aus vielem bestehen: Gefühlen, Empfindungen, Trieben, Wünschen, Ängsten; daß wir dieser Vielheit jedoch nicht mehr Herr zu werden fähig sind? Aber damit unser Los leichter zu tragen und besser zu deuten sei, entblößen die Dichter ihr Herz. Vielleicht heilen sie es selbst durch eine solche Handlung, deren Mysterium der nur Zuschauende, wie ergriffen er sei, kaum je zu erfassen vermag. Kein Wunsch kann Hermann Hesse zu seinem fünfzigsten Geburtstag inniger zugedacht werden als dieser. Das schöne Dichtwerk, das nur dadurch in die Welt treten wird, weil der »Steppenwolf« ihm d ie Bahn gebrochen, mag wohl der oder jener seiner Freunde heute schon ahnen. Wenige unter den mit uns lebenden Dichtern haben soviel Gnade empfangen wie Hesse; längst ist er unter die Unsterblichen aufgenommen, aber er ahnt noch nicht, daß ihn von jenen heute nur eines scheidet: die Art des Lachens. Nicht wie er sie jetzt zu hören meint; vielmehr wie er, als Jüngling, den Wolken nachschauend, sie vernahm, diese ist ihre wahre Weise, und auch ihm wird sie zurückverliehen werden am Ende der Leiden.

(1927)

# Arbeitsvorschläge

**zu 5.2.2**

1. **Bestimmen Sie die Interessen, die Braun bei der Kritik des Buches geleitet haben.**
2. **Was kritisiert er an dem Werk?**
3. **Worin sieht er dessen Bedeutung?**
4. **Vergleichen Sie sein Verständnis des** *Steppenwolf* **mit dem von Wolfenstein in 5.2.1: Woran wird deutlich, daß beide Autoren über dasselbe Buch schreiben?**

### *5.2.3 Kurt Tucholsky, Der deutsche Mensch*

In der vorbildlich noblen und sachlichen Art, in der der Verlag S. Fischer seine Autoren fördert, hat man dort auch den fünfzigsten Geburtstag Hermann Hesses begangen. Hugo Ball hat ein Buch über das Leben und das Werk des Geburtstagskindes geschrieben.

Der Dichter hat es in den Zeitungen und Zeitschriften ja nicht schlecht zu lesen bekommen – der Trivialität solcher Gratulationen haben sich viele dadurch zu entziehen vermeint, indem sie kräftig auf die Kongratulanten schimpften; sie haben sich wohl auch zu Unrecht vor Hesse etwas geschämt, als sie mit dem Sträußchen kamen...Ball hat mehr getan als sie: er hat ein ganzes Buch verfaßt, in dem sehr beredte Fotografien Hesses von vielen Lebensaltern zu sehen sind.

Inzwischen scheint es zum Gemeingut des deutschen Leserpublikums geworden zu sein: daß Hesse ein unglücklicher Mensch ist, daß er ein zwiegespaltenes Herz in der Brust trage; daß er sich gewandelt habe, und alles das setzt Ball recht ausführlich auseinander.

Der Idylliker Hesse, der für meinen Geschmack fast niemals süßlich gewesen ist, verwandelt sich verhältnismäßig früh in einen zerissenen, mit sich zerfallenen, tappenden, suchenden und unzufriedenen Romantiker, der keiner sein will, der doch einer sein will, der sich einen Turban aufsetzt und darunter ganz leicht pietistisch schwäbelt...Die Wandlung lag früh am Tage; Hesse hat, in unbeirrbarer Reinlichkeit, niemals eine Marke ausgewalzt. Im April 1914 schrieb ich hier:

»Nun hat er sich gewandelt; er ist älter geworden, und es bereitet sich da irgend etwas vor. Wenn nicht vorn auf dem Titelblatt der Name Hesses stünde, so wüßten wir nicht, daß er es geschrieben hat. Das ist nicht unser lieber, guter alter Hesse: das ist jemand anders. Eine Puppe liegt in der Larve, und was das für ein Schmetterling werden wird, vermag niemand zu sagen. Es ist schön, daß jemand im besten Mannesalter noch einmal frische Triebe ansetzt und wieder neue Blüten entfalten läßt.« Das war, als »Roßhalde« erschienen war.

Dann kam diese Wandlung, und Hugo Ball bemüht sich, sie mit liebevoller Umständlichkeit zu erklären. Sehr schön, wie er diese ›bürgerliche Epoche‹ charakterisiert. »Er ist der Steppenwolf und Outsider, der Knulp und Wanderer, der Antiphilister und Leidende; auch in der Ehe. Auch im eignen Hause ist er ein Fremder, den man beherbergt; ein fahrender Geselle, den man füttert, und der sich der Hauskatze näher fühlt als all seinem schönen Besitz.« An dieser Stelle ist dann übrigens auch von einem Freund Hesses die Rede – aber jeder Vergleich Hesses mit dem ist eine Beleidigung. Es ist der Rosendoktor Ludwig Finckh. Daß der Mann schlechte Bücher geschrieben hat, besagt gar nichts gegen ihn. Aber einen Burschen sanft anzufassen, der im Kriege dieses geschrieben hat:

»Unser Eichbaum wächst – glücklich, wer ihm den Boden mit seinem Herzblut düngt« und:

»Das Glück der Schlachten« und:

»Nun schießt dem Feinde ins Gesicht, damit die Welt uns zuletzt noch unsre Liebe glaubt« – und das alles von Gaienhofen aus: ich habe für diese Sorte Mensch kein Verständnis und kann nicht begreifen, wie der blutvolle Kriegsablehner Ball sich mit so etwas überhaupt abgibt.

Hermann Hesse selbst hat sich im Kriege sehr sauber benommen: er hat für die Kriegsgefangenen in der Schweiz gearbeitet; mir ist von ihm kein gedrucktes Wort bekannt, das jemals zum Kriege aufgehetzt hätte. Die Zurückhaltung, die er während der Kriegszeit geübt hat, ist seine Sache.

Somit wäre also nur, verspätet aber nicht minder herzlich, gleichfalls zu gratulieren; wenn mir nicht das Buch Hugo Balls einige Gedanken eingäbe, die mit der modischen Überschrift, die ich diesem Aufsatz gegeben habe, in engem Einklang stehen.

Da wird uns auf zweihundertsiebenunddreißig Seiten genau auseinandergesetzt, was es denn mit Hesse für eine Bewandtnis habe, und inwiefern er und warum er nicht, und wo er stehe, und die Psychoanalyse wird bemüht, wobei sich übrigens der uns nicht überraschende Eindruck einstellt, daß mit fortschreitendem Gebrauch dieser Terminologie ihre Banalität wächst, und daß es bald überhaupt nichts mehr besagt, wenn einer die Neurosen seines Objekts recht herrlich präsentiert. Es ist schade: noch ein paar Jahre, und die Vulgär-Psychoanalyse wird auf die Köchin gekommen sein. »Warum ich die Vase zerbrochen habe? Gnätche Frau, ich habe Hemmungen, wenn ich Vasen sehe – –!« Und dann ist es aus, denn wenn Köchinnen sogar schon Hemmungen haben, dann sind sie nicht mehr fein.

Es erhebt sich also in dem Buch Balls ein unendlicher Trubel an Erklärungen. Da gibt es eine »Klingsor-Periode« und eine »Demian-Zeit« und noch eine Epoche und noch einen Lebensabschnitt ... und das wollen wir auch gewiß glauben.

Was ist damit ausgesagt –?

Etwas für das Lebewesen Hesse? Jedes Lebewesen hat wahrscheinlich solche Epochen, Perioden, Abschnitte, sofern es überhaupt denkt und geistig sich entwickelt. Für den Künstler –? Nichts ist für den Künstler damit ausgesagt.

Es gibt nur eines:

»Speelt man god –!«

Hermann Hesse hat, fern vom Problematischen, immer gut gespielt: seine naturalistischen Schilderungen sind fast unübertroffen, kräftig im Ton, bunt in der Farbe, sauber, voll Blut und Luft und Atmosphäre ... Das Zerrissene hat er mir niemals zu recht gestalten können, und daß ein Künstler zerrissen ist, geht uns wohl wenig an. Er soll das bilden.

Aber angenommen selbst, er hätte es gebildet –: was will das besagen?

Mir scheint es ein deutscher Nationalfehler zu sein, mit ungeheuerm Seelengeräusch im Resultat nicht viel mehr als andre Völker zu produzieren. Ich kann den Unterschied zwischen einem unmystischen Amerikaner, der die

Schande Sacco und Vanzetti, und einem mystischen Deutschen, der diese Justiz duldet, nicht als gar so groß empfinden. Und nichts nehmen einem die Herren mehr übel als diese rationalistische Frage nach dem Resultat.

Hugo Ball wittert das. Daß Hesse nicht sozial funktioniere, wird erklärt, umschrieben, begründet – also zu entschuldigen versucht. Ball muß das Postulat fühlen, die stumme Forderung, bei der da einer gepaßt hat. Er fühlt sie. Und weil es so schwer ist, in diesem Volk der Richter und Henker als geistiger Mensch nicht anzuecken, so wird nun der Spieß herumgedreht und jeder, der gesellschaftliche Fehlleistungen vollbringt, ist schon ein innenwendiger Held, ein großer Mann, ein verkannter Heiliger. Ball vermerkt die Anmerkung Thomas Manns, »daß die namhaften Franzosen meist als Musterschüler gelten können und solche gewesen sind«. Ein Primus sieht viele. Aber Ball fährt richtig fort, indem er von Frankreich sagt: »Es könnte sein, daß die jungen Leute weniger Widerstand finden; daß ihr Enthusiasmus mehr getragen, daß die Absonderlichkeit leichter eingeordnet, mit einem Wort, daß die Lehrer frischer, beschwingter, lebendiger sind. Der Beruf des Schriftstellers ist wohl mehr anerkannt; der Bezug auf die Gesellschaft ebenso. Eine Elite, die von Idealen getragen ist, scheint dort mehr vorhanden, gegenwärtiger zu sein. All dies verbrückt den Unterschied zwischen Begabung und Umwelt. Gestalten wie Rimbaud sind dort Ausnahmen; bei uns fast die Regel. Wir haben theoretisch ein Erzziehungswesen, eine Reformbestrebung in Permanenz, die hinter keinem Lande zurücksteht; aber das ist ein in sich geschlossner Staat, der seine hochinteressanten Debatten eigentlich beständig für sich und um der Übung willen betreibt. Dieser Reformbestrebungsstaat scheint weit entfernt, in praxi einen erheblichen Einfluß zu gewinnen oder gar eine Änderung zu bewirken.«

Das will er auch gar nicht.

Und es ist eben um so vieles leichter, in Frankreich zu leben und als Geistiger zu leben, weil die Leute natürlicher sind: zunächst die Ungeistigen, aber die andern auch. Diese Pfauengrandezza der ›deutschen Menschen‹, diese bombastische Schwerfälligkeit, mit der jeder seinen kleinen Sparren in Szene setzt, aufpustet, ernst nimmt – das ist drüben seltner. Und wird verlacht. Wie ja denn überhaupt Beschaffenheit und Reputation der Deutschen und der Germanen im umgekehrten Verhältnis zueinander stehen: so, wie die einen in den Augen der Welt aussehen, so sind die andern. Was fehlt aber Hesse, was fehlt dem ›deutschen Menschen‹, das ihn so unleidlich macht, das seine Vorzüge aufhebt, seine Fehler verdoppelt? Was fehlt ihnen –?

Eine Geburtstagskritik, eine einzige von allen, die ich gesehen habe, nannte den Begriff, der Hesse fehlt. Das stand in der ›*Stuttgarter Sonntagszeitung*‹ Erich Schairers. »Es wäre denn, daß ihm die Vereinigung der beiden Seelen in einer Brust, die Bändigung des Steppenwolfs doch noch gelänge. Einen Weg dazu gäbe es, gibt es: den des Humors.« Ave.

Hesse hat keinen Humor. Der ›deutsche Mensch‹, der da, den ich meine: er hat keinen Humor. Hätte er ihn, er wäre so nicht.

Das Wort liegt in falschen Schiebkästen – ich will es schnell herausholen. ›Humor‹ hat fast gar nichts mit Witz zu tun – noch weniger mit dieser schrecklichen Kneipenseligkeit, die man als ›deutschen Humor‹ ausschenkt. Wenn ich mein Latein nicht ganz vergessen habe, hängt die Urbedeutung des Wortes mit dem Begriff ›Feuchtigkeit‹ zusammen. Sie sind trocken – trocken sind sie.

Dieser ›deutsche Mensch‹ hat den tierischen Ernst einer Kuh, eines Hundes, eines Möbelstücks. Dergleichen lacht nicht. Von Selbstironie, diesem seltenen Artikel, will ich gar nicht reden. Aber man betrachte einmal dieses Pathos von der Nähe, auf die Nähte hin – wie das klafft, wenn man dran wakkelt, wie das reißt! Hesse hats gespürt, sonst wäre er heut nicht gespalten, sonst wären die Leser nicht gespalten, die ihn lieben – denn er ist wichtig als Exponent. Er ist wichtig wegen seiner Auflageziffern, hinter ihm sitzt eine Welt. Und liest.

Humor hat er nicht. Humor: zu wissen, daß es, nachdem man tapfer gewesen ist, alles nicht so schlimm ist. Humor: zu fühlen, daß es von oben reichlich unsinnig aussieht, was wir hier aufführen. Und dennoch zu seiner Sache stehen. Und abends um neun, wenn alles fertig ist, zu wissen: es lohnt sich kaum – aber man muß ran.

Humor ist kein Weg, liebe ›*Sonntagszeitung*‹.

Humor ist ein Element, das dem deutschen Menschen abhanden gekommen ist.

Dies nun bewegt sich auf einer Ebene, die Hesse bewohnt und der man sich mit dem Hut in der Hand zu nähern hat: vor der Reinlichkeit, vor der Künstlerschaft, vor der Begabung des Bewohners. Um so schärfer aber muß dies gesagt werden:

Nie zuckt der ›deutsche Mensch‹ so zusammen, wie wenn man ihn fragt, welchem Zweck denn der vielzitierte Spektakel in seiner Seele eigentlich diene. Ich habe das neulich die deutsche Jugendbewegung gefragt, zwei Mal. Der Krach war nicht schlecht, der sich da erhob. Und erst kürzlich hat mir einer in der ›*Vossischen Zeitung*‹ geantwortet.

»Wrobel mißt an der Literatur, am Vokabularium der Jugendbewegung die wirklichen Zustände der Gegenwart und kommt zum Schluß, daß die Jugendbewegung unwertig sei, weil ihrer Literatur so gut wie nichts an Gesellschaftsgestaltung entspricht... Wenn Wrobel es der Jugendbewegung zur Last schreibt, daß sich in unsern Schulen, auf unsern Universitäten, im Polizeiwesen nichts gewandelt hat, so wird er sich dessen offenbar nicht bewußt, welch eine enorme Meinung er von der Jugendbewegung hat.« Nein, aber die Jugendbewegung hat diese enorme Meinung von sich, und nach der habe ich gemessen und das Nullergebnis festgestellt. Das wird zugestanden. Der Mann fährt fort und beantwortet die Frage, was denn die Jugendbewegung geleistet habe.

»Sich selbst hat die Jugendbewegung geleistet.«

Da will ich nicht stören.

Dies aber ist deutsch:

Daß dieser unendliche Innenrummel Selbstzweck ist; Selbstzweck jene Wandlungen und Verkündigungen der Wandlung; Selbstzweck die Bünde und Spaltungen; Selbstzweck die Bekenntnisse und die Ableugnungen – Selbstzweck das Prunken mit Neurosen, das Verstecken von Neurosen, Selbstzweck Leidenschaften, innere Stürme, neue Romantik.

Es ist kein Zufall, daß diese Innenkünstler fast immer reaktionär sind oder aber – und das ist der schlimmere Fall – von Reaktionären benutzt, ausgenutzt und mißbraucht werden können. (Mit Shakespeare geht das nicht. Mit Tolstoi geht das nicht. Mit dem echten Goethe geht es nicht.) Und es kann einer etwas für den, der ihn ausschlachtet.

Es ist ja nicht nur das, daß diese Idylliker nur mit der Rente vorstellbar sind; da werden doch bäurische Besitzverhältnisse, Ausbeutungsverhältnisse, Gesellschaftsverhältnisse als festbestehend vorausgesetzt, sogar als gebilligt vorausgesetzt – sonst kann kein Hermann Klaras Lockenband entwenden – sie hätte keines oder doch ein sehr schmutziges, und Hunger hätte sie und röche nicht gut. Das allein ist es nicht.

Es ist auch so, daß solche behaglichen Idyllen von Reaktionären gern gelesen werden; sie lesen sich doppelt schön; die Seele geht auf wie ein Butterkuchen, wenn man vorher einen Polizeihäftling leichtsinnig in Untersuchungshaft hat sitzen lassen. Vater kommt nach Hause, zieht den Hausrock an und ›ist ein gebildeter Mensch‹. Musik tut übrigens dieselben Dienste.

Und nicht das allein mache ich dieser Literatur, diesem Innenleben und diesem deutschen Menschen zum Vorwurf. Ihr Selbstzweck ist die Erbsünde.

Natürlich haben wir das Recht, zu fragen: Wem nützt es? Natürlich lange ich mir so einen Korb voll Jugendbewegung, hebe ihn hoch und frage: »Nun? Und was wird das, wenns fertig ist?« Daß die Jugendbewegung die Polizeistuben nicht ändern kann, weiß ich allein.

Daß sie aber nicht die Menschen hervorbringt, deren Einzug in die Ämter die Ämter wandelt –: das ist ihre Sünde! Wie die der deutschen Innenwelt.

Wenn sich der ›deutsche Mensch‹ nach diesen Schlachten des Seelenlebens, nach diesen Geißlungen, Aufblähungen, pathetischen Herzenstrillern nicht nach außen dokumentiert, dann ist sein Tun eben das, als was ich es hier schon einmal charakterisiert habe: eine tote Last und ein Gesellschaftsspiel.

Denn was anders als Gesellschaftsspiele unbeschäftigter Herren und Damen sind jene vulgären Psychoanalysen auf jüdischer und jene ästhetischen Untersuchungen über »Raum und Rhythmus im Geist der Zeit« auf christlicher Seite; wobei die Kongreßteilnehmer der Ästhetik den Rekord der Substanzlosigkeit schlagen. Die unterhalten sich überhaupt über gar nichts mehr – ihre Reden, etwa zu Darmstadt und anderswo, sind fast immer völlig allein. Irgendeinen Einfluß hat das Zeug von ihnen allesamt nicht.

Dieser Aufwand –! Diese Terminologie –! »Von der Verantwortung des deutschen Nachwuchses«. – »Grundlagen und Ziele bündischer Erziehung«. – »Neudeutsche Wirtschaftsproblematik«. – »Deutsches Schicksal ... Das

Führerproblem in der Jugendbewegung...Die studentische Einheitsbewegung...Älterenbund...«Und? Na und? Was kommt dabei heraus –?

Dieses Deutschland. Diese Richter. Diese Reichswehr. Diese Behandlung von Proletariern. Diese Wirtschaft. Dafür der Auflauf? Dafür atavistische Züge und südlicher Zauber und Gottgefühl und einsame Wanderer und »er kommt her von...« und »für ihn bedeutet Seele...« und Überbetonung und Neurose und Instinktfehler und die ganze türkische Musik –?

Geschenkt.

Mir bedeuten diese jugendlichen Bündler und die deutsche Seele und die neukatholische Mystik und der deutsche Mensch einen Schmarren, wenn sich das Brodeln ihrer Seele nicht nach außen in die Tat umsetzt. In solche nämlich, die nicht das Paradies auf Erden schafft. Die aber wenigstens blutigstes Unrecht verhindert, die zerstörtes Rechtsgefühl aufbaut und das eigne Volk nicht mit Honigbroten füttert, sondern den Mut aufbringt, ihm die Wahrheit zu sagen. Wenn euer Innenleben, auf das ihr so unendlich stolz seid, ihr traditionellen Individualitäten, einen Wert haben soll: hier ist eure Insel. Hier springt an.

Hermann Hesse aber unsre verspäteten, aufgewärmten und schmackhaftesten Glückwünsche.

# Arbeitsvorschläge

zu 5.2.3

1. Stellen Sie zusammen, was nach Tucholskys Meinung Merkmale des ›deutschen Menschen‹ sind.
2. Versuchen Sie, ein Menschenbild zu entwerfen, das die entsprechenden positiven Züge aufweist; wieweit entspricht dies Ihren Idealvorstellungen?
3. Vergleichen Sie den Auszug aus Balls Biographie und Hesses Selbstverständnis – auch nach Kap. 2 – mit Tucholskys Kritik.
4. Beschreiben Sie die *Steppenwolf*-Lektüre, d ie zu Tucholskys Kritik Anlaß geben könnte. Welche der in diesem Kapitel abgedruckten ›Rezeptionen‹ kommt dem am nächsten?

5.3.

Schriftliche Ausarbeitung:
Stellen Sie dar, welche Funktion die poetische Literatur für Ball, Wolfenstein, Braun und Tucholsky hat. Ziehen Sie zum Vergleich weitere Literatur aus den Materialien zum *Steppenwolf* (S. 251–400) heran. Welche Funktionsbestimmung kommt derjenigen am nächsten, die Sie aus den Texten von Hesse in Kap. 2 ermittelt haben?

## *5.4 Hesses Reaktion auf die Kritik*

### *5.4.1 Vom Steppenwolf*

Dem rührigen Besitzer einer kleinen Menagerie war es gelungen, für kurze Zeit den bekannten Steppenwolf Harry zu engagieren. Er kündigte dies in der ganzen Stadt durch Plakate an und versprach sich davon einen vermehrten Besuch seiner Schaubude, und in dieser Hoffnung wurde er auch nicht enttäuscht. Überall hatten die Leute vom Steppenwolf sprechen hören, die Sage von dieser Bestie war ein beliebter Gesprächsstoff in den gebildeten Kreisen geworden, jeder wollte dies oder jenes über dies Tier wissen, und die Meinungen darüber waren sehr geteilt. Einige waren der Ansicht, ein Vieh wie der Steppenwolf sei unter allen Umständen eine bedenkliche, gefährliche und ungesunde Erscheinung, es treibe seinen Hohn mit der Bürgerschaft, reiße die Ritterbilder von den Wänden der Bildungstempel, mache sich sogar über Johann Wolfgang von Goethe lustig, und da diesem Steppenvieh nichts heilig sei und es auf einen Teil der Jugend ansteckend und aufreizend wirke, sollte man sich endlich zusammentun und diesen Steppenwolf zur Strecke bringen; ehe er totgeschlagen und verscharrt sei, werde man keine Ruhe vor ihm haben. Diese einfache, biedere und wahrscheinlich richtige Ansicht wurde aber keineswegs von allen geteilt. Es gab eine zweite Partei, welche einer ganz anderen Auffassung huldigte; diese Partei war der Ansicht, daß der Steppenwolf zwar kein ungefährliches Tier sei, daß er aber nicht nur seine Daseinsberechtigung, sondern sogar eine moralische und soziale Mission habe. Jeder von uns, so behaupteten die meist hochgebildeten Anhänger dieser Partei, jeder von uns trage ja heimlich und uneingestanden so einen Steppenwolf im Busen. Die Busen, auf welche bei diesen Worten die Sprecher zu deuten pflegten, waren die hochachtbaren Busen von Damen der Gesellschaft, von Rechtsanwälten und Industriellen, und diese Busen waren von seidenen Hemden und modern geschnittenen Gilets bedeckt. Jedem von uns, so sagten diese liberal denkenden Leute, seien im Innersten die Gefühle, Triebe und Leiden des Steppenwolfs recht wohl bekannt, jeder von uns habe mit ihnen zu kämpfen und jeder von uns sei eigentlich im Grunde auch so ein armer, heulender, hungriger Steppenwolf. So sagten sie, wenn sie sich, von den seidenen Hemden bedeckt, über den Steppenwolf unterhielten, und auch viele öffentliche Kritiker sagten so, und dann setzten sie ihre schönen Filzhüte auf, zogen ihre schönen Pelzmäntel an, stiegen in ihre schönen Automobile und fuhren zurück an ihre Arbeit, in ihre Bureaux und Redaktionen, Sprechzimmer und Fabriken. Einer von ihnen machte sogar eines Abends beim Whisky den Vorschlag, einen Verein der Steppenwölfe zu gründen.

Am Tage, an dem die Menagerie ihr neues Programm eröffnete, kamen denn auch viele Neugierige, um das berüchtigte Tier zu sehen, dessen Käfig nur gegen einen Extragroschen gezeigt wurde. Einen kleinen Käfig, den vormals ein leider früh verstorbener Panther bewohnt hatte, hatte der Unternehmer nach Möglichkeit dem Anlaß entsprechend ausgestattet. Der rührige Mann war dabei ein wenig in Verlegenheit gewesen, denn immerhin war dieser Steppenwolf ein etwas ungewohntes Tier. So wie jene Herren Anwälte und Fabrikanten hinter Hemd und Frack angeblich einen Wolf in der Brust verborgen trugen, so trug angeblich dieser Wolf hier in seiner festen haarigen Brust heimlich einen Menschen verborgen, differenzierte Gefühle, Mozartmelodien und dergleichen. Um den ungewöhnlichen Umständen und den Erwartungen des Publikums möglichst Rechnung zu tragen, hatte der kluge Unternehmer (welcher seit Jahren wußte, daß auch die wildesten Tiere nicht so launisch, gefährlich und unberechenbar sind wie das Publikum) dem Käfig eine etwas sonderbare Ausstattung gegeben, indem er einige Embleme des Wolfsmenschen darin anbrachte. Es war ein Käfig wie alle anderen, Eisengitter und etwas Stroh am Boden, aber an einer der Wände hing ein hübscher Empirespiegel, und mitten im Käfig war ein kleines Klavier aufgestellt, ein Pianino, mit offener Tastatur, und oben auf dem etwas wackligen Möbel stand eine Gipsbüste des Dichterfürsten Goethe.

An dem Tier selbst, das so viel Neugierde erregte, war durchaus nichts Auffallendes wahrzunehmen. Es sah genau so aus wie eben der Steppenwolf, lupus campestris, aussehen muß. Er lag meistens regunslos in einer Ecke, möglichst weit von den Zuschauern entfernt, kaute an seinen Vorderpfoten und starrte vor sich hin, als wäre da statt der Gitterstäbe die ganze unendliche Steppe. Zuweilen stand er auf und ging einige Male im Käfig auf und ab, dann wackelte auf dem unebenen Boden das Pianino, und oben wackelte der gipserne Dichterfürst bedenklich mit. Um die Besucher kümmerte sich das Tier wenig, und die meisten waren eigentlich von seinem Anblick eher enttäuscht. Aber auch über diesen Anblick gab es verschiedene Meinungen. Viele sagten, das Tier sei eine ganz gewöhnliche Bestie, ohne Ausdruck, ein stumpfsinniger ordinärer Wolf und damit basta, und »Steppenwolf« sei überhaupt kein zoologischer Begriff. Dagegen behaupteten andere, das Tier habe schöne Augen und sein ganzes Wesen drückte eine ergreifende Beseeltheit aus, daß es einem vor Mitgefühl das Herz umdrehe. Den paar Klugen blieb indessen nicht verborgen, daß diese Äußerungen über den Anblick des Steppenwolfes ebensogut auf jedes andere Tier der Menagerie gepaßt hätten.

Gegen Nachmittag wurde der abgesonderte Raum der Schaubude, der den Wolfskäfig enthielt, von einer kleinen Gruppe besucht, die sich lange bei seinem Anblick aufhielt. Es waren drei Menschen, zwei Kinder und deren Erzieherin. Von den Kindern war das eine ein hübsches, ziemlich schweigsames Mädchen von acht Jahren, das andre ein etwa zwölfjähriger kräftiger Knabe. Beide gefielen dem Steppenwolfe gut, ihre Haut roch jung und gesund, nach den schönen straffen Beinen des Mädchens äugte er häufig hinüber. Die Gouvernante, nun ja, das war etwas anderes, es schien ihm besser, sie möglichst wenig zu beachten.

Um der hübschen Kleinen näher zu sein und sie besser zu riechen, hatte der Wolf Harry sich dicht an das Gitter der Schauseite gelagert. Während er mit

Vergnügen die Witterung der beiden Kinder einsog, hörte er etwas gelangweilt den Äußerungen der dreie zu, die sich sehr für Harry zu interessieren schienen und sich höchst lebhaft über ihn unterhielten. Ihr Verhalten war dabei sehr verschieden. Der Knabe, ein schneidiger und gesunder Kerl, teilte durchaus die Ansicht, welche er zu Hause seinen Vater hatte äußern hören. Solch ein Wolfsvieh, meinte er, sei hinterm Gitter einer Menagerie gerade am richtigen Ort, ihn dagegen frei herumlaufen zu lassen, wäre eine unverantwortliche Torheit. Eventuell könne man ja den Versuch machen, ob das Tier sich dressieren lasse, etwa zum Schlittenziehen wie ein Polarhund, aber es werde schwerlich gelingen. Nein, er, der Knabe Gustav, würde diesen Wolf, wo immer er ihm begegnen würde, ohne weiteres niederknallen.

Der Steppenwolf hörte zu und leckte sich freundlich das Maul. Der Knabe gefiel ihm. »Hoffentlich«, dachte er, »wirst du, falls wir uns einmal plötzlich begegnen, auch eine Flinte zur Hand haben. Und hoffentlich begegne ich dir draußen in der Steppe und trete dir nicht etwa einmal unvermutet aus deinem eigenen Spiegel entgegen.« Der Junge war ihm sympathisch. Er würde ein schneidiger Kerl werden, ein tüchtiger und erfolgreicher Ingenieur oder Fabrikant oder Offizier, und Harry würde nichts dagegen haben, sich gelegentlich mit ihm zu messen und nötigenfalls von ihm niedergeschossen zu werden.

Wie das hübsche kleine Mädchen sich zum Steppenwolf stelle, war nicht so leicht zu erkennen. Es schaute ihn sich zunächst einmal an und tat das viel neugieriger und gründlicher, als die beiden andern es taten, welche alles über ihn schon zu wissen glaubten. Das kleine Mädchen stellte fest, daß Harrys Zunge und Gebiß ihr gefielen, und auch seine Augen sagten ihr zu, während sie den etwas ungepflegten Pelz mit Mißtrauen betrachtete und den scharfen Raubtiergeruch mit einer Erregung und Befremdung wahrnahm, in welcher Ablehnung und Ekel mit neugieriger Lüsternheit vermischt waren. Nein, im ganzen gefiel er ihr, und es entging ihr keineswegs, daß Harry ihr sehr zugetan war und sie mit bewundernder Begierde ansah; sie sog seine Bewunderung mit sichtlichem Behagen ein. Hier und da stellte sie eine Frage.

»Bitte, Fräulein, warum muß denn dieser Wolf ein Klavier im Käfig haben?« fragte sie. »Ich glaube, es wäre ihm lieber, wenn er etwas zu fressen drin hätte.«

»Es ist kein gewöhnlicher Wolf«, sagte das Fräulein, »es ist ein musikalischer Wolf. Aber das kannst du noch nicht verstehen, Kind.«

Die Kleine verzog den hübschen Mund ein wenig und sagte: »Es scheint wirklich so, als ob ich vieles noch nicht verstehen könnte. Wenn der Wolf musikalisch ist, so soll er natürlich ein Klavier haben, meinetwegen zwei. Aber daß auf dem Klavier auch noch so eine Figur stehen muß, finde ich schon komisch. Was soll er mit ihr anfangen, bitte?«

»Es ist ein Symbol«, wollte die Erzieherin zu erklären beginnen. Aber der Wolf kam der Kleinen zu Hilfe. Er blinzelte sie aus verliebten Augen höchst offenherzig an, dann sprang er auf, daß alle drei einen Augenblick erschraken, reckte sich lang und hoch und begab sich zum wackligen Klavier, an dessen Kante er sich zu reiben und zu scheuern begann, und dies tat er mit zunehmender Kraft und Heftigkeit, bis die wacklige Büste das Gleichgewicht verlor und herunterstürzte. Der Boden dröhnte, und der Goethe zerfiel, gleich dem Goethe mancher Philologen, in drei Teile. An jedem dieser drei Teile roch der Wolf einen Augenblick, wandte ihnen dann gleichgültig den Rücken und kehrte in die Nähe des Mädchens zurück.

Jetzt trat die Erzieherin in den Vordergrund der Ereignisse. Sie gehörte zu denen, welche trotz Sportkleid und Bubikopf in ihrem eigenen Busen einen Wolf entdeckt zu haben meinten, sie gehörte zu den Leserinnen und Verehrerinnen Harrys, für dessen Seelenschwester sie sich hielt; denn auch sie hatte allerlei verkniffene Gefühle und Lebensprobleme in ihrer Brust. Eine schwache Ahnung sagte ihr zwar, daß ihr wohlgehütetes, geselliges und gutbürgerliches Leben doch eigentlich keine Steppe und keine Einsamkeit sei, daß sie niemals den Mut oder die Verzweiflung aufbringen würde, dies wohlbehütete Leben zu durchbrechen und gleich Harry den Todessprung ins Chaos zu wagen. O nein, das würde sie natürlich niemals tun. Aber stets würde sie dem Steppenwolfe Sympathie und Verständnis entgegenbringen, und sehr gerne hätte sie ihm das auch gezeigt. Sie hatte große Lust, diesen Harry, sobald er wieder Menschengestalt annähme und einen Smoking trüge, etwa zu einem Tee einzuladen oder vierhändig mit ihm Mozart zu spielen. Und sie beschloß, nach dieser Richtung einen Versuch zu wagen.

Die kleine Achtjährige hatte inzwischen dem Wolf ihre ungeteilte Zuneigung geschenkt. Sie war entzückt darüber, daß das kluge Tier die Büste umgeworfen hatte, und begriff sehr genau, daß dies ihr galt, daß er ihre Worte verstanden und für sie gegen die Erzieherin deutlich Partei ergriffen hatte. Würde er wohl auch noch das dumme Klavier demolieren? Ach, er war großartig, sie hatte ihn einfach gern.

Harry hatte indessen das Interesse fürs Klavier verloren, er hatte sich dicht vor dem Kinde, ans Gitter gepreßt, niedergekauert, hatte die Schnauze ganz am Boden wie ein schmeichelnder Hund zwischen den Stäben dem Mädchen zugekehrt, und sah sie werbend aus entzückten Augen an. Da konnte das Kind nicht widerstehen. Es streckte gebannt und vertrauensvoll sein Händchen aus und streichelte die dunkle Tiernase. Harry aber äugelte ihr aufmunternd zu und begann ganz sachte die kleine Hand mit seiner warmen Zunge zu lecken.

Als dies die Gouvernante sah, war ihr Entschluß gefaßt. Auch sie wollte sich dem Harry als verständnisvolle Schwester zu erkennen geben, auch sie wollte sich mit ihm verbrüdern. Eilig nestelte sie ein kleines elegantes Päckchen aus Seidenpapier und Goldfaden auf, enthülste aus Stanniol einen hübschen Leckerbissen, ein Herz aus feiner Schokolade, und streckte es mit bedeutungsvollem Blick dem Wolfe hin.

Harry blinzelte und leckte still an der Kinderhand; gleichzeitig achtete er haarscharf auf jede Bewegung der Gouvernante. Und genau in dem Augenblick, wo deren Hand mit dem Schokoladeherzen nahe genug war, schnappte er blitzschnell zu und hatte Herz und Hand zwischen den blanken Zähnen. Die drei Menschen schrien alle gleichzeitig auf und sprangen zurück, aber die Erzieherin konnte nicht, sie war von ihrem Bruder Wolf gefangen, und es dauerte noch bange Augenblicke, bis sie ihre blutende Hand loszerren und entsetzt betrachten konnte. Sie war durch und durch gebissen.

Nochmals schrie das arme Fräulein gellend auf. Von ihrem Seelenkonflikt aber war sie in diesem Augenblick vollständig geheilt. Nein, sie war keine Wölfin, sie hatte nichts mit diesem rüden Scheusal gemein, das jetzt interessiert an dem blutigen Schokoladeherzen schnupperte. Und sie setzte sich sogleich zur Wehr.

Inmitten der fassungslosen Gruppe, die sich alsbald um sie gebildet hatte und in welcher der schreckensbleiche Menageriebesitzer ihr Gegenspieler war, stand das Fräulein hochaufgerichtet, hielt die blutende Hand von sich ab, um das Kleid zu schonen, und beteuerte mit blendender Rednergabe, daß sie nicht ruhen werden, bis dies rohe Attentat gerächt sei, und man werde sich wundern, welche Summe an Schadenersatz sie für die Entstellung ihrer schönen und des Klavierspielens kundigen Hand verlangen werde. Und der Wolf müsse getötet werden, darunter tue sie es nicht, man werde schon sehen.

Schnell gefaßt, machte der Unternehmer sie auf die Schokolade aufmerksam, die noch vor Harry lag. Das Füttern der Raubtiere sei durch Plakat aufs strengste verboten, es sei jeder Verantwortung enthoben. Sie möge ihn nur ruhig verklagen, kein Gericht der Welt würde ihr recht geben. Übrigens sei er haftpflichtversichert. Die Dame möge doch lieber jetzt zu seinem Arzt gehen.

Das tat sie auch; aber vom Arzt fuhr sie, kaum war die Hand verbunden, zu einem Advokaten. Harrys Käfig wurde an den folgenden Tagen von Hunderten besucht.

Der Prozeß aber zwischen der Dame und dem Steppenwolf beschäftigt seither Tag für Tag die Öffentlichkeit. Die klagende Partei nämlich macht den Versuch, den Wolf Harry selbst, und erst an zweiter Stelle den Unternehmer, haftbar zu machen. Denn, so führt die Klageschrift weitläufig aus, dieser Harry sei keineswegs als verantwortungsloses Tier zu betrachten; es führe einen richtigen, bürgerlichen Eigennamen, sei nur zeitweise als Raubtier in Stellung und habe seine eigenen Memoiren als Buch herausgegeben. Mag das zuständige Gericht nun so oder so entscheiden, der Prozeß wird ohne Zweifel durch alle Instanzen bis vor das Reichsgericht gelangen.

Wir können also in absehbarer Zeit von der maßgebendsten amtlichen Stelle eine endgültige Entscheidung über die Frage erwarten, ob der Steppenwolf nun eigentlich ein Tier sei oder ein Mensch.

# Arbeitsvorschläge

**zu 5.4.1**

**Rekonstruieren Sie aus Hesses satirischer Darstellung, welche Rezeption des *Steppenwolf* er anprangern will. Vergleichen Sie Ihr Ergebnis mit den Texten in 5.1 und 5.2.**

### 5.4.2 *Äußerungen über die Steppenwolf-Rezeption*

Dichtungen können auf manche Arten verstanden und mißverstanden werden. In den meisten Fällen ist der Verfasser einer Dichtung nicht die Instanz, welcher eine Entscheidung darüber zusteht, wo bei deren Lesern das Verständnis aufhöre und das Mißverständnis beginne. Schon mancher Autor hat Leser gefunden, denen sein Werk durchsichtiger war als ihm selbst. Außerdem können ja auch Mißverständnisse unter Umständen fruchtbar sein.

Immerhin scheint mir der *Steppenwolf* dasjenige meiner Bücher zu sein, das öfter und heftiger als irgendein anderes mißverstanden wurde, und häufig waren es gerade die zustimmenden, ja die begeisterten Leser, nicht etwa die ablehnenden, die sich über das Buch auf eine mich befremdende Art geäußert haben. Zum Teil, aber nur zum Teil, kommt die Häufigkeit dieser Fälle davon her, daß dieses Buch, von einem Fünfzigjährigen geschrieben und von den Problemen eben dieses Alters handelnd, sehr häufig ganz jungen Lesern in die Hände fiel.

Aber auch unter den Lesern meines Alters fand ich häufig solche, denen mein Buch zwar Eindruck machte, denen aber merkwürdigerweise nur die Hälfte seiner Inhalte sichtbar wurde. Diese Leser haben, so scheint mir, im *Steppenwolf* sich selber wiedergefunden, haben sich mit ihm identifiziert, seine Leiden und Träume mitgelitten und mitgeträumt, und haben darüber ganz übersehen, daß das Buch auch noch von anderem weiß und spricht als von Harry Haller und seinen Schwierigkeiten, daß über dem Steppenwolf und seinem problematischen Leben sich eine zweite, höhere, unvergängliche Welt erhebt, und daß der »*Traktat*« und alle jene Stellen des Buches, welche vom Geist, von der Kunst und von den »*Unsterblichen*« handeln, der Leidenswelt des Steppenwolfes eine positive, heitere, überpersönliche und überzeitliche Glaubenswelt gegenüberstellen, daß das Buch zwar von Leiden und Nöten berichtet, aber keineswegs das Buch eines Verzweifelten ist, sondern das eines Gläubigen.

Ich kann und mag natürlich den Lesern nicht vorschreiben, wie sie meine Erzählung zu verstehen haben. Möge jeder aus ihr machen, was ihm entspricht und dienlich ist! Aber es wäre mir doch lieb, wenn viele von ihnen merken würden, daß die Geschichte des Steppenwolfes zwar eine Krankheit und Krisis darstellt, aber nicht eine, die zum Tode führt, nicht einen Untergang, sondern das Gegenteil: eine Heilung. (Nachwort zum *Steppenwolf* 1941)

Mit dem *Steppenwolf* nach dem Du fragst, steht es so: Es gibt den Roman *Steppenwolf*, in Prosa, der ist kürzlich zu Ende geschrieben und liegt beim Verleger, erscheint so bald wie möglich. Gestern sagte mir Fischer, der ihn noch auf der Reise zu Ende gelesen hatte, seine Meinung darüber. Ich habe ihn seit 25 Jahren nie so erschüttert, begeistert und auch beunruhigt von einem neuen Buch sprechen hören. Das Buch wird Aufsehen machen, aber nicht nur schönes, sondern die Feinde, auch von der politischen Seite her, werden sich ebenfalls rühren, vielleicht sogar der Staatsanwalt. Dies darfst Du aber niemand weitersagen. Außer dem Roman gibt es aber auch noch die Gedichte. Diese sind, (einige davon lerntest Du ja kennen und warst entsetzt davon, ebenso wie manche andre Freunde) teilweise in der Rundschau abgedruckt gewesen. *(Brief an Schwester Adele vom 9. 2. 1927)*

»Es ist erstens die religiöse Herkunft meines Wesens und Denkens, etwas, was keiner meiner Kritiker, außer Ball, je begriffen hat. Ob man es nun als Wert oder als Mangel ansehe: ich bin nun einmal in einer Sphäre hoher, ja leidenschaftlicher Religiosität aufgewachsen, und sie ist in mich übergegangen, wenn sie sich in mir auch vielfach geändert und pervertiert hat. Und so ist die Verzweiflung Harrys keineswegs nur die an sich selbst, sondern die an der Zeit. Die Wurstigkeit, mit der der Krieg erlebt und sofort wieder vergessen wurde, ist das stärkste Symptom. Das Sichverantwortlichfühlen für die Welt und für sein Volk konnte ein religiöser Deutscher anno 14 bis 19 nicht in sich tragen, ohne daß er an seinem Volk und seiner Zeit verzweifelt ist.

Damit sind wir beim zweiten Punkt. Auch Sie, wie alle meine Kritiker, finden es eine rein subjektive Schrulle oder Empfindlichkeit, daß Harry noch immer an den *»alten Kriegsgeschichten«* zu kauen hat. Ja, für mich ist der Krieg mit seinen vier Jahren Mord und Unrecht, mit seinen Millionen Leichen und seinen zerstörten herrlichen Städten keine »alte Geschichte«, die jeder Vernünftige doch Gottseidank längst vergessen hat, sondern er ist, weil ich die Bereitschaft zu seiner Wiederholung in tausend Zeichen überall atme, sehe, fühle, rieche, für mich wahrlich eine mehr als ernste Angelegenheit.
*(Brief an Erhard Bruder 1928)*

Wenn ich nun auf junge Leser zum Beispiel des *Steppenwolf* treffe, so finde ich sehr oft, daß sie alles in diesem Buch, was über den Irrsinn unsrer Zeit gesagt ist, sehr ernst nehmen, daß sie aber das, was mir tausendmal wichtiger ist, gar nicht sehen, jedenfalls nicht daran glauben. Es ist aber nichts damit getan, daß man Krieg, Technik, Geldrausch, Nationalismus etc. als minderwertig ankreidet. Man muß an Stelle der Zeitgötzen einen Glauben setzen können. Das habe ich stets getan, im *Steppenwolf* sind es Mozart und die Unsterblichen und das magische Theater, im ›*Demian*‹ und im ›*Siddhartha*‹ sind dieselben Werte mit anderen Namen genannt. *(Brief an R. B. vom 4. 5. 1931)*

Der Inhalt und das Ziel des *Steppenwolf* sind nicht Zeitkritik und persönliche Nervositäten, sondern Mozart und die Unsterblichen. Ich dachte sie den Lesern näher zu bringen, indem ich mich selbst vollkommen preisgab – die Antwort war Anspucken und Hohngelächter. Dieselben Leser, die den *Steppenwolf* auslachten oder angriffen, waren dann vom *Goldmund* entzückt, weil er nicht heute spielt, weil er nichts von ihnen verlangt, weil er ihnen nicht die Schweinerei ihres eigenen Lebens und Denkens vorhält. Das ist, von mir aus gesehen, der Unterschied zwischen den beiden Büchern, er besteht beim Leser, nicht bei mir.

Aufgabe des *Steppenwolf* war: Unter Wahrung einiger für mich »*ewiger*« Glaubenssätze die Ungeistigkeit unserer Zeittendenzen und ihre zerstörende Wirkung auch auf den höherstehenden Geist und Charakter zu zeigen. Ich verzichtete auf Maskeraden und gab mich selbst preis, um den Schauplatz des Buches wirklich ganz und schonungslos echt geben zu können, die Seele eines weit über Durchschnitt Begabten und Gebildeten, der an der Zeit schwer leidet, der aber an überzeitliche Werte glaubt. Der deutsche Leser hat sich über das Leiden Harrys amüsiert und ihm auf die Schulter geklopft, das war der ganze Erfolg der Anstrengung. *(Brief an P. A. Riebe)*

Es ist halt immer das alte Geheimnis: wenn wir Künstler oder Denker etwas sagen, so setzen wir stillschweigend voraus, daß unsre Hörer unsresgleichen seien, daß sie das seien, was ich Menschen nenne, während die Welt das schon »*Genies*« nennt. Es geht nicht gut an, offen auszusprechen, daß die große Mehrzahl der Menschen keine sind, auch die große Mehrzahl der Künstler keine Künstler. Darum sagte ich das vom »*Können*« in der Kunst – denn das andre, nämlich, daß hinter der Kunst ein wirklicher Mensch stehe, setze ich eben voraus. *(Brief an Hermann Hubacher Sept. 1927)*

Der Schluß des *Steppenwolfs* ist wie der Schluß jedes Menschenwerks, die Tür ins Unendliche. Sie steht im Steppenwolf, und zwar gerade im Schluß, weit offen. Eben darum ist ja die Presse und Leserschaft von diesem Schluß entsetzt. Er verlangt, daß wir über die Schwelle treten und Götter werden.

Nun, seien Sie nicht böse! Ich wehre mich ja im Grunde nicht so sehr gegen die »*Welt*«, ich bin bereit, mich von ihr erdrücken zu lassen, aber gutheißen werde ich sie nie; stets werde ich noch das schäbigste magische Theater ihr vorziehen...

Der Tod Balls, und seit dem *Steppenwolf* das vollkommen unverstandene Alleinbleiben, haben mir das Leben in dieser entzückenden Welt vollends zur ständigen Qual gemacht. Wenn ich an Ihre verlegenen Worte über den Wolf denke, oder an die Kritik der Zeitungen oder an das elegante, dumme Geschwätz Wieglers etc. etc. dann sehe ich, daß für mich in Eurer Welt nichts mehr zu holen ist als das langsame Ersticken. Auf Eure Welt anders zu reagieren als durch Krepieren oder durch den Steppenwolf, wäre für mich Verrat an allem, was heilig ist. *(Brief an Felix Braun Nov. 1927)*

# Arbeitsvorschläge

zu 5.4.2

1. Stellen Sie zusammen, gegen welche Vorwürfe und Mißverständnisse Hesse glaubt, sich schützen zu müssen.
2. Welche Arten der Lektüre des *Steppenwolf* setzt er dabei voraus?
3. Wie müßte er auf eine Rezeption reagieren, die seiner Auffassung in den Briefen in 5.1.2 entspricht?
4. Welche positiven Vorschläge für die Interpretation des *Steppenwolf* können Sie aus Hesses Kritik entnehmen? Wieweit lassen sich diese Ansätze in einer Textinterpretation des *Steppenwolf* ausführen?

## *5.5 Glückwunsch der Jugend zu Hermann Hesse's 50. Geburtstag*

*Entschluß:*

Ich will nicht länger in dem Dunkel tasten,
das meinen Fragen keine Antwort hat;
ich will mich endlich still von dieser Statt
des Grauens trennen und auch einmal rasten.

Wie viele Tage ging ich ein und aus
und suchte heim und fand nur wirre Gänge,
und suchte Licht und fand nur finstre Enge,
ein eingesperrtes Kind im dunklen Haus.

Mir ist, ich sähe einen fernen Schein
des Lichtes durch die Finsternis mir tagen.
Das Grauen weicht, der Boden will mich tragen
dem fernen Licht entgegen und hinein.

*Hermann Hesse.*

*Hermann Hesse zum Gruß!*

Hermann Hesse zu heißen, 50 Jahre alt zu werden und die Jugend zu sich kommen zu lassen, um ihre Glückwünsche dazu in Empfang zu nehmen, könnte den anderen Hermann Hesse veranlassen, eine Tragikomödie zu schreiben, wenn das Verfertigen von Dramen zufällig ins Fach dieses Dichters schlüge. Da dem leider nicht so ist, hat jener besagte Hesse Nr. 2 sich damit begnügt, seinen bürgerlichen Doppelgänger gleichen Namens zu dessen 50. Geburtstag mit einer Art Rechenschaft über ihre gemeinsame menschliche und tierische Vergangenheit in Form eines Romans aufzuwarten, und damit der Welt eins der seltensten und erlesensten Beispiele eines Geburtstagsgeschenks an sich selbst zu verschaffen, das zugleich die jungen und alten Gratulanten der Mühe enthebt, die Tatsache des Älterwerdens durch ein paar herzlich gemeinte Redensarten zu verschleiern.

Wahrlich, wer mit diesem »Steppenwolf« gelebt, gelitten, geraubt und geliebt hat, der wird nicht wagen, an seinem 50. Geburtstag zu ihm zu treten und zu sprechen: Guten Tag, du Fünfzigjähriger, hier sind wir Jungen und danken dir, mögest du noch... usw. Vielmehr wird er mit dem Dichter an diesem Tage traurig ein Lied aus jungen Zeiten singen:

Auch deine jungen Tage, Kind,
Und deine Lustgebärden,
Sie müssen bald, so hold sie sind,
Verblühn und dunkel werden...

Und dann wird er, solch weicher Schmeichelei bald überdrüssig, zu staunen anfangen und also reden:

Wie kommt es, Hermann Hesse, daß deine Bücher immer wieder die Jungen packen, immer gerade die, welche auf der Schwelle ihrer Übergänge zur Besinnung und zum Bewußtsein ihrer selbst innehalten und, sich umschauend, in deinem Menschen sich selbst entdecken, mit dem Finger auf sie weisen und rufen: Halt, das bin ich! So finden dich stündlich und täglich die Unfertigen, die Werdenden: die Jugend! Wie kommt es, daß gerade deine Gestalten sie bezaubern und sie fast alle, die eine Sehnsucht von innen her bewegt, sich in Hans Giebenrath oder in Knulp oder in Peter Camenzind wiederfinden? Hermann Hesse! weil du in allen deinen Helden selber steckst, du, selber ein Unfertiger, Werdender, Sehnsüchtiger, Unbürgerlicher, Junger! Sie alle wuchsen so heran mit friedlichem Herzen, voller Glauben, Liebe und Treue, unschuldig in einer scheinbar so geordneten Welt wie der des Vaterhauses deines Emil Sinclair, und alle fanden sich mit zerbrochenem Herzen nach Jahren in der anderen Welt, der geheimnisvollen Welt des Grausens, des Düsteren und des Gewaltsamen wieder. Du hättest es nicht erst zu versichern brauchen – das spürten und spüren die Jungen alle – daß dir deine Geschichten wichtiger sind, als irgendeinem Dichter die seinigen; denn sie waren wirklich und wahrhaftig deine eigenen und – die unsrigen! So entdeckten wir mit deiner Hilfe die Geheimnisse der Welt, und so wurdest du der Dichter unserer Jugend. Und seltsam: Der Dichter der Jugend bist du noch immer.

Diese Verbindung zwischen dir und den unbürgerlichen jungen Generationen entschleiert das Geheimnis deines Dichtertums: Du gehörst zu denen »die zwischen zwei Zeiten hineingeraten, die aus aller Geborgenheit und Unschuld herausgefallen sind, zu denen, deren Schicksal es ist, alle Fragwürdigkeit des Menschenlebens gesteigert als persönliche Qual und Hölle zu erleben«. Mit dieser Erkenntnis hast du dich selbst im »Steppenwolf« erkannt und mit ihr haben dich auch viele der Jungen unbewußt und fast instinkthaft zuerst – gefunden und erkannt. Am Anfang noch warst du der Deuter ihrer ganz persönlichen Leiden und Nöte, dann der Gefährte ihrer Verzweiflung über den Dualismus ihres Seins, über den Bruch mit ihrer kindlich reinen Vergangenheit und über den Bruch, den sie zwischen Geist und Wirklichkeit, Gott und Mensch, Idee und Welt entdeckten – zuletzt wurdest du ihnen der Künder eines erst geahnten und künftigen Neuseins, der Rufer zu gemeinsamer Besinnung. Jetzt schenkst du uns zum 50. Geburtstag einen neuen Versuch, der dir wieder alles gewinnen wird, was zwischen 18 und 80 Jahren jung geblieben ist, den Versuch, »die große Zeitkrankheit nicht durch Umgehen und Beschönigen zu überwinden, sondern durch den Versuch, die Krankheit selber zum Gegenstand der Darstellung zu machen«. Du sagst selbst: Das bedeute »einen Gang durch die Hölle, einen bald angstvollen, bald mutigen Gang durch das Chaos einer verfinsterten Seelenwelt, gegangen mit dem Willen, die Hölle zu durchqueren, dem Chaos die Stirn zu bieten, das Böse bis zu Ende zu erleiden«.

Wir müssen den Weg durch das inferno wählen, wenn wir zum paradiso wollen! Daß du von der Jugend als einem wahrhaft neuen Geschlecht diese männliche Erkenntnis forderst, das mag uns vielleicht doch zu dem Dank ein Recht geben, den wir dir mit diesem Gruß an deinem 50. Geburtstag darbringen!

*Dr. Arnold Littmann*

# Arbeitsvorschläge

**zu 5.5 (= Testaufgabe)**

1. **Beschreiben Sie, welche Interpretation des *Steppenwolf* der Verfasser zugrunde legt.**
2. **Wie beschreibt der Verfasser die Lektüre des *Steppenwolf,* welche weiterreichende Funktion weist er ihr zu? Beachten Sie dazu den Schluß des Textes.**
3. **Welches Hessebild und welche Lektüreart wird den Lesern dieser ›Unabhängigen Zeitung der Jugendbewegung‹ empfohlen?**
4. **Welche Funktion und Bedeutung gewinnt das abgedruckte Gedicht von Hesse im Rahmen dieses Artikels?**

**5.6 Exkurs zum Problem der literarischen Wertung**

1. **Erarbeiten Sie anhand des Buches »Literarische Wertung« von Jochen Schulte-Sasse, Stuttgart (Metzler) $^{2}$1976 (= Sammlung Metzler. 98), mögliche Kriterien literarischer Wertung. Überprüfen Sie, wieweit diese Kriterien in den Beurteilungen des *Steppenwolf* eine Rolle spielen.**
2. **Stellen Sie dar, worin Schulte-Sasse die Problematik der literarischen Wertung sieht; nehmen Sie dazu Stellung, nachdem Sie eine eigene Wertung des *Steppenwolf* versucht haben.**

# 6. Der Dichter und der literarische Markt

## *6.1 Zuschriften*

### *6.1.1 Ansprache in der ersten Stunde des Jahres 1946 (1945)*

Liebe Freunde! Ein neues Jahr nimmt uns auf mit unbekannten Versprechungen und Bedrohungen, und wenn auch diese heutige Mitternachtsstunde nicht mehr bedeutet als jede beliebige Stunde unseres Lebens, so begehen wir sie doch als ein Fest, und zwar als ein ernstes Fest, und daran tun wir gut, denn jede Gelegenheit und Mahnung, uns für eine Stunde dem Alltäglichen zu entziehen und etwas wie Besinnung, Rück- und Vorschau, Prüfung und Selbstprüfung, Abrechnung und Einkehr anzustellen, ist in unserem rastlosen und verarmten Leben eine Wohltat. Allein schon die Besinnung auf das Rinnen der Zeit, auf die Vergänglichkeit unseres Lebens und unserer Unternehmungen, geschehe sie nun in Trauer oder in tapferer Freudigkeit, bedeutet etwas wie Reinigung und Prüfung, klingt klar und unerbittlich wie eine angeschlagene Stimmgabel in den Wirrwarr unserer Tage und zeigt uns, wie weit wir in unserem Innern etwa von der reinen Stimmung, von unserem Platz in der Weltharmonie abgewichen seien. Es ist gut, zuzeiten diese Stimmgabel anzuschlagen. Es ist auch dann gut, wenn wir dadurch beschämt und in unserem Selbstgefühl verletzt werden.

Und diesmal, so scheint es, ist das neue, das willkommene, das noch so unbefleckte Jahr etwas ganz Besonderes und Wichtiges. Nach Jahren des Schlachtens und Vernichtens ist es wieder die erste Neujahrsnacht für uns, in der kein Krieg ist, in der wir nicht die Welt voll von Höllen und Toden wissen, nicht mehr die großen Maschinen der Vernichtung hoch über uns im Finstern zu beklagenswerten Zielen streben hören. Zwar wagen wir ja kaum, das Wort »Friede« auszusprechen, zwar sind wir gegen diese uns noch ungewohnte Stille in der Luft voll Mißtrauen, aber auch dies Mißtrauen und diese Besorgnis um die Gebrechlichkeit und Bedrohtheit dieses und jedes Friedens kann und wird uns helfen, der schönen und bangen Stunde unser Opfer zu bringen, indem wir einen Blick der Besinnung auf die Welt und auf uns selber werfen.

Wieder einmal haben wir uns einige Jahre lang daran gewöhnt, nicht gewöhnliche und private Jahre, nicht Menschenzeit und Menschenleben zu erleben, sondern »Weltgeschichte«, und wieder, wie nach allen sogenannten »großen« Zeiten, haben wir vor dieser Weltgeschichte einen großen Schauder und Ekel bekommen. Wie klang uns, als wir noch Schulknaben oder Jünglinge waren, das Wort »Weltgeschichte« prächtig und vielversprechend, wie manchmal sehnten wir Kinder uns danach, diese herrliche Weltgeschichte, die wir nur aus Büchern und Bildern kannten, wirklich mitzuerleben, ja mitzumachen! Ach, danach sehnt sich nun keiner mehr von uns. Bitter haben wir erkannt, daß die wirkliche Weltgeschichte nicht jene der Schulbücher und illustrierten Prachtwerke ist, nicht eine Perlenschnur von großen Taten, sondern eine Flut, ein Ozean von großen Leiden. Wie sehr haben wir genug von all dem Großen, womit uns die Weltnachrichten nun jahrelang jeden Tag überschüttet haben, von der großen Zeit, von den größten See- und Land- und Luftschlachten aller Jahrhunderte, von dieser gespenstisch-schauerlichen Hetze von Rekorden des Entsetzlichen!

Es ist aber mit der Weltgeschichte nicht anders als mit dem Leben und Menschentum überhaupt. So wie wir gelernt haben, in der Weltgeschichte diejenigen Zeiten für die schönsten zu halten, in denen man am wenigsten von der Weltgeschichte merkt, so hat jeder von uns auch in seinem privaten Leben es allmählich gelernt, die stillen und harmonischen Zeiten den stürmischen vorzuziehen, wobei das Maß, nach dem wir messen und werten, nicht das irgendeiner Philosophie ist, sondern ganz einfach das Maß unseres persönlichen Wohlbefindens. Das ist unheroisch und banal, aber es hat etwas für sich, es ist wenigstens aufrichtig.

So wäre denn also unser Leben am heitersten, wenn möglichst wenig darin los ist, und die Welt am glücklichsten, wenn sie gar keine Geschichte, sondern nur ein Dasein hat? Bei diesem Gedanken zucken wir schon wieder zurück, er blickt so ärmlich und gemein, er ist uns eben doch nicht annehmbar. Und es fallen uns nun, aus lange unbenutzt gebliebenen Kammern des Gedächtnisses, manche Sprüche und Verse der Weisheit ein, etwa von Goethe der Spruch, daß nichts schwerer zu ertragen sei als eine Reihe von guten Tagen. Ach, und doch wünschen wir uns die guten Tage so sehr! Aber die Weisheit behält trotzdem recht: der Mensh ist voll Verlangen nach Glück und erträgt doch das Glück nicht lange Zeit. So ist es im Leben des einzelnen, das Glück macht ihn müde, macht ihn träg, nach einiger Dauer ist es überhaupt kein Glück mehr! Es ist eine schöne, liebenswerte, aber sehr verwelkliche Blume, das Glück. Vielleicht ist es auch in der Weltgeschichte so, und es muß die kleine Zahl und kurze Dauer der Epochen, die uns wohltemperiert und beneidenswert scheinen, durch den Jammer und die Blut- und Tränenströme der Weltgeschichte erkauft werden.

Aber was sollen wir uns dann eigentlich wünschen, wenn es nur die Wahl zwischen den Höllen des heroischen und den Kleinigkeiten des geschichtslosen Lebens gibt?

Wir könnten darüber lang nachsinnen und am Ende doch keine Antwort finden, wenn uns nicht einfiele, daß die Frage nach dem, was wir uns wünschen sollen, falsch gestellt, ja daß es eine ganz unnütze Frage ist, eine rechte Kinderfrage. Das lange Kriegsgetöse hat uns etwas kindisch gemacht, so scheint es, etwas kindisch und primitiv, wir haben seit einer guten Weile fast alles vergessen, was die großen Lehrer der Menschheit gefunden und gelehrt haben. Sie lehren ja alle das gleiche, seit Jahrtausenden, und jeder Theologe oder auch jeder humanistisch Gebildete könnte es uns mit klaren Worten sagen, einerlei, ob er mehr zu Sokrates oder zu Laotse, mehr zu dem leidlos lächelnden Buddha oder zu dem Heiland mit der Dornenkrone neigt. Sie alle, und überhaupt jeder Wissende, jeder Erweckte und Erleuchtete, jeder wahre Kenner und Lehrer des Menschentums hat das gleiche gelehrt, nämlich daß der Mensch sich nicht Größe noch Glück, nicht Heldentum noch süßen Frieden, daß er sich überhaupt nichts wünschen soll, nichts als einen reinen, wachsamen Sinn, ein tapferes Herz und die Treue und Klugheit der Geduld, um damit so Glück wie Leiden, so Lärm wie Stille zu ertragen.

Diese guten Gaben wollen wir uns wünschen. Sie haben alle denselben Ursprung. Sie kommen von Gott, sie sind nichts anderes als der Gottesfunke in einem jeden von uns. Wir spüren den Funken nicht jeden Tag, wir spüren ihn oft lange Zeiten nicht und vergessen ihn, aber es kann ein einziger Augenblick ihn uns plötzlich wieder schenken, manchmal ein Augenblick des Schreckens und der Verzweiflung, manchmal ein Augenblick seligster Stille: der Blick ins Geheimnis eines Blumenkelches, das Horchen auf ein paar Takte Musik, das vertrauensvoll zu uns aufgeschlagene Auge eines Kindes. In diesen Augenblicken, denen hoher Lebensnot und denen stillster Aufgeschlossenheit, weiß jeder von uns, auch wenn er es mit Worten nicht sagen kann, das Geheimnis alles Wissens und alles Glücks, das Geheimnis der Einheit. Daß Gott, der Eine, in jedem von uns lebt, daß jeder Fleck Erde uns Heimat, jeder Mensch uns verwandt und Bruder ist, daß das Wissen um diese göttliche Einheit alle Trennung in Rassen, Völker, in Reich und Arm, in Bekenntnisse und Parteien als Spuk und Täuschung entlarvt – das ist der Punkt, auf den wir zurückkehren, wenn furchtbare Not oder zarte Rührung unser Ohr geöffnet und unser Herz liebefähig gemacht hat.

Wir wollen diesen innern Frieden uns und allen wünschen: denen, die in dieser Stunde in ihrem sichern Hause zu Bett gehen und denen, die ohne Haus und Bett das Elend und die Not schmecken müssen. Wir wünschen ihn den Siegern, damit ihr Sieg sie nicht stolz und blind mache, und den Besiegten, daß sie das ihnen zugekommene Leid nicht schelten und auf fremde Köpfe hinweg wünschen, sondern bereit sind, es zu leiden und Gottes Stimme in ihm zu vernehmen.

Wir sind eines dauernden Lebens in diesem Frieden und in dieser guten, einfachen Erkenntnis nicht fähig, oder nur die seltenen Heiligen, das wissen wir alle und haben uns dessen hundertmal geschämt. Aber wenn wir einmal wissen, daß der Weg zu einem höhern und edlern Menschentum einzig durch diese Schule führt, durch das immer wiederholte Erlebnis der Einheit, durch die immer erneute Einsicht in die einfache Wahrheit, daß wir Menschen Brüder und göttlicher Herkunft sind, wenn wir einmal richtig von diesem Blitz erweckt und verwundet sind, dann können wir nicht wieder vollkommen einschlafen und wieder ganz und gar in den Fiebertraum der Geisteshaltung verfallen, aus der die Kriege, die Rassenverfolgungen und alle Bruderkämpfe zwischen Menschen kommen.

Wir haben nun Jahr um Jahr das Schauerliche, das oft kaum mehr Erträgliche mitangesehen, und andere, weniger Bevorzugte als wir haben es mit allen seinen leiblichen und seelischen Qualen erleiden müssen, leiden es da und dort noch jetzt – da sind unter Blut und Tränen vielen die Meinungen und Einteilungen abhanden gekommen, nach denen der Durchschnittsmensch in bequemen Zeiten sich die Welt zurechtlegt, viele sind erwacht, vielen hat das Gewissen geschlagen, viele haben sich gelobt: wenn ich das überlebe, werde ich ein anderer und besserer Mensch sein. Es sind, heute wie immer, die homines bonae voluntatis, die Menschen, die eines guten Willens sind, ihnen hat sich Gott kundgetan, ihnen hat sich ein Stück des Weltgeheimnisses entschleiert, ihnen allein, und nicht irgendwelchen Nationen, Ständen, Bünden oder Organisationen, ist die Zukunft anvertraut, sie allein haben die geheime Kraft des Glaubens.

Einst in einer schlaflosen Nacht, schlaflos, weil ich unter dem ersten Eindruck der unter Hitler geschehenen Greuel stand, habe ich ein Gedicht geschrieben, in dem ich, dem Grauen zum Trotz, meinen Glauben zu bekennen versuchte. Die letzten Verse des Gedichtes lauten:

> Darum ist uns irrenden Brüdern
> Liebe möglich noch in der Entzweiung,
> Und nicht Richten und Haß,
> Sondern geduldige Liebe,
> Liebendes Dulden führt
> Uns dem heiligen Ziele näher.

*6.1.2*

St. Gallen, den 2. Jan. 1945

Hochverehrter, lieber Hermann Hesse!

Ich habe Ihre Botschaft im ruhigen Kreise meiner Familie gehört und wir alle haben einen tiefen Eindruck mit ins neue Jahr hinübergenommen. Sie gehören zu den ganz wenigen gottbegnadeten Weisen und Seher in dieser trostlosen Zeit und deshalb war es nötig, daß gerade Sie und kein anderer zu uns, in der ersten halben Stunde dieses Jahres, geredet haben. Der Eindruck, den Ihre Worte gemacht haben, klingt noch nach, doch fehlt uns nun die Formulierung als solche. Bitte berichten Sie mir sobald diese bedeutenden Sätze in irgend einer Form zu haben sind, event. als Zeitungsabdruck oder als Sonderblättchen, und wenn es nur irgendwie ein Maschinendurchschlag wäre. Eigentlich sollte es so sein, daß man diese Sätze immer greifbar neben sich hat; zum mindesten sollte man sie immer wieder lesen können und sie auch den Freunden und Bekannten, die über diese Radio-Viertelstunde nicht *wach* waren (und es hat leider auch in meinem Bekanntenkreis manchen solchen) nachträglich vermitteln können. Denken Sie bitte an mich, wenn es eine Gelegenheit gibt dieses Meisterwerk der Mahnung und Belehrung, dieses köstliche und wertvolle Werk der Beglückung und Erbauung in die Hände zu bekommen. Ich schreibe hier frisch von der Leber weg, aber Sie werden mich sicher verstehen, wie ich es meine, auch wenn die Sätze daherpoltern und auch Ihr so überaus feines Ohr verletzen!

Ich grüße Sie in treuer Freundschaft
und Liebe

Ihr J. v. V.

*6.1.3*

Bern, 2. Januar 1946

Sehr geehrter Herr Hesse,

Sie gestatten uns Ihnen für Ihre Worte in der Neujahrsnacht zu danken, meiner Braut und mir. – Wir verließen das bunte Treiben um die Glocken zu hören und anschließend fand ich in einer Athmosphäre des Rauches und Alkohols eine dicke Wirtin die uns erlaubte Ihren Worten zu lauschen. Ganz nah am Lautsprecher standen wir, um uns die lärmende, johlende Menge und stickiger Rauch und Gestank von Bier. Doch alle diese Dinge waren auf einmal nicht mehr da als wir die Stimme des Dichters vernahmen der uns Siddharta geschenkt hat. Sie war stärker diese Stimme als aller Lärm, tief und warm, manchmal leise wenn sie mahnte und dann hell wie die Glocke aus Silber die kurz zuvor aus dem Münsterturm in die Nacht hinausgesungen hatte, wenn sie das unbedingte, verheißungsvolle Ja sprach. Zwei Welten in einem Raum, jämmerlich, bar jedes fruchtbaren Schaffens die eine – seltsam mein Urteil über die Welt in der ich groß geworden bin – und unvergänglich die Welt der Werte, der Dichter der uns Leben schenkt. Angestrengt mußten wir lauschen, denn der Lärm hatte sich verstärkt, Harlekin spielte die Harmonika und Harlekin sang. Ach, plötzlich schwieg die Stimme und wir traten in die kalte, frische Neujahrsnacht hinaus. Draußen sind wir einen Augenblick stillgestanden, noch einmal erklang in jedem von uns die Sprache des Dichters und dann kehrten wir zurück zu den Freunden. –

Darf ich Sie bitten uns mit Ihrem Werk Ihren Namen zu schenken? Nein, wir sind keine Autogrammjäger, wir haben solches nie getan, wir lieben. Wir lieben uns und wir lieben Hermann Hesse und – mögen Sie's verzeihen oder lächeln und Freude empfinden – Friedrich Wilhelm Nietzsche. Wir danken Ihnen für Ihre unvergänglichen Werke und Ihre Welt der Poesie und in Gedanken bei Ihnen vor dem Lautsprecher wünschen wir Ihnen ein weiteres Jahr fruchtbaren Schaffens und Schenkens.

W. S.

# Arbeitsvorschläge

zu 6.1

1. Versuchen Sie – getrennt nach Inhalt und Stil –, die Stellen in Hesses Ansprache festzustellen, an die die Zuschriften anknüpfen.
2. Welche Beziehung zu den Zuhörern versucht Hesse durch die Ansprache herzustellen; um welche Beziehung zu dem Dichter bemühen sich die Briefeschreiber?
3. Versuchen Sie zu beschreiben, welches Bild von einem Dichter sich in den Zuschriften darstellt. Welche Rolle spielen darin persönliche Empfindungen, politische Zeitumstände, soziale Einstellungen, Selbstwertgefühle u. ä.?
4. Schreiben Sie einen zweiseitigen Brief an einen Dichter, den Sie gut finden; versuchen Sie, darin Ihre Anerkennung zum Ausdruck zu bringen.

## *6.2 Literaturwissenschaft*

### *6.2.1 Hans Jürg Lüthi: Hermann Hesse. Natur und Geist (Textauszug)*

Hermann Hesse hat oft festgestellt, daß im Zeitalter der exakten Wissenschaften, der Medizin und der Psychologie kein einheitliches Bild vom Menschen mehr bestehe. Durch die vielen verschiedenartigen wissenschaftlichen Bemühungen sei das Menschenwesen zersplittert und in tausend Spezialitäten zerlegt worden, aber es fehle eine Kunde vom Menschen als Ganzem; und so fehle in einer Zeit der fortschreitenden Relativierung auch das Wissen um den Sinn des Menschenseins. Eine Sinngebung ist indessen nur möglich auf Grund einer klaren, einfachen, vielleicht sogar vereinfachenden Kunde vom Menschen, einer modernen Anthropologie. Das ist aber genau das, was Hesse in seinem ›Steppenwolf‹ zu geben versucht. In einer Zeit, in welcher die Grundlagen fehlen, die Werte relativiert sind und vieles fragwürdig und zweifelhaft geworden ist, wo Unglaube und Irrglaube den in sich selbst unsicher gewordenen Glauben befehden und unterhöhlen, da unternimmt es Hesse, das Wesen des Menschen und seine Stellung im Weltgebäude zu erfassen und daraus eine Anthropologie des modernen Menschen zu gewinnen, des Menschen in seiner Bestialität und seiner Gottesbildschaft.

Des Wesen des Menschen, wie es im ›Steppenwolf‹ erkannt und dargestellt wird, ist bestimmt durch eine wesensmäßige Zweiheit, welche gerade beim modernen Menschen zu einer leidvollen und schwer erträglichen Zwiespältigkeit geworden ist. Die Aufteilung in Mensch und Wolf, in Geist und Natur ist eine Vereinfachung; der moderne Mensch ist viel komplizierter, besteht nicht aus zwei, sondern aus unzählbar vielen Wesen, und vom Wolf bis zum Menschen hinauf gibt es viele Zwischenstufen. Aber eine Anthropologie setzt einen »Mut zur Vereinfachung« voraus, den der Dichter des Steppenwolfes und namentlich des Traktates eben aufbringt. »In den ›Menschen‹ packt er alles Geistige, Sublimierte oder doch Kultivierte hinein, das er in sich vorfindet, und in den Wolf alles Triebhafte, Wilde und Chaotische.«

Dieses Mischwesen wird aus mütterlichem, naturhaftem Grunde geboren, erwacht aber zum Geist, und von diesem Augenblick an verlangt es nach oben zum Licht und wird doch auch immer wieder nach unten in das Dunkel der Nacht gelockt.

»Nach dem Geiste hin, zu Gott hin treibt ihn die innerste Bestimmung – nach der Natur, zur Mutter zurück zieht ihn die innigste Sehnsucht: zwischen beiden Mächten schwankt angstvoll bebend sein Leben.«

Hesse denkt sich ein oberstes, absolutes, transzendentes Geistzentrum als Bestandteil des göttlichen Seins. Dieser Geist ist frei von Zwecken und von räumlichen und zeitlichen Beschränkungen und Bestimmungen. Er erscheint dem Menschen als Logos, als erkennender, sittlich gesetzgebender und wertender Geist, als richtungsgebendes, lenkendes Führungs- und Ordnungsprinzip; seine typischen Inhalte sind die ewigen Ideen, seine Erscheinungsform das Reich der Unsterblichen und deren Werke. – Der Geist ist aber nur das eine Attribut des an sich seienden Göttlichen. Das andere ist der ewige Drang, der als Natur erscheint. Die Natur ist zuerst blinder Drang, wilder Trieb, chaotische Elementarkraft, ist ursprünglich ungelenkter Wille, der sich in einer umfassenden Fülle vergänglicher Gestaltungen manifestiert. Geist und Natur sind so beide göttlichen Ursprunges, aber verschiedenen Wesens. Doch sind sie nicht feindliche, sondern freundliche Gegensätze, die aufeinander bezogen sind und sich nacheinander sehnen. »Wie sehnt sich Geist nach Blut, und Tag nach Nacht!« heißt es in einem Gedicht des Sommers 1929. Andererseits ist in der stummen Natur ein unstillbarer Drang zum sinngebenden Geiste.

An einem Orte nun begegnen sich Geist und Natur: im Menschen; »er ist nichts anderes als die schmale, gefährliche Brücke zwischen Natur und Geist«. Im Menschen allein wird die ganze bunte Welt der Erscheinungen sich ihrer selbst bewußt. Der Mensch allein kann gegenüber der Wirklichkeit und ihrer blinden, vielfältigen Zufälligkeit nein sagen; er braucht sie nicht als solche anzunehmen, kann von ihr Abstand nehmen, sie erschauen und in ihrem Wesensgehalt erkennen. Andererseits wird der ursprünglich macht- und energielose Geist im Menschen mächtig und verlebendigt. Erst im Menschen und durch den Menschen kann der Geist eine Lenkungs- und Führungsmacht werden, dadurch eben, daß er durch die Verbindung mit der Naturkraft verlebendigt wird. – Der Mensch steht also im Schnittpunkt von Geist und Natur, die sich in ihm begegnen. Daraus ergibt sich nun seine metaphysische Aufgabe. Sie besteht darin, die gegenseitige Verbindung und Durchdringung des Geistes und der Natur zu vollziehen, den Geist lebendig werden zu lassen und die Natur unter die Lenkung durch den Geist zu bringen. Diese Aufgabe ist schwer und kompliziert, der Mensch kann fast erdrückt werden von ihr, aber er kann sich ihr nicht entziehen, auch wenn er sie nie endgültig lösen kann. »Der Mensch ist ja keine feste und dauernde Gestaltung..., er ist vielmehr ein Versuch und Übergang.« Er ist nicht schon Erschaffenes, »sondern eine Forderung des Geistes, eine ferne, ebenso ersehnte wie gefürchtete Möglichkeit«, und der Weg dahin wird »immer nur ein kleines Stückchen weit und unter furchtbaren Qualen und Ekstasen zurückgelegt«. Der Mensch kann die ihm auferlegte Aufgabe nur im Leben und nur in ständiger Auseinandersetzung mit der Wirklichkeit erfüllen. Der Geist darf nicht durch eine magische Vereinigung mit der Natur in seinem Wesen verfälscht werden. Hesse erkennt eine schwere Gefährdung der deutschen Geistigkeit darin, daß sie das Mutterrecht und die Naturgebundenheit in der Form einer Hegemonie der Musik herrschen lasse. Der deutsche Geist träumt den Traum von einer Sprache ohne Worte, welche das Unausssprechliche sagen und das Ungestaltbare darstellen kann; er verströmt sich in wunderbaren Gefühlen und Stimmungen und versäumt dadurch seine eigentliche Aufgabe: die Wirklichkeit durch den Geist zu gestalten und zu führen. Es ist der Auftrag des geistigen Menschen, »dem Geist, dem Logos, dem Wort Gehorsam zu leisten und

Gehör zu verschaffen«. Diese seine metaphysische Aufgabe fordert vom Menschen eine immer neue, im ganzen Leben nie endende Bemühung, eine ständige Bereitschaft zur Hingabe des Ichs an die Wandlung, ein unaufhörliches Schreiten von Stufe zu Stufe.

Im ›Steppenwolf‹ ist Hermann Hesse den Weg durch das Chaos zu Ende gegangen, er hat das Chaos durchschritten und die Krisis, die ihren Höhepunkt erreicht hat, überwunden. So ist der ›Steppenwolf‹ das Buch der Katharsis, welches Krankheit und Krisis darstellt, die aber nicht zu Tod und Untergang, sondern zur Heilung und zu neuem Leben führen. Er ist zugleich das Buch der Neuordnung der Welt. Die Verheißung des Aufsatzes über Dostojewskijs ›Idiot‹ ist hier Wirklichkeit geworden: Das Chaos ist durchschritten, die Herrschaft des magischen Denkens gebrochen und überwunden, eine neue Schöpfung, Wertung und Teilung der Welt ist vorgenommen worden. Der sich selbst erkennende, ordnende und auf ein ewiges Geistreich ausrichtende Mensch kann in dieser Welt leben. ›Der Steppenwolf‹ ist ein Buch des Glaubens an den Sinn des Lebens und der Welt.

### *6.2.2 Hans Mayer: Hermann Hesses ›Steppenwolf‹ (Textauszug)*

Der Steppenwolf ist außerdem und sogar vorallem ein deutsches Buch. Oder eher: ein Romanwerk der *Kritik an deutschen Zuständen*. Dem angeblich so freundlichen und kultivierten Abendbrotgast Harry Haller erzählt der deutsch-nationale Professor, sein Gastgeber, Haller besitze offenbar einen recht üblen Namensvetter, einen vaterlandslosen Gesellen: »...er habe sich über den Kaiser lustig gemacht und sich zu der Ansicht bekannt, daß sein Vaterland am Entstehen des Krieges um nichts minder schuldig sei als die feindlichen Länder. Was das für ein Kerl sein müsse! Na, hier kriege der Bursche es gesagt, die Redaktion habe diesen Schädling recht schneidig erledigt und an den Pranger gestellt.« Er selbst aber, der geschätzte Gast, war bedauerlicherweise identisch mit diesem unwürdigen Individuum. Das Thema klingt immer wieder auf. Einmal zitiert Hesse auch das Rezitativ aus dem Schlußsatz der ›*Neunten Symphonie*‹. »O Freunde, nicht diese Töne!« Es war die Überschrift zu seinem berühmten Aufsatz, der am 3. November 1914 in der *Neuen Zürcher Zeitung* erschienen war: als Absage an die damaligen Ekstasen der Nationalisten und Chauvinisten. Erbitterung über die Haßausbrüche, die Hesse damals in Deutschland und von Deutschen zu spüren bekam, ist im ›*Steppenwolf*‹ immer wieder deutlich. An all diesen Stellen spricht Harry Haller durchaus im Namen seines Autors. Nicht nur der Kulturkritiker, sondern der Künstler Hesse erblickt in diesem deutschen Treiben von Nationalismus und bourgeoisem Bildungshochmut eine eklatante Gefahr. Auch die Entwicklung der Literatur wird dadurch bedroht: »Da stand nun wieder solch ein Angriff, schlecht geschrieben, halb vom Redakteur selbst verfaßt, halb aus den vielen ähnlichen Aufsätzen der ihm nahestehenden Presse zusammengestohlen. Niemand schreibt bekanntlich so schlecht wie die Verteidiger alternder Ideologien, niemand treibt sein Handwerk mit weniger Sauberkeit und Mühewaltung.« Damit steht der ›*Steppenwolf*‹ gleichfalls wieder in einer Tradition, derjenigen nämlich bedeutender deutscher Selbstkritik. Auch hier ist Hesse alles andere als ein mild lächelnder Neuromantiker. Man mag über die künstlerischen Proportionen streiten, aber im geistigen Habitus stellt sich das Buch in seiner Bemühung um Kritik an unwürdigen deutschen Zuständen durchaus in die Überlieferung des ›*Hyperion*‹, des ›*Wintermärchen*‹, des ›*Untertan*‹. Dieser sonderbare Roman vom Jahre 1927 war nicht bloß eine Niederschrift zum Zweck der seelischen Katharsis, sondern ein Buch der Warnung. Immer wieder fällt das Wort vom neuen Krieg, der vorbereitet wird, weshalb Hermann Hesse fast zwanzig Jahre später, im Jahre 1946, in traurigem Rückblick feststellen muß, daß der ›*Steppenwolf*‹ doch »unter anderem ein angstvoller Warnruf vor dem morgigen Krieg war« und darum von der damaligen deutschen bürgerlichen Öffentlichkeit und Presse »entsprechend geschulmeistert und belächelt wurde«.

Sehr merkwürdig übrigens, daß Hermann Hesse im ›*Steppenwolf*‹, der genau zwanzig Jahre vor dem ›*Doktor Faustus*‹ erschien, ganz ähnliche Gedanken über das Verhältnis der Deutschen zur Musik und ihr durch Musik gestörtes Verhältnis zur Wirklichkeit äußert. Auf dem Tiefpunkt seiner schwermütigen Stimmung, da er mit der Selbstmordidee ernstlicher zu spielen scheint als gewohnt, konstatiert der Steppenwolf Haller: »Lange hatte ich auf diesem Nachtgang auch über mein merkwürdiges Verhältnis zur Musik nachgedacht und hatte, einmal wieder, dies ebenso rührende wie fatale Verhältnis zur Musik als das Schicksal der ganzen deutschen Geistigkeit erkannt. Im deutschen Geist herrscht das Mutterrecht, die Naturgebundenheit in Form einer Hegemonie der Musik, wie sie nie ein andres Volk gekannt hat. Wir Geistigen, statt uns mannhaft dagegen zu wehren und dem Geist, dem Logos, dem Wort Gehorsam zu leisten und Gehör zu verschaffen, träumen alle von einer Sprache ohne Worte, welche das Unaussprechliche sagt, das Ungestaltbare darstellt. Statt sein Instrument möglichst treu und redlich zu spielen, hat der geistige Deutsche stets gegen das Wort und gegen die Vernunft frondiert und mit der Musik geliebäugelt. Und in der Musik, in wunderbaren seligen Tongebilden, in wunderbaren holden Gefühlen und Stimmungen, welche nie zur Verwirklichung gedrängt wurden, hat der deutsche Geist sich ausgeschwelgt und die Mehrzahl seiner tatsächlichen Aufgaben versäumt.« Die viel zu allgemein gehaltene und dadurch unscharf wirkende Feststellung über ›die Deutschen‹ wurde sogleich aber modifiziert und spezifiziert. »Wir Geistigen«, schreibt Harry Haller und stellt fest, es handle sich dabei um eine Spezies, die in Deutschland ein gestörtes Verhältnis zur Wirklichkeit besitze und darum noch nie vermocht habe, die Wirklichkeit durch ihre Gedanken entscheidend zu verändern. Solche Aktion der Geistigen sei auch nicht möglich, da die Gedanken deutscher Intellektueller selbst dort, wo gar keine Partituren ausgeschrieben wurden, insgeheim musikalische Gedanken waren. Versuchte trotzdem einer, etwa wie Heinrich Mann und etwa nach einem schweren Kriege und einer großen Niederlage, die Einheit von Geist und Macht herzustellen, so kam es zu bloßer Kläglichkeit.

Der Steppenwolf Haller nennt nicht den Namen Heinrich Mann, meint aber solche Bestrebungen einer Erneuerung des deutschen Lebens nach dem Ersten Weltkrieg, und meint damit auch Bemühungen des Schriftstellers Hermann Hesse um das Jahr 1920. Das Resultat? »Es endete aber immer mit der Resignation, mit der Ergebung ins Verhängnis. Die Herren Generäle und Schwerindustriellen hatten ganz recht: es war nichts los mit uns ›Geistigen‹ wir waren eine entbehrliche, wirklichkeitsfremde, verantwortungslose Gesellschaft von geistreichen Schwätzern.« Vieles von solcher Meditation aus dem Jahre 1927 wurde im ›*Doktor Faustus*‹ von 1947 in einem Romanwerk gestaltet, das gleichfalls genötigt war, die komplexen Beziehungen zwischen autobiographischer Substanz, Künstlerproblematik und Gesellschaftskrise mit einer höchst eigentümlichen epischen Form zu verbinden. In seinem Tagebuch über ›*Die Entstehung des Doktor Faustus*‹ hatte Thomas Mann gleich zu Beginn seiner Arbeit notiert, es sei ein Fehler Goethes gewesen, den Doktor Faust als Professor und Mann der Wissenschaft zu präsentieren, nicht aber als Musiker. Er selbst suchte den angeblichen Fehler zu korrigieren. Im Untertitel bereits war vom »deutschen Musiker« die Rede, was für Thomas Mann eine Art Tautologie darstellte, denn im Wort Deutsch war die Musik schon mitenthalten. Im ›*Steppenwolf*‹ geht es nicht viel anders zu. Auch hier wird die Musikalität der deutschen Geistigkeit als gestörtes Verhältnis zur Realität dargestellt.

Um so erstaunlicher freilich, daß die scheinbare Lösung der Lebens- und Geisteskrise Harry Hallers trotzdem gerade in einer noch folgerichtigeren Trennung von Geist und Wirklichkeit erblickt werden soll. Die Hilfe der Unsterblichen im Daseinskonflikt des Steppenwolf, die von Goethe und Mozart vermittelte Lehre führt offensichtlich dahin, von nun an magisches Theater der Kunst und trübes Daseinstreiben streng voneinander zu trennen. Die schwerste Anklage, die der Staatsanwalt in Mozarts Gegenwart gegen Haller zu erheben hat, lautet: »Meine Herren, vor Ihnen steht Harry Haller, angeklagt und schuldig befunden des mutwilligen Mißbrauchs unsres magischen Theaters. Haller hat nicht nur die hohe Kunst beleidigt, indem er unsern schönen Bildersaal mit der sogenannten Wirklichkeit verwechselte und ein gespiegeltes Mädchen mit einem gespiegelten Messer totgestochen hat, er hat sich außerdem unseres Theaters humorloserweise als einer Selbstmordmechanik zu bedienen die Absicht gezeigt.« Wer so gehandelt hat, muß sich das schreckliche Gelächter der Unsterblichen gefallen lassen.

Freilich scheinen diese Unsterblichen, und ausgerechnet Mozart an ihrer Spitze, überzeugte Schopenhauerianer zu sein, denen im Erlebnis großer Kunst die Trübnis des Weltwillens für Momente verlorengeht. Daß Hermann Hesse immer wieder den Kontrast zwischen den ebenso raren wie beglückenden Gültigkeitserlebnissen durch Kunst und der Alltäglichkeit des Daseins gestaltet hat, ist unverkennbar. Schon in der kurzen Einleitungserzählung des Herausgebers von Harry Hallers zurückgelassenen Schriften wird ein Augenblick der Beglückung dargestellt, den der Steppenwolf im Konzert beim Anhören von Barockmusik erlebt. Haller selbst berichtet den gleichen Vorgang später noch einmal. Das magische Theater soll schließlich dahin belehren, Wirklichkeit und Spiel der unsterblichen Magie sorgsam voneinander zu trennen. Daß Hesse selbst die Lösung nicht als endgültig empfand, vielleicht gar nicht einmal als seine eigene Deutung und Lösung des Falles Harry Haller angesehen wissen wollte, bewies er fünf Jahre nach dem ›*Steppenwolf*‹ in dem Buch ›*Morgenlandfahrt*‹ (1932), das abermals von der Grenzverwischung zwischen Wirklichkeit und Imagination handelte. Hier traten als Morgenlandfahrer die erfundenen Gestalten der Dichter neben Menschen des 20. Jahrhunderts. Kein Zweifel: die Lehren Pablos und Mozarts waren nicht als Rezept gegen Daseinsnöte zu betrachten. Ein so genauer Kenner der deutschen Romantik wie Hermann Hesse besaß in dieser Hinsicht – wie immer Schopenhauer darüber denken mochte – keine Illusionen, denn bereits im ›*Goldenen Topf*‹ von E. T. A. Hoffmann war gezeigt worden, daß das Leben in Atlantis, also in der Welt unsterblicher Poesie, alle Misere eines Alltags in Dresden nur für Augenblicke auszulöschen vermag. Der Steppenwolf Harry Haller konnte sich also kein anderes Schicksal erhoffen als der Student Anselmus und der Kapellmeister Kreisler. Im Gegenteil: in der Welt des 20. Jahrhunderts und im Zwischenbereich zwischen dem soeben zu Ende gegangenen und dem von gewissen Kreisen gerade vorbereiteten Weltkrieg mußte die Trennung von Wirklichkeit und magischem Theater nur zur Verschärfung der Krise beitragen. Hielt sich Harry Haller wirklich an die Lehren Mozarts und Pablos, so half er mit, neue und noch schwerere Krisen für künftige Steppenwölfe vorzubereiten.

Daß Hermann Hesse seinen Roman durchaus in dieser offenen Form angelegt hat, man sich folglich hüten soll, die Schlußseiten des Buches als dessen ›Lösung‹ zu betrachten, zeigt der ›*Tractat vom Steppenwolf*‹. In der Erstausgabe des Buches war dieses ungewöhnliche und kühne Prosastück nicht bloß durch besondere Drucktypen kenntlich gemacht worden, sondern fand sich durch hellgelbe Titel- und Schlußblätter als richtiges kleines Groschenheftchen ins Buch verpflanzt. Der unsinnige Gegensatz der Drucktypen bei den Worten Tractat und Steppenwolf ließ ebenso wie die albernen Arabesken den Eindruck des Jahrmarkts, der Moritat, des Traktätchens aufkommen. Um so verblüffender freilich mußte der Gegensatz zwischen der äußeren Jahrmarktsform und der kühlen, wissenschaftlich höchst versierten Steppenwolf-Analyse anmuten. Ganz freilich war der Traktätchengeist nicht aus dem Text der Analyse verbannt worden. Das ahnte man schon bei den ersten Worten des ›*Tractats vom Steppenwolf*‹, denn sie eröffneten zwar eine psychologische und soziologische Untersuchung, worin Leben und Krise und Tod zur bloßen wissenschaftlichen Thematik zusammenschrumpften, hatten sich aber sonderbarerweise die Formel des herkömmlichen *Märchenbeginns* dafür ausgesucht. »Es war einmal einer namens Harry, genannt der Steppenwolf.« Es war einmal. Märchenbeginn und wissenschaftliche Interpretation. Abermals – wie so häufig bei Hesse – die Gleichzeitigkeit von Wissenschaft und Spiel mit der Wissenschaft. Traktat im Sinne Spinozas und Traktat im Sinne der Traktätchen.

Auch bei der Lektüre des ›*Tractats vom Steppenwolf*‹ ist Vorsicht geboten. Nicht bloß, weil der »Nur für Verrückte« gedacht sein soll, was man im Sinne von verrückt verstehen sollte. Wichtiger ist die Erkenntnis, daß man die Lösung des Falles Harry Haller weder einseitig im Traktat noch in der Schlußszene des magischen Theaters erblicken darf. Beide stehen zueinander im Widerspruch und sollen das auch. Übrigens steht auch der Traktat im Widerspruch zu Hallers eigenen Aufzeichnungen und nicht zuletzt zu seinem Gedicht vom Steppenwolf. Beide verhalten sich durchaus nicht zueinander wie subjektive zur objektiven Seite des Falles. Der Traktat scheint sich zwar auf die Objektivität seiner Analyse viel einzubilden, gibt aber kaum eine Deutung der Angelegenheit, die es, nach Lektüre des Traktats, dem Leser erlauben würde, den Fall Harry Haller nun zu klassifizieren. Wem soll man glauben? Den Unsterblichen, die im Sinne Schopenhauers und der Gnostik die Trennung von Wirklichkeit und magischem Theater betont hatten – oder dem Traktat, der diese gleichen Gedanken bloß als paradoxe Dokumente der Geistesgeschichte ansieht? Harry Haller besitzt stark romantische Züge in seinem Streben zur Rückkehr ›nach Hause‹, in die Kindheit, in frühere Formen seines Daseins. Durch das magische Theater wird er sogar noch darin bestärkt. Der ›*Tractat vom Steppenwolf*‹ dagegen spricht von den Steppenwölfen als *Typen,* wodurch er ihnen gerade die Einzigartigkeit abspricht, auf welche sie so stolz sind. Er versteht diese Typen als »die vom Schuldgefühl der Individuation Betroffenen, als jene Seelen, welchen nicht mehr die Vollendung und Ausgestaltung ihrer selbst als Lebensziel erscheint, sondern ihre Auflösung, zurück zur Mutter, zurück zu Gott, zurück ins All«.

Diese romantische Regression aber ist nicht mehr möglich. Auch hierin ist Hesse kein Romantiker. Der Steppenwolf Harry Haller wird als Produkt der modernen bürgerlichen Gesellschaft verstanden. Schlimmer noch: mit seiner Sehnsucht nach Bürgerlichkeit wird er, allen wölfischen Zügen zum Trotz, sogar zur Festigung dieser Bürgerwelt benutzt »Auf diese Weise anerkannte und bejahte er stets mit der einen Hälfte seines Wesens und Tuns das, was er mit der andern bekämpfte und verneinte.«

Wenn daher das auch im Traktat als kulturell unproduktiv bezeichnete Bürgertum trotzdem weiter gedeihen konnte, so gibt der Traktat dafür eine Erklärung ab: »Die Antwort lautet: wegen der Steppenwölfe.« Das ist abermals, wie ein Vierteljahrhundert vorher im ›*Tonio Kröger*‹, der Gegensatz zwischen Bürger und Künstler. Hesses Antwort aber entspringt den Einsichten in die Weltkriegs- und Nachkriegsszeit. Der Typ der Steppenwölfe hat mitgeholfen, die Bürgerwelt zu konsolidieren, und zwar gerade durch den Dualismus ihrer tierisch-menschlichen Natur. Hier ist die Parallele zwischen den

Gedankengängen des Traktats und den Visionen des magischen Theaters von der wölfischen Natur der bürgerlichen Zivilisation. Auch die Bürgerwelt erweist sich als steppenwölfisch.

Der Traktat geht noch weiter: er macht sich sogar über die Formel vom Steppenwolf ausdrücklich lustig, weil er sie als Ausdruck veralteter Anthropologie betrachtet: »Daß ein so unterrichteter und kluger Mensch wie Harry sich für einen ›Steppenwolf‹ halten kann, daß er das reiche und komplizierte Gebilde seines Lebens in einer so schlichten, so brutalen, so primitiven Formel glaubt unterbringen zu können, darf uns nicht in Verwunderung setzen.« Es gehe gar nicht um den Gegensatz von tierischer und menschlicher Natur, sei auch gar nicht wahr, daß Haller – wie Faust – seine zwei Seelen in der Brust habe. »Harry besteht nicht aus zwei Wesen, sondern aus hundert, aus tausenden.« Damit entspreche er dem Pluralismus einer Gesellschaft, die den Einzelnen immer wieder dem eigenen Selbst entfremdet und in einen bloßen Träger von Funktionen verwandelt. In der bürgerlichen Welt, die im Roman geschildert wird, kann Harry Haller gar nicht zur Persönlichkeit, zur ›Individuation‹, gelangen, wie der Traktat das einmal ausdrückt. Der Steppenwolf möchte seine Eigenart gegenüber der Gesellschaft und ihren Entfremdungstendenzen behaupten. Das möchten zahlreiche Steppenwölfe, die eben dadurch diesen allgemeinen Entfremdungsprozeß der Entpersönlichung sogar noch fördern. Das Ergebnis? Magisches Theater bei fortschreitendem Verlust der Individuation. Soll man noch weiter gehen als der Traktat und hinzufügen: Entpersönlichung als Folge allzu häufigen Spielens mit magischem Theater?

Der Traktat geht so weit nicht. Er behauptet: »Zurück führt überhaupt kein Weg, nicht zum Wolf, noch zum Kinde. Am Anfang der Dinge ist nicht Unschuld und Einfalt; alles Erschaffene, auch das scheinbar Einfachste, ist schon schuldig, ist schon vielspältig, ist in den schmutzigen Strom des Werdens geworfen und kann nie mehr, nie mehr stromaufwärts schwimmen. Der Weg in die Unschuld, ins Unerschaffene, zu Gott führt nicht zurück, sondern vorwärts, nicht zum Wolf oder Kind, sondern immer weiter in die Schuld, immer tiefer in die Menschwerdung hinein.« Keine romantische Regression, sondern ein Weg nach vorwärts. Der Traktat hält die Individuation für möglich, aber in der Form eines zukünftigen Prozesses. Wobei die künftige Menschwerdung freilich als ›Schuld‹ verstanden wird. An dieser Stelle aber, wo die wichtigste These des Traktats verkündet wird, ist gleichzeitig der Widerspruch zu Hallers eigenen Aufzeichnungen besonders schneidend. Alles bleibt offen in diesem ungewöhnlichen Buch. Im ›*Steppenwolf*‹ präsentierte Hesse die Gegensätze noch weitaus schärfer und schroffer als später im ›*Glasperlenspiel*‹. In beiden Fällen aber bloß die Analyse, die Warnung, keine Lösung. Lösung ist weder Kastalien noch das magische Theater. Ein Buch der Warnung, bestimmt für die deutschen ›Geistigen‹, die nicht darauf hörten. Ein Buch der Lebenskrise, der Künstlerkrise, der Gesellschaftskrise.

# Arbeitsvorschläge

**zu 6.2**

1. **Vergleichen Sie die beiden literaturwissenschaftlichen Arbeiten zum *Steppenwolf* in bezug auf ihre wissenschaftlichen Grundbegriffe und ihre Voraussetzungen.**
2. **Welche Rolle spielt für die Wissenschaftler die Person des Dichters, welche Rolle d ie geschichtliche Entwicklung?**
3. **Stellen Sie dar, an welchen Punkten die Interpretation mit Hesses Selbstbedeutung übereinstimmen und wo sie dieser widersprechen.**
4. **Worin unterscheiden sich die Interpretationen von den Zuschriften in 6.1.2 – 6.1.3?**

## *6.3 Hesse in den USA*

*Timothy Leary, Meisterführer zum psychedelischen Erlebnis*

*Steppenwolf* – ein Roman um Krise, Leid, Konfl ikt, Qual –, zumindest an der Oberfläche. Hesse schreibt in einem Brief, wäre sein Leben kein gefährlich schmerzliches Experiment, bewegte er sich nicht ständig am Rande des Abgrunds und fühlte das Bodenlose unter seinen Füßen, so wäre sein Leben ohne Sinn und er hätte nie etwas schreiben können. Die meisten im psychischen Kräftespiel erfahrenen Leser erkennen das dargestellte Drama – den Konflikt zwischen Ich und Es, zwischen Geist und materieller Zivilisation, die wölfischen, satanischen Instinkte in unserem zivilisierten Selbst. Hesse schreibt, diese Leser hätten völlig übersehen, daß es über dem Steppenwolf und seinem problematischen Leben eine zweite, höhere, zeitlose Welt gibt, die dem Leiden des Steppenwolfs eine transpersönliche und transtemporäre Welt des Glaubens gegenüberstellt, daß das Buch gewiß von Schmerz und Leiden erzählt, daß es aber die Geschichte eines Gläubigen ist und nicht ein Buch der Verzweiflung.

Wie in *Siddhartha* verwickelt Hesse den Leser in seine phantastische Geschichte, seine Ideen, seine geistige Akrobatik – nur um am Schluß zu zeigen, daß die ganze Struktur ein illusionäres Verstandesspiel ist. Unter dem leichtgläubigen psychodynamischen Leser wird plötzlich der geistige Teppich weggezogen. Dieser Zen-Trick zeigt sich auf mindestens zwei Ebenen im *Steppenwolf*. Zunächst in dem kleinen »Tractat«, einem glänzenden Porträt von Harry, dem Mann mit zwei Seelen: der Mann – kultiviert, klug und interessant; und der Wolf – wild, unzähmbar, gefährlich und stark. Der Traktat beschreibt seine Stimmungswechsel, seine schöpferischen Ausbrüche, sein ambivalentes Verhältnis zum Bürgerlichen, seine Faszination am Selbstmord, seine Unfähigkeit, die beiden miteinander im Streite liegenden Selbste zu versöhnen. Eine atemberaubend scharfsinnige psychologische Analyse. Dann der Taschenspielerstreich:

»Zum Schluß ... bleibt noch ... eine grundsätzliche Täuschung aufzulösen. Alle ›Erklärungen‹, alle Psychologie, alle Versuche des Verstehens bedürfen ja der Hilfsmittel, der Theorien, der Mythologien, der Lügen; und ein anständiger Autor sollte es nicht unterlassen ..., diese Lügen nach Möglichkeit aufzulösen ... Harry besteht nicht aus zwei Wesen, sondern aus hundert, aus tausenden. Sein Leben schwingt (wie jedes Menschen Leben) nicht bloß zwischen zwei Polen, etwa dem Trieb und dem Geist, oder dem Heiligen und dem Wüstling, sondern es schwingt zwischen tausenden ...

Der Mensch ist eine aus hundert Schalen bestehende Zwiebel, ein aus vielen Fäden bestehendes Gewebe. Erkannt und genau gewußt haben dies die alten Asiaten, und im buddhistischen Joga ist eine genaue Technik dafür erfunden, den Wahn der Persönlichkeit zu entlarven. Lustig und vielfältig ist das Spiel der Menschheit: der Wahn, zu dessen Entlarvung Indien tausend Jahre lang sich so sehr angestrengt hat, ist derselbe, zu dessen Stützung und Stärkung der Okzident sich ebenso viele Mühe gegeben hat.«

Das dualistische Selbstbildnis wird beschrieben – die faszinierende Freudsche Metapher – und dann als Täuschung, als begrenzte, erbärmliche Perspektive, als Verstandesspiel entlarvt. Das zweite Beispiel für diesen Zaubertrick ist am Ende des Buches zu finden. Wir sind Hesse bei seiner Beschreibung Harrys gefolgt, der eine Reihe vergeblicher Anstrengungen unternimmt, seiner Verzweiflung Herr zu werden – durch Alkohol, durch Sex, durch Musik, durch die Freundschaft mit dem fremdländischen Musiker Pablo; schließlich betritt er das Magische Theater. »Eintritt kostet den Verstand.« In anderen Worten: ein sinnloses Erlebnis. »Aus einer Wandnische nahm (Pablo) drei Gläschen und eine kleine drollige Flasche..., schenkte aus der Flasche die drei Gläschen voll, nahm aus der Schachtel drei dünne, lange, gelbe Zigaretten, zog aus der seidenen Jacke ein Feuerzeug und bot uns Feuer an. Jeder von uns... trank in kleinen langsamen Schlucken die... Flüssigkeit, die in der Tat unendlich belebend und beglückend wirkte, als werde man mit Gas gefüllt und verliere seine Schwere.« Pablo sagt:

»Sie strebten fort von hier, nicht wahr? Sie sehnen sich danach, diese Zeit, diese Welt, diese Wirklichkeit zu verlassen und in eine andere, Ihnen gemäßere Wirklichkeit einzugehen, in eine Welt ohne Zeit... Sie wissen ja, wo diese andere Welt verborgen liegt, daß es die Welt Ihrer eigenen Seele ist, die Sie suchen. Nur in Ihrem eigenen Innern lebt jene andere Wirklichkeit, nach der Sie sich sehnen... Ich kann Ihnen nichts geben, nur die Gelegenheit, den Anstoß, den Schlüssel. Ich helfe Ihnen, Ihre eigene Welt sichtbar zu machen... Mein Theaterchen hat so viele Logentürchen, als ihr wollt, zehn oder hundert oder tausend, und hinter jeder Tür erwartet euch das, was ihr gerade sucht... Ohne Zweifel haben Sie ja längst erraten, daß die Überwindung der Zeit, die Erlösung von der Wirklichkeit, und was immer für Namen Sie Ihrer Sehnsucht geben mögen, nichts andres bedeuten als den Wunsch, Ihrer sogenannten Persönlichkeit ledig zu werden. Sie ist das Gefängnis, in dem Sie sitzen. Und wenn Sie so, wie Sie sind, in das Theater träten, so sähen Sie alles mit den Augen Harrys, alles durch die alte Brille des Steppenwolfes. Sie werden darum eingeladen, sich dieser Brille zu entledigen und diese sehr geehrte Persönlichkeit freundlichst hier in der Garderobe abzugeben, wo sie auf Wunsch jederzeit wieder zu Ihrer Verfügung steht. Der hübsche Tanzabend, den Sie hinter sich haben, der Traktat vom Steppenwolf, schließlich noch das kleine Anregungsmittel, das wir eben zu uns genommen haben, dürfte Sie genügend vorbereitet haben.«

Es scheint klar, daß Hesse ein psychedelisches Erlebnis beschreibt, einen durch Drogen herbeigeführten Verlust des Selbst, eine Reise in die innere Welt. Jede Tür im Magischen Theater trägt eine Aufschrift, die auf endlose Möglichkeiten des Erlebnisses hinweist. eine Inschrift »Auf zum fröhlichen Jagen! Hochjagd auf Automobile« führt zu einer phantastischen Orgie mechanischer Zerstörung, in der Harry zum wollüstigen Mörder wird. Eine weitere Inschrift lautet: »Anleitung zum Aufbau der Persönlichkeit. Erfolg garantiert« und bezeichnet eine Art Schachspiel, in dem die Figuren Teile der

Persönlichkeit sind. Kosmische Psychotherapie. »Wir zeigen demjenigen, der das Auseinanderfallen seines Ichs erlebt hat, daß er die Stücke jederzeit in beliebiger Ordnung neu zusammenstellen und daß er damit eine unendliche Mannigfaltigkeit des Lebensspieles erzielen kann.« Eine andere Inschrift besagt »Alle Mädchen sind dein« und führt Harry in unerschöpfliche sexuelle Phantasien. Die Krise des Steppenwolfes, seine inneren Konflikte, seine Verzweiflung, seine Krankhaftigkeit und unbefriedigte Sehnsucht werden in einem wirbelnden Kaleidoskop der Halluzinationen gelöst. »Ich... wußte alle hunderttausend Figuren des Lebensspiels in meiner Tasche, ahnte erschüttert den Sinn, war gewillt, das Spiel nochmals zu beginnen, seine Qualen nochmals zu kosten, vor seinem Unsinn nochmals zu schaudern, die Hölle meines Innern nochmals und noch oft zu durchwandern. Einmal würde ich das Figurenspiel besser spielen. Einmal würde ich das Lachen lernen. Pablo wartete auf mich. Mozart wartete auf mich.«

So erlebte Harry Haller, der Steppenwolf, seine psychedelische Sitzung und entdeckte statt einer Realität unendliche Realitäten in seinem Gehirn. Er wird aufgenommen in die auserwählte Gruppe derer, die den verbalen Vorhang durchdrungen haben und vorgestoßen sind zu anderen Erscheinungsformen des Bewußtseins. Er ist der elitären Brüderschaft der Illuminati beigetreten.

Und was dann? Wie geht es von da aus weiter? Wie kann die heilige Empfindung der Einheit und Offenbarung erhalten werden? Versinkt man wieder in der schlafwandlerischen Welt mechanischer Leidenschaft, automatischer Handlung, Egoismus? Der schmerzliche Schrei des ehemaligen Bundesmitgliedes H. H.: »Daß fast alle von uns – und auch ich, auch ich! – uns wieder in die klanglosen Öden der abgestempelten Wirklichkeit verirren würden, so wie Beamte und Ladendiener nach einem Gelage oder Sonntagsausflug sich ernüchtert wieder in den Alltag der Geschäfte ducken!« Diesen Fragen sieht sich jeder gegenüber, der in ein tiefes trans-ego Erlebnis eingegangen ist. Wie können wir die Frische erhalten, wie jede Sekunde des folgenden Lebens erleuchten? Wie können wir die ekstatische Einheit mit anderen erhalten?

Zu allen Zeiten haben sich mystische Gruppen gebildet, um für die soziale Struktur und die Unterstützung der Transzendenz zu sorgen. Der magische Kreis. Diese Kulte, oft geheim, immer von der schlafwandlerischen Mehrheit verfolgt, bewegen sich leise in den hintergründigen Schatten der Geschichte. Das Problem besteht natürlich darin, wieviel Struktur den mystischen Funken umgibt. Ist es zu viel, zu bald, entsteht priesterschaftliches Ritual. Und die Flamme ist verloschen. Ist es zu wenig, geht die erzieherische Funktion verloren; die zwischenmenschliche Einheit löst sich in gasförmige Anarchie auf. Die Bohemiens. Die Rocker. Die einsamen Hochmütigen.

Frei von der Bindung an das Selbst, an soziale Spiele, an anthropomorphen Humanismus, sogar an das Leben selbst kann die erleuchtete Seele die erhöhte Anforderung ertragen, die durch transzendente Erlebnisse freigesetzte Energie stellt. Doch solche Menschen sind in jedem Jahrhundert selten. Wir anderen scheinen Unterstützung auf unserem Weg zu brauchen. Menschen, die dem Pfad psychedelischer Drogen allein folgen wollen, unterschätzen die Macht und die Reichweite des Nervensystems. Vielfältige LSD-Unfälle entstehen daraus: Zusammenbruch, Verwirrung, Größenwahn, Primadonna-Individualismus, unkoordinierte Exzentrität, offene Schurkerei und Rückzug in die Konformität. Solche Zwischenfälle der Droge zuzuschreiben, wäre ebenso sinnlos, als wolle man den nuklearen Vorgang für die Bombe verantwortlich machen. Wäre es nicht richtiger, unsere primitiven Stammestriebe nach persönlicher Macht, Erfolg, Individualismus zu beklagen? Huston Smith hat einmal gesagt, daß von Buddhas achtfachem Pfad der neunte und größte die richtige Gesellschaft ist. Die transpersönliche Gruppe. Die Gemeinschaft der Bewußtseinserweiterung. Umgib dich nach der psychedelischen Sitzung mit Freunden, die dein Ziel teilen, die dich durch ihr Beispiel oder durch vereinigende Liebe emporheben können, die helfen können, die Erleuchtung wieder hervorzurufen.

Die Soziologie der Transzendenz. Hesse behandelt das Problem der transpersönlichen Gemeinschaft am Beispiel vom Bund der Morgenlandfahrer.

»Zu jener Zeit...war unser Volk...manchen Hirngespinsten, aber auch manchen echten Erhebungen der Seele zugänglich, es gab bacchantische Tanzgemeinden und wiedertäuferische Kampfgruppen, es gab dies und jenes, was nach dem Jenseits und nach dem Wunder hinzuweisen schien.«

Es gab auch Gruppen von Wissenschaftlern und Künstlern, die sich mit der Erforschung bewußtseinserweiternder Drogen befaßten. Kurt Beringers Monographie *Der Meskalinrausch* beschreibt einige wissenschaftliche Experimente und ihre schöpferischen Anwendungen. René Daumals Roman *Le Mont Analogue* ist der symbolische Bericht einer ähnlichen Bundesreise in Frankreich. Die Teilnehmer experimentierten großzügig mit Drogen wie Haschisch, Meskalin und Kohlentetrachlorid.

Hesse nennt in seinen Schriften niemals ausdrücklich irgendwelche Drogen, doch die zuvor zitierten Passagen aus dem *Steppenwolf* sprechen ziemlich eindeutig davon, daß eine Chemikalie eine Rolle spielte und daß sie in einem recht direkten Zusammenhang mit dem folgenden Erlebnis stand. Jetzt, nach seiner ersten Erleuchtung, erzählt H. H. in der *Morgenlandfahrt* von weiteren Besuchen im Magischen Theater.

»Wir wanderten ja nicht nur durch Räume, sondern ganz ebenso durch Zeiten. Wir zogen nach Morgenland, wir zogen aber auch ins Mittelalter oder ins goldene Zeitalter, wir streiften Italien oder die Schweiz, wir nächtigten aber auch zuweilen im zehnten Jahrhundert und wohnten bei den Patriarchen oder bei Feen. In den Zeiten meines Alleinbleibens fand ich häufig Gegenden und Menschen meiner eigenen Vergangenheit wieder, wanderte mit meiner gewesenen Braut an den Waldufern des oberen Rheins, zechte mit Jugendfreunden in Tübingen, in Basel oder Florenz, oder war ein Knabe und zog mit den Kameraden meiner Schulzeit aus, um Schmetterlinge zu fangen oder einen Fischotter zu belauschen, oder meine Gesellschaft bestand aus den Lieblingsfiguren meiner Bücher ...; denn unser Ziel war ja nicht nur das Morgenland, oder vielmehr: unser Morgenland war ja nicht nur ein Land und etwas Geographisches, sondern es war die Heimat und Jugend der Seele, es war das Überall und Nirgends, war das Einswerden aller Zeiten.«

Später wird die Verbindung zwischen der Befreiung des Steppenwolfs durch die Droge und den Bund deutlicher: »Wenn etwas Köstliches und Unwiederbringliches dahin ist, dann haben wir wohl das Gefühl, aus einem Traum erwacht zu sein. In meinem Falle ist dies Gefühl unheimlich richtig. Denn mein Glück bestand tatsächlich aus dem gleichen Geheimnis wie das Glück der Träume, es bestand aus der Freiheit, alles Erdenkliche gleichzeitig zu erleben, Außen und Innen spielend zu vertauschen, Zeit und Raum wie Kulissen zu verschieben.«

Stets bleibt Hesse der Esoteriker, doch scheint wenig Zweifel daran zu bestehen, daß unter der Oberfläche seiner östlichen Allegorie die Geschichte einer psychedelischen Brüderschaft aus dem wirklichen Leben schwelt. Die visionären Erlebnisse, die er in der *Morgenlandfahrt* beschreibt, werden durch Örtlichkeiten und Namen der Teilnehmer identifiziert.

»Und immer wieder, in Schwaben, am Bodensee, in der Schweiz und überall, begegneten uns Menschen, die uns verstanden oder die uns doch auf irgendeine Weise dafür dankbar waren, daß es uns und unsern Bund und unsre Morgenlandfahrt gab. Wir haben, mitten zwischen den Trambahnen und Bankhäusern von Zürich, die Arche Noah angetroffen, bewacht von mehreren alten Hunden, welche alle den gleichen Rufnamen hatten, und tapfer durch die Untiefen einer nüchternen Zeit gesteuert von Hans C., dem Nachkommen der Noachide, dem Freund der Künste.«

Hans C. Bodmer ist Hesses Freund, dem das Buch gewidmet ist und der später für Hesse das Haus in Montagnola baute. Zu jener Zeit lebte er in Zürich in einem Haus, das die Arche genannt wurde.

Die Namen der Künstler und Schriftsteller, die in der *Morgenlandfahrt* vorkommen, sind alle entweder die richtigen Namen wirklicher historischer Persönlichkeiten oder unmittelbar von ihnen abgeleitet. Lauscher, Klingsor, Paul Klee, Ninon (Hesses Frau), Hugo Wolf, Brentano, Lindhorst usw. In anderen Worten: Es erscheint wahrscheinlich, daß die beschriebenen Szenen auf den wirklichen Erlebnissen einer engen Freundesgruppe beruhen, die sich in ihren Wohnungen in Süddeutschland und der Schweiz trafen und gemeinsam zu dem reisten, was »nicht nur ein Land und etwas Geographisches war, sondern die Heimat und Jugend der Seele, es war das Überall und Nirgends, war das Einswerden aller Zeiten«.

So liegen die Indizien nahe, daß in einem Augenblick der »historischen Wirklichkeit« ein Schriftsteller namens Hermann Hesse und seine Freunde gemeinsam durch die grenzenlosen Schauspiele des erweiterten Bewußtseins wanderten, hinunter in die evolutionären Archive. Dann verliert H. H. offenbar die Verbindung, schlüpft zurück in seinen Verstand und seine egozentrische Perspektive. Er ist aus dem Lebensstrom in die automatische Rationalität gestolpert. H. H. will ein Autor werden, will die Geschichte seines Lebens in Worte umbilden. »Die Geschichte dieses Bundes hatte ich Einfältiger schreiben wollen, ich, der ich von diesen Millionen Schriften, Büchern, Bildern, Zeichen des Archivs kein Tausendstel zu entziffern oder gar zu begreifen vermochte!« Archive? Die kortikale Bibliothek? Was also war, ist der Bund? Ist er die esoterische Gesellschaft mit einem in Gold gekleideten Präsidenten, Leo, dem Bereiter von Salben und Kräutertränken, und einem Sprecher, einem hohen Thron und einer ausgedehnten Ratshalle? Das alles ist nichts als exoterisches Beiwerk. Ist der Bund nicht vielmehr der »Zug der Gläubigen und sich Hingebenden nach dem Osten, nach der Heimat des Lichts, unaufhörlich und ewig...?« Der ewige Strom des Lebens, der sich immerzu ausbreitet? Die Einheit des evolutionären Prozesses, die zu leicht durch Illusionen der Individualität zerteilt und eingefroren wird? »Ein sehr langsames, sanftes, aber ununterbrochenes Fließen oder Schmelzen... Mit der Zeit, so schien es, würden alle Substanzen aus dem einen Bilde in das andre hinüberrinnen und nur ein einziges übrigbleiben...«

Viele, die durch ein psychedelisches oder spontanes mystisches Erlebnis in direkte Berührung mit dem Lebensprozeß gekommen sind, ertappen sich bei der Sehnsucht nach einer sozialen Struktur. Irgendeine äußerliche Form, die den transzendenten Erlebnissen gerecht wird.

Wieder versorgt uns Hermann Hesse mit esoterischen Unterweisungen. Schau nach innen. Der Bund ist innen. Genau wie das zwei Billionen Jahre alte historische Archiv, dein Gehirn. Spiele es aus bei denen, die mit dir tanzen, aber denke daran: Die äußerlichen, differenzierenden Formen sind illusionär. Die Vereinigung ist innerlich. Der Bund ist zu allen Zeiten in dir und um dich...

Die Kritiker erzählen uns, Hesse sei ein meisterhafter Romancier. Nun, vielleicht. Doch der Roman ist ein soziales Modell, und das Soziale in Hesse ist exoterisch. Auf einer anderen Ebene ist Hesse der Meisterführer zum psychedelischen Erlebnis und seiner Anwendung. Vor deiner LSD-Sitzung solltest du *Siddhartha* und *Steppenwolf* lesen. Der letzte Teil des *Steppenwolfs* ist ein unschätzbares Lehrbuch. Dann, wenn du vor dem Problem stehst, deine Visionen mit der Plastikpuppen-Routine deines Lebens in Einklang zu bringen, solltest du die *Morgenlandfahrt* studieren. Suche dir einen magischen Zirkel. Bundesmitglieder warten überall auf dich. Bei größerer psychedelischer Erfahrung wirst du dich mit dem Problem der Sprache und Kommunikation auseinandersetzen, und deine Gedanken und Taten werden sich in ihrer schöpferischen Verflechtung vervielfachen, wenn du mit den interfakultativen Symbolen, den vielstufigen Metaphern zu spielen lernst. *Das Glasperlenspiel.*

Doch stets, so mahnt Hesse, sollst du nah am inneren Kern bleiben. Die mystischen Formeln, der Bund, das verblüffend reichhaltige intellektuelle Potential sind tödliche Fußangeln, wenn die innere Flamme nicht weiterbrennt. Die Flamme ist natürlich immer da, innen und außen, sie umgibt uns und hält uns am Leben. Unsere einzige Aufgabe ist es, auf sie eingestimmt zu sein.

*Gebrauchte Hesse bewußtseinsverändernde Drogen?*

Obgleich die Argumentation des vorausgegangenen Kommentars nicht von der Antwort auf diese Frage abhängt, gibt es in Hesses Schriften genügend Hinweise, um die Angelegenheit historisch und literarisch interessant zu machen. Zu jener Zeit, in der Hesse schrieb, wurden in Deutschland beachtliche Meskalin-Untersuchungen unternommen. In seinem Buch *Der Meskalinrausch* berichtet Kurt Beringer darüber. Beachtliches Material wurde auch in Heinrich Klüvers Monographie *Mescal* analysiert, dem ersten in Englisch veröffentlichten Buch über Meskalin.

In Beantwortung unserer Anfrage schrieb Professor Klüver, der heute an der Universität von Chicago lehrt:

»Nach meinem Wissen nahm Hermann Hesse nie Meskalin (ich habe diese Frage einmal in der Schweiz ins Gespräch gebracht). Ich weiß nicht, ob er überhaupt über die Meskalin-Experimente unter der Leitung von Beringer in Heidelberg unterrichtet war. Sicher wissen Sie, daß Hesse (und seine Familie) mit der Welt und den Gedanken Indiens innig vertraut war. Das hat zweifellos viele Episoden in seinen Büchern gefärbt.« (1963)

*(Aus dem Amerikanischen übersetzt von Irmela Brender)*

# Arbeitsvorschläge

zu 6.3

1. Untersuchen Sie die Funktionen, die das psychedelische Erlebnis nach Leary haben kann; beachten Sie, mit welchen anderen zentralen Begriffen er argumentiert.
2. Warum ist die Frage, ob Hesse selbst Drogen benutzte, für Leary und für seine Leser wichtig?
3. Beschreiben Sie, welche Art der Lektüre – im Vergleich zu den Texten in 6.1 und 6.2 – Leary den Lesern empfiehlt, und wieweit er mit Hesses Lektüreempfehlungen des *Steppenwolf* in 5.4 übereinstimmt.

## *6.4 Hesse-Werbung*

# Hermann Hesse

## meistgelesener europäischer Autor in den USA und Japan

Die Natur hat zehntausend Farben, und wir haben uns in den Kopf gesetzt, die Skala auf zwanzig zu reduzieren ... Das Glück ist ein Wie, kein Was, ein Talent, kein Objekt... Nach meiner Erfahrung ist der ärgste Feind und Verderber der Menschen der auf Denkfaulheit und Ruhebedürfnis beruhende Drang nach dem Kollektiv, nach Gemeinschaften mit absolut fester Dogmatik, sei diese nun religiös oder politisch ... Jeder Mensch ist etwas Persönliches und Einmaliges und an Stelle des persönlichen Gewissens ein kollektives setzen zu wollen, das heißt schon Vergewaltigung und ist der erste Schritt zu allem Totalitären... Das Gleichschalten, sei es noch so wohl gemeint, geht wider die Natur. Es führt zu Fanatismus und Krieg ... In der ganzen Welt ist jeder Politiker sehr für Revolution, für Vernunft und Niederlegen der Waffen – nur aber beim Feinde, ja nicht bei sich selber! Das Fundament einer kommenden Ordnung wird genauso groß sein, wie die Opfer, die wir **heute** bringen ... Ein Faustschlag ins Gesicht der Pietät gehört zu den Taten, ohne welche man nicht von der Schürze der Mutter loskommt...

*Peter Camenzind:* Ein sehr gutes Buch. Ich glaube, es gehört zu denen, die lange und verstohlen mitklingen. **Oskar Loerke**

Das Buch ist deutsch ohne patriotische Rempelei und fromm ohne Prostitution der Seele. Herrlich die große, treue Liebe zu aller Kreatur! **Walther Rathenau**

*Unterm Rad:* Ein Tendenzwerk? Ja, dort wo es mit warmen Worten das Recht der Jugend auf eine Jugend verlangt! **Theodor Heuss**

*Roßhalde:* Er kann, was nur wenige können. Er kann einen Sommerabend und ein erfrischendes Schwimmbad und die schlaffe Müdigkeit nach körperlicher Anstrengung nicht nur schildern – das wäre nicht schwer, aber er kann machen, daß uns heiß und kühl und müde ums Herz ist. **Kurt Tucholsky**

*Demian:* Mit einer Sicherheit, die ohnegleichen ist, rührt er an das Wesentliche; er hebt ans Licht die urgeborene Amoralität; real sehe ich, fühle ich, erlebe ich die übermoralischen Seelenbewegungen. Wie grenzenlos schwer ist es, das zu sehen, dahin vorzudringen. Ein überragendes Buch. **Alfred Döblin**

Unvergeßlich ist die elektrisierende Wirkung, welche gleich nach dem ersten Weltkrieg der ›Demian‹ jenes mysteriösen Sinclair hervorrief, eine Dichtung, die mit unheimlicher Genauigkeit den Nerv der Zeit traf und eine ganze Jugend, die wähnte, aus ihrer Mitte sei ihr ein Künder ihres tiefsten Lebens erstanden (während es ein schon Zweiundvierzigjähriger war, der ihr gab, was sie brauchte), zu dankbarem Entzükken hinriß. **Thomas Mann**

*Klingsors letzter Sommer:* Diese Novelle ist sehr schön. Es ist einer darin, der am Schluß nur mehr roten Wein trinkt und verkommt und die Jahreszeiten anschaut und den Mond aufgehen läßt, das ist seine Beschäftigung! **Bertolt Brecht**

»Klingsors letzter Sommer« ein Werk, das ich mit bewußter Wertung zu den bedeutendsten der neuen Prosa zähle. **Stefan Zweig**

*Siddhartha:* Ein Buch, dessen Tiefe in der kunstvoll einfachen und klaren Sprache liegt, einer Klarheit, die vermutlich die geistige Erstarrung jener literarischen Philister aus dem Konzept bringt, die immer so genau wissen, was gute und was schlechte Literatur ist.
Einen Buddha zu schaffen, der den allgemein anerkannten Buddha übertrifft, das ist eine unerhörte Tat, gerade für einen Deutschen. Siddhartha ist für mich eine wirksamere Medizin als das Neue Testament. **Henry Miller**

*Der Steppenwolf:* Ist es nötig, zu sagen, daß der »Steppenwolf« ein Romanwerk ist, das an experimenteller Gewagtheit dem »Ulysses,« den »Faux Monnayeurs« nicht nachsteht? . . . Der Steppenwolf hat mich seit langem zum erstenmal wieder gelehrt, was Lesen heißt. **Thomas Mann**

Vielleicht die bedeutsamste verlegerische Tat des Jahres.
*Radio und Fernsehen, Bern*

Die Hesse-Ausgabe ist großartig.
*Hans Mayer*

Nie zuvor bin ich auf die Idee gekommen, zwölfbändige Werke zu verschenken.
*Klaus Mehnert*

Hermann Hesse: »Schriften zur Literatur«: Hier sind die Schlüsselworte für Hesses heutige Renaissance zu finden – brisante, soziologisch brisante –, hier kann wirkliches Verständnis für das literarische Werk gefunden werden, hier ist Zeitgeschichte anzutreffen, die auch der Stand der Politologen sich zu Gemüte führen sollte.
*Die Presse, Wien*

Wer in Hesse immer noch den romantischen Schilderer einsamer Gebirgslandschaften, den weltabgewandten Darsteller eines verklärten kastalischen Lebens sieht, der wird sein Urteil gründlich revidieren müssen.
*Ober-Österreichische-Nachrichten*

Hesses »Schriften zur Literatur« sind Führer zur Literatur (es gibt in ihnen Charakteristiken von unvergeßlicher Genauigkeit) – doch mindestens so wichtig sind diese Schriften als Auskünfte über Hesse selbst.
*Werner Weber*

Wir haben dem Suhrkamp Verlag zu danken, daß er uns mit dieser Ausgabe die Möglichkeit gegeben hat, uns selbst an den Ansprüchen dieses Mannes zu messen. Vielen ist er ein Ärgernis. Wie falsch, Verärgerung aggressiv abzureagieren, – wie notwendig, sie zum Anlaß zu nehmen, um uns selbst besser kennenzulernen.
*Radio Bremen*

Werkausgab
Suhrk

In ein
leinenkasch
(Gesamtumfar
legt der Su
Gesammelten Werk

... 8 millionen verkaufte hesse-t
übersetzungen in 35 verschiedene spr
interesse in skandinavien, lateinar
deutschen sprachgebiet ca. 800t
hesse-werkausgab

# nann Hesse
# /erlag

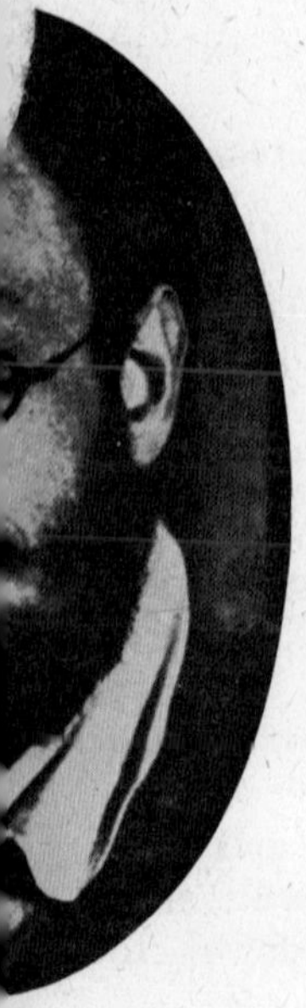

**Der größte Schriftsteller unseres Jahrhunderts**
*San Francisco Chronicle*

**Hesse spricht die Sprache der Jugend. Bei ihm fühlt sie sich nicht mehr an Ketten gelegt. Indem sie der Vergangenheit einen Tritt versetzen und elterliche Autorität zu Grabe tragen, zerbrechen Hesses Helden ihre Begrenzungen und werden mündig. Letztlich liest die Jugend in Hesses Prosa eine Dichtung der Mündigkeit.**
***LIFE-Book Review***

**Es liegt auf der Hand, daß sich die jüngere Generation mit Hesses Helden identifizieren kann, denn in all seinen Schriften steht er auf der Seite der Jugend, gegen sterile, sinnlose Autorität.**
***Times Union-Rochester New York***

**Zwei deutsche Schriftsteller sind es, die die Jugend in diesem Lande besonders faszinieren: Hermann Hesse und Herbert Marcuse. Hesse wurde vor allem zu einem Phänomen der Jüngeren. In der Tat gibt es Zeichen, die darauf hinweisen, daß er im Begriff ist der Salinger unserer Zeit zu werden.**
***The Yale Review***
***(»Germanization of Youth«)***

**Hesse gehört nicht irgendeiner Generation an, sondern einer bestimmten Zeit in unserem Leben.**
***Glamour***

Seine Einfachheit – dies sollte deutlich werden – ist, wie die von Kafka, nur eine scheinbare. In Wirklichkeit ist sie außerordentlich kompliziert.
***Washington Sunday Star***

Ich habe die Bücher mit großem Staunen und immer mehr Neugier gelesen.
*Peter Handke*

ndigen
/erkausgabe
Seiten DM 96)
Verlag die
lermann Hesse vor.

den usa... 6 millionen in japan...
und 12 indische dialekte... wachsendes
und in der udssr... 1972/73 wurden im
hesse-bücher verkauft... die neue
im 36. tausend...

Eine Bibliothek der Weltliteratur: Wolkenkratzerhoch über den gangbaren Literaturgeschichten.
**Kurt Tucholsky**

*Narziß und Goldmund:* Ein wunderschönes Buch in seiner poetischen Klugheit, seiner Mischung aus deutsch-romantischen und modern-psychologischen, ja psychoanalytischen Elementen.
**Thomas Mann**

Diese Erzählung wetteifert nicht mit der Reportage, kümmert sich nicht um Aktualität, kitzelt nicht mit politischer Tendenz, verrücktem Getu oder Pikanterie, sondern ist – im besten Sinne des Wortes – Poesie, unzeitgemäße Poesie!
**Max Herrmann-Neiße**

*Das Glasperlenspiel:* Dies keusche und kühne, verträumte und dabei doch hochintellektuelle Werk ist voller Überlieferung, Verbundenheit, Erinnerung, Heimlichkeit – ohne im mindesten epigonenhaft zu sein. Es hebt das Trauliche auf eine neue, geistige, ja revolutionäre Stufe – revolutionär in keinem direkten politischen oder sozialen, aber in einem seelischen, dichterischen Sinn: auf echte und treue Art ist es zukunftsichtig, zukunftempfindlich.
Es gehört zu dem wenigen Wagemutigen und eigensinnig-groß Konzipierten, was unsere verprügelte, verhagelte Zeit zu bieten hat.
**Thomas Mann**

**André Gide:** Hesse besitzt alle Eigenschaften die ich in der Kunst stets aufs höchste schätzte: jene seltene, kostbare Verbindung von Eleganz und Tiefe, von künstlerischer Disziplin und schöpferischer Kraft. Er ist fähig über sich selbst zu lachen, doch ohne Bitterkeit oder Zynismus, sondern mit heiter-ironischer Distanz.

**Robert Musil** (an Hesse): Ich bin ein großer Verehrer Ihrer Kunst.

**Max Brod:** Kafka las Hesse mit Begeisterung.

**Walter Benjamin:** Er kann sehr viel. Sein Schauen hält eine eigene Mitte zwischen der Kontemplation eines Mystikers und dem Scharfblick eines Amerikaners.

**Erich Kästner:** Meine Erinnerungen an Hermann Hesses Kameradschaft gehören zu meinen, was die Literatur anlangt, angenehmsten Erfahrungen. Es ist keine leichtfertige Redensart, wenn ich sage und schreibe, daß dieser Mann und Kollege mir unvergeßlich sein wird.

**Thomas Mann:** Unter der literarischen Generation, die mit mir angetreten, habe ich ihn früh als den mir Nächsten und Liebsten erwählt und sein Wachstum mit einer Sympathie begleitet, die aus Verschiedenheiten so gut ihre Nahrung zog, wie aus Ähnlichkeiten.

**Rudolf Hagelstange:** Wir haben mit den Wölfen geheult, die wir hätten zerreißen sollen. Es wäre uns allen besser bekommen, hätten wir mit dem Steppenwolf geheult.

## Arbeitsvorschläge

zu 6.4

1. Versuchen Sie, die Informationen über Hesse, die in der Werbung enthalten sind, systematisch zu ordnen.
2. Welche Funktion erhalten diese Informationen durch die Aufmachung des Prospektes?
3. Untersuchen Sie, welche Lesergruppen angesprochen und welches Leseverhalten vorausgesetzt wird.

6.5 Exkurs: Rezeptionstheorie und Reflexion der Lektüre

Literatur: Heinz *Hillmann:* Rezeption – empirisch.
Hartmut *Eggert,* Hans-Christoph *Berg,* Michael *Rutschky:* Literaturrezeption von Schülern als Problem der Literaturdidaktik; beide in: Wilhelm *Dehn* (Hrsg.) Ästhetische Erfahrung und literarisches Lernen. Frankfurt/M. (Athenäum) 1974 (= FAT 3008.)

Beschreiben Sie die möglichen Faktoren und Prozesse, die nach beiden Autoren den Rezeptionsvorgang bestimmen. Stellen Sie zusammen, welche Faktoren und Prozesse bei der Arbeit mit diesem Buch Ihre Hesse-Lektüre bestimmt haben, welche zurückgedrängt wurden und welche Ihnen jetzt wichtig erscheinen. Versuchen Sie, daraus eine kritische Bestandsaufnahme des Kurses mit Alternativen zu entwickeln.

# Quellenverzeichnis


2.1 Hermann Hesse: Vom Schriftsteller (1909), in: Gesammelte Werke, Frankfurt 1970: Suhrkamp, Band 11, S. 127–132.

2.2 Hermann Hesse: Der Dichter, in: Gesammelte Werke, Band 6, S. 32–39.

2.3 Hermann Hesse: Eine Arbeitsnacht (1928), in: Gesammelte Werke, Band 11, S. 80–85.

2.4 Norbert P. Lerch: Lesemodelle (Auszug), München 1975: Ehrenwirth, S. 9–12.

2.5 Hermann Hesse: Bekenntnis des Dichters (1929), in: Gesammelte Werke, Band 11, S. 243–244.

3.1 Hermann Hesse: O Freunde, nicht diese Töne! (1914), in: Gesammelte Werke, Band 10, S. 411–416.

3.2 Hermann Hesse: Brief an Volkmar Andreae vom 26. 12. 1914, in: Gesammelte Briefe. Hrsg. v. U. und V. Michels. Band 1 (1895–1921), Frankfurt 1973: Suhrkamp, S. 255 257

3.3 Hermann Hesse: Wieder in Deutschland, zit. nach: Gesammelte Briefe, Band 1, S. 532–536.

3.4 Hermann Hesse: Offener Brief in der ›Frankfurter Zeitung‹ vom 13. 10. 1915, zit. nach: Gesammelte Briefe, Band 1, S. 291–296.

3.5 Anonym: Ein ›deutscher‹ Dichter, in: Kölner Tageblatt vom 24. 10. 1915, Titelseite (abgedruckt auch in: H. H., Gesammelte Briefe, Band 1, S. 537 ff.).

3.5.1 Kölner Tageblatt vom 24. 10. 1915, gesamte Titelseite.

3.6 Theodor Heuss: Hermann Hesse, der ›vaterlandslose Gesell‹, in: Neckar-Zeitung, Heilbronn, vom 1. 11. 1915 (abgedruckt auch in: H. H., Gesammelte Briefe, Band 1, S. 539 ff.).

3.7 Schreiben der Kaiserlichen Deutschen Gesandtschaft Bern vom 3. 11. 1915 an Hermann Hesse, zit. nach: H. H., Gesammelte Briefe, Band 1, S. 545.

3.8 Hermann Hesse: Krieg und Frieden (1918), in: Gesammelte Werke, Band 10, S. 435–439.

3.9 Hermann Hesse: Der Traum von den Göttern, in: H. H., Die Kunst des Müßiggangs. Neue Prosa aus dem Nachlaß, hrsg. v. V. Michels, Frankfurt 1973: Suhrkamp, S. 168–172.

4.1 Hermann Hesse: Künstler und Psychoanalyse (1918) (Textauszug), in: Gesammelte Werke, Band 10, S. 47 ff.

4.3 Carl Gustav Jung: Über die Beziehungen der analytischen Psychologie zum dichterischen Kunstwerk (Textauszug), in: C. G. J., Gesammelte Werke, Band 15, Olten 1971: Walter.

4.5 Adrian Hsia: Der Steppenwolf (Textauszug), in: A. H., Hermann Hesse und China, Frankfurt 1974: Suhrkamp, S. 249–258.

4.6 Hermann Hesse: Ein Stückchen Theologie (1932), in: Gesammelte Werke, Band 10, S. 74–88.

5.1.1 Hugo Ball: Hermann Hesse (Textauszug), in: H. B., Hermann Hesse. Sein Leben und sein Werk. Frankfurt 1972: Suhrkamp, S. 209–214. – Das Buch erschien erstmalig 1927.

5.1.2 Hermann Hesse: Brief an Hugo Ball vom 13. 10. 1926. Zit. nach: Materialien zu Hermann Hesses ›Der Steppenwolf, S. 97 f.
Hermann Hesse: Brief an Hugo Ball vom 2. 1. 1927. Zit. nach: Materialien zu Hermann Hesses ›Der Steppenwolf‹, S. 104.
Hermann Hesse: Brief an Hugo Ball vom ca. 22. 2. 1927. Zit. nach: Materialien zu Hermann Hesses ›Der Steppenwolf‹, S. 109 f.

5.2.1 Alfred Wolfenstein: Wölfischer Traktat, in: Die Weltbühne, Berlin, 23. 2. 1927. Auch in: Materialien zu Hermann Hesses ›Der Steppenwolf‹. Hrsg. v. V. Michels, Frankfurt 1972: Suhrkamp, S. 272–276.

5.2.2 Felix Braun: Hermann Hesses neues Buch, in: Die literarische Welt, 3, 1927, Berlin. Auch in: Materialien zu Hermann Hesses ›Der Steppenwolf‹, S. 294–298.

5.2.3 Kurt Tucholsky: Der deutsche Mensch, in: K. T., Gesammelte Werke, Band 2, Reinbek 1960: Rowohlt, S. 863 ff.

5.4.1 Hermann Hesse: Vom Steppenwolf, in: Gesammelte Werke, Band 6, 445–452.

5.4.2 Hermann Hesse: Nachwort zur Schweizer Ausgabe des ›Steppenwolf‹ von 1941, in: Gesammelte Schriften, Band 11, S. 52–53.
Hermann Hesse: (Äußerungen über die Steppenwolf-Rezeption), zit. nach: Materialien zu Hermann Hesses ›Der Steppenwolf‹, S. 106, 127, 144, 147 f., 123, 123 f.

5.5 Arnold Littmann: Hermann Hesse zum Gruß!, in: Der Zwiespruch. Unabhängige Zeitung der Jugendbewegung, 9. Jahrgang, Donnerstag, den 7. Juli 1927 (Zwiespruchverlag Rudolstadt).

6.1.1 Hermann Hesse: Ansprache in der ersten Stunde des Jahres 1946 (1945), in: Gesammelte Werke, Band 10, S. 538–544.

6.1.2 J. v. V.: Brief an Hermann Hesse vom 2. 1. 1945. Original im Deutschen Literatur-Archiv (Hermann-Hesse-Archiv) Marbach a. N.

6.1.3 W. S.: Brief an Hermann Hesse vom 2. 1. 1946. Original im Deutschen Literatur-Archiv (Hermann-Hesse-Archiv) Marbach a. N.

6.2.1 Hans Jürg Lüthi: Hermann Hesse. Geist und Natur (Textauszug), Stuttgart 1970: Kohlhammer, S. 87–89.

6.2.2 Hans Mayer: Hermann Hesses ›Steppenwolf‹ (Textauszug), in: H. M., Zur deutschen Literatur der Zeit, Reinbeck 1967: Rowohlt. – Auch in: Materialien zu Hermann Hesses ›Der Steppenwolf‹, S. 336–344.

6.3 Timothy Leary: Meisterführer zum psychedelischen Erlebnis (1963). Zit. nach: Materialien zu Hermann Hesses ›Der Steppenwolf‹, S. 344–353.

6.4 (Hesse-Werbung): Hermann Hesse, meistgelesener europäischer Autor in den USA und Japan. Werbeprospekt 99064 des Verlags Suhrkamp.